Heide Ziefuss

TOD AUF DEN KANAREN

Teneriffa-Krimi

ihleo verlag

**Bibliografische Information
der Deutschen Nationalbibliothek**
Die Deutsche Nationalbibliothek verzeichnet diese Publikation in der Deutschen Nationalbibliografie; detaillierte bibliografische Daten sind im Internet über http://dnb.d-nb.de abrufbar.

Impressum

Gesamtherstellung: ihleo verlag – Dr. Oliver Ihle,
Schlossgang 10, 25813 Husum
info@ihleo.de, www.ihleo-verlag.de

Umschlagabbildung: „Teneriffa-Tod“ © ihleo. Montage unter Verwendung der Werke
„red splash“ © Elina Li / shutterstock
„Lovely retired elderly couple sitting on bench on the beach“ von tinica10 / fotolia

ISBN 978-3-940926-71-5

PROLOG

Sie atmete auf. ‚Endlich Regen, Sturzregen. Und das nach Einbruch der Dunkelheit.‘ Genau so hatte sie es herbeigesehnt. ‚Nur nicht jetzt noch nervös werden!‘

Ihre Geduld war auf eine lange Probe gestellt worden. Sie stand von der Hollywoodschaukel auf, wo sie mit Freuden und Bangen den zunehmenden Regen verfolgt hatte, und ging jetzt von der überdachten Terrasse ins Haus. Sofort wurden die Geräusche des herniederprasselnden Regens leiser. Durch den großzügigen Flur schlich sie beinahe. Ihr kleiner, fetter Kläffer schlief im viel zu großen Hundekorb und zuckte im Traum mit den Pfoten. Sie sah sich um.

‚Natürlich bin ich allein‘, beruhigte sie sich.

Ein Blick zu dem trägen, alten Hund überzeugte sie, dass ihn ihre längere Abwesenheit nicht stören würde. Sie löschte alle Lichter und stellte sich ans Fenster. Eine ganze Stunde wartete sie im Dunkeln.

Sechzehn Minuten nach zweiundzwanzig Uhr verließ sie bei strömendem Regen und in absoluter Dunkelheit das Haus. Sekunden später war die vollschlanke, dunkel gekleidete Frau mittleren Alters nass bis auf die Haut. Sie lief durch den finsteren Garten. Stopfte noch mal eine vorwitzige Strähne ihres blonden, üppigen Haares unter ihre schwarze Mütze; dann leuchtete sie kurz mit der Taschenlampe auf den matschigen Pfad. ‚Eigenartig …‘ Sie erkannte mehrere mit Regenwasser gefüllte Fußabdrücke!

Plötzlich krachte und schepperte es ohrenbetäubend hinter ihr: Eine heftige Böe hatte das Dach von der Terrasse gerissen! Erschrocken blickte sie sich um. Sofort aber lief sie weiter und riss die Eingangstür zur Höhlenwohnung auf. Am Ende des Flures betrat sie einen Raum. Den geheimen Raum.

Alles war unverändert.

Sie öffnete die Gefriertruhe und blickte zufrieden auf deren Inhalt. Aus einer durchsichtigen Plastikplane schimmerte das schwarz-weiß-braune Fell einer Ziege. Ein Horn lugte durch die Umhüllung. Sie schmunzelte. Das Tierchen würde ihr noch gute Dienste leisten. Mit Leichtigkeit hob sie den gefrorenen Kadaver an, brachte ihn in die Dunkelheit nach draußen und legte ihn in den Kofferraum ihres Kombis.

Zurück in dem Raum mit der Kühltruhe zog und zerrte sie an dem zweiten, unförmigen Paket, das dort in der untersten Schicht verstaut war. Sie kam beim Herauswuchten des Körpers an ihre Grenzen. Überrascht von dem Gewicht ächzte sie. Ihre Hände krampften sich in die Plastikfolie, doch das Paket ließ sich nur widerstrebend anheben.

Nahezu eine Stunde brauchte sie, die Leiche und den Kadaver in ihr Auto zu schaffen. Dann setzte sie sich hinter das Steuer. Der prasselnde Regen hielt unvermindert an.

KAPITEL I

Bernhard schlang seine Arme um ihren Kopf, sog ihren Duft ein und fuhr sanft mit seinem Gesicht über ihre seidigen Nüstern. Wie jedes Mal nach einem Rennen nahm sie sein Ohrläppchen vorsichtig zwischen ihre Lippen und knabberte und zupfte daran. Er wusste, dass es das letzte Mal war. Als ob sie sein Wissen teilte, hob sie den Kopf und schüttelte die Mähne.

„Ja, mein Mädchen, es ist aus für uns! Wir gehören jetzt zum alten Eisen, sind ausrangiert. Unsere Erfolge zählen nicht mehr." Bei diesen Worten konnte Bernhard seine Tränen kaum zurückhalten. „Aber dir wird es gut gehen, dafür habe ich gesorgt. Komm, wir müssen ein letztes Mal raus zur Siegerehrung." Traurig schwang er sich auf ihren Rücken.

Auch noch in der Arena der traditionsreichen, 1868 gegründeten Galopprennbahn Hoppegarten in Berlin sah er wegen seiner feuchten Augen alles nur verschleiert. Sie nahmen am vorletzten Platz in der Reihe der Sieger Aufstellung.

‚Wenigstens nicht der Letzte', ging ihm durch den Kopf.

Seit 2008 lief hier der Rennbetrieb wieder regelmäßig, aber er würde in Zukunft nicht mehr dabei sein. Wehmütig blickte er über die wunderschöne, grüne Anlage, die inzwischen unter Naturschutz stand und deren Gebäude teilweise denkmalgeschützt waren.

Wie hatte er sich vor diesem Tag gefürchtet! Natürlich hatte er gewusst, dass es irgendwann heißen würde, von der aktiven Laufbahn Abschied zu nehmen. Aber jetzt war es wirklich so weit. Nach gut 40 Jahren Karriere – er hatte es sich nicht so real vorstellen können. Er kannte Kollegen, die den Abschied von ihrem Sport, der auch ihr Beruf war, nicht verkraftet hatten. Das verstand er gut, gerade jetzt. Aber ihm sollte das nicht passieren! Er hatte Pläne.

Knapp eine Stunde nach seinem letzten Rennen und wenige Minuten nach der Siegerehrung ging Bernhard mit dem Rennpferd *Adriana vom Hessenstein*, kurz *Adi* genannt, die Stallgasse entlang zu ihrer Box. In seinen Augen war sie das schönste und beste Pferd, das er je hatte reiten dürfen. Und jetzt sollte er sie hier zurücklassen!

‚Nur weil wir beide zu alt geworden sind und nicht mehr die Leistungen bringen, die auf der Rennbahn nötig ist?'

Liebevoll strich er über ihre weichen Nüstern, rieb seinen Kopf, dessen dunkles Haar schütter geworden war, an ihrem Nasenbein.

„Hey, mein Liebling", flüsterte er ihr ins Ohr, „heute Nacht werde ich dich holen und an einem sicheren Ort verstecken. Da wird dich niemand finden. Vor allem Laura nicht, das Biest! Sie will nicht, dass ich dich kaufe. Dann klaue ich dich eben. Du sollst nicht auf billigen Rennen geschunden werden und dann zum Pferdefleischer!"

Wenig später näherte er sich dem nahe gelegenen Restaurant *Reiterstube*. Der wie ein Stall vertäfelte Gastraum mit seinen langen, roh gezimmerten Holztischen war ihm ein Zuhause gewesen. Was hatte er hier ausgelassen und wild gefeiert! Nun warteten Jockeys, Freunde und die Besitzer des Rennstalls, Laura von Güsten sowie ihr Bruder Nikolaus, auf ihn, um seinen Abschied zu feiern. Mit einem kurzen Blick überflog er die Runde und atmete still auf. Seine geschiedene Frau Ulrike, die ihn nach der Trennung zu jeder Tages- und Nachtzeit aufs Unangenehmste überraschte, war gottlob nicht gekommen.

Gelassen setzte er sich zu der fröhlichen Gesellschaft. Ihren Fragen und Spekulationen über seine Zukunft machte er schnell ein Ende. Er tat so, als ob schon alles geregelt sei: In Kürze würde er nach Köln zur Rennbahn Weidenpesch als Trainer und Ausbilder für Pferdewirte gehen. Mit seinen 59 Jahren fühlte er sich noch jung genug, neue Aufgaben zu übernehmen.

Endlich, kurz vor Mitternacht, verabschiedeten sich alle von ihm und wünschten für die Fahrt nach Köln alles Gute.

Kaum in seiner Wohnung in der Frankfurter Allee in Berlin angekommen, griff er seine gepackten Koffer und verließ das viergeschossige Mietshaus für immer. Er holte den versteckten Pferdeanhänger ab und fuhr zurück zum Gut. Den Rest des Weges ging er zu Fuß durch die Dunkelheit. Vorsichtig näherte er sich dem Reitstall, den kopierten Schlüssel für die Hintertür fest in der Hand. Von Weitem drang leise Musik zu ihm.

‚Wahrscheinlich der neue Pferdewirt Christoph.'

Der wohnte im Nebengebäude. Knirschend und leise quietschend öffnete Bernhard die Tür. Der unverwechselbare Geruch von Pferden und frischem Heu umfing ihn. Ein lautes Scheppern! Er erstarrte. Die folgende Stille schmerzte geradezu. Er war gegen eine Karre gestoßen.

Keine Reaktion, nur ab und zu ein leises Schnauben und Rascheln der Pferde.

Mit der Hand abgeschirmt, knipste er das Licht der Taschenlampe an. Er überflog die Stallgasse.

‚Alles leer.'

Im Dunkeln erreichte er Adis Box. Vertrautes Schnauben begrüßte ihn. Fast lautlos betrat er die Pferdebox, öffnete seinen Rucksack und entnahm vier weiche Pferdeschuhe. Er löste bei Adi das Halfter, das Laura, der Besitzerin des Reitstalls, gehörte. Dann nahm er sein eigenes, legte es Adi um und redete ihr gut zu, damit sie sich ruhig die Schuhe anziehen ließ.

Wie auf Samtpfoten folgte ihm die Stute vertrauensvoll zur Hintertür. Die Dunkelheit und die enge Türöffnung gefielen ihr nicht. Aber wie immer ließ sie sich von Bernhard überzeugen, dass für sie keine Gefahr bestand. Kaum waren sie draußen, verschloss er die Tür, schwang sich auf sein geliebtes Pferd und ritt es durch das angrenzende Wäldchen. Nach wenigen Minuten standen sie vor dem Pferdeanhänger.

„Nun rauf!"

Bernhards kurze Anweisung reichte aus, dass Adi routiniert den Anhänger betrat.

Als er sich auf der Bundesstraße 1, Richtung Küstrin, befand, wurde er ruhiger. Er fuhr sehr achtsam. Er wollte nicht in eine Radarfalle geraten und damit eine Spur hinterlassen.

Durch Zufall hatte Bernhard vor Monaten einen kleinen Pferdebetrieb bei Müncheberg, zwischen Berlin und der polnischen Grenze, entdeckt. Der erschien ihm sofort geeignet, hier seine Adi zu verstecken. In einer Herde von vielen Pferden würde sie nicht auffallen. Die Besitzerin des Betriebes, Sonja Beinlich, machte auf ihn einen so guten Eindruck, dass er Tage später Adi dort unter falschem Namen angemeldet und den Vertrag zum Einstellen unterschrieben hatte. Er war planvoll vorgegangen, nannte sie von da an nur noch *Aki*, hatte seinen eigenen Namen ebenfalls nicht preisgegeben, sondern sich Robert Heinze genannt – der Name, auf den sein zweites Handy lief, das er sich über einen Bekannten besorgt hatte. Im Vertrag gab er an, sich wegen eines Auslandsaufenthalts längere Zeit nicht um sein Pferd kümmern zu können. Für eventuelle Zusatzkosten baute er eine Klausel ein, die auf keinen Fall die Besitzerin der Ranch belasten würde und dann zu Nachforschungen über das Pferd und ihn führen könnte.

Er blickte auf seine Uhr. Es war fünf Uhr morgens. Alles war schneller gegangen, als er gedacht hatte. Noch konnte er bei dem kleinen Pferdebetrieb nicht auftauchen. Zwar hatte er angekündigt, dass er am frühen Morgen kommen müsste, da sein Flug noch am gleichen Tag ginge, aber vor Sonnenaufgang das war doch zu früh. Er parkte in einem angrenzenden Waldstück, öffnete die Klappe des Pferdeanhängers, nahm Adi am Halfter und ging mit ihr den mondbeschienenen Waldweg entlang. Im Osten verfärbte sich der Himmel zu einem leichten Rosa. Er hörte die Rufe von Kranichen, die über den Wald zogen. Es würde ein schöner Tag werden.

„Komm, Alte, jetzt beginnt eine neue Phase deines Pferdelebens! Ein bisschen Bewegung, damit du nicht einrostest, viel Freiheit und richtig nette Pferde und Menschen um dich … Ab und zu werde ich nachfragen, wie es dir geht. Nur sehen und riechen werden wir uns eine Weile nicht. Aber wenn ich alles geregelt habe, werde ich dich nachholen. Vergiss mich nicht!“

Mit diesen Worten beruhigte er mehr sich selbst als Adi. Dann ging er auf das Tor des Pferdehofs zu.

KAPITEL II

Auf dem Weg nach Berlin zum Flughafen Tegel wusste Bernhard, dass er alles richtig gemacht hatte. Ein Zurück gab es nicht mehr. Er lag gut in der Zeit. Seinen Flug würde er pünktlich erreichen.

Beim Abheben der Boeing 737 blickte er auf Berlin zurück. Vor sechs Jahren war er der Liebe wegen in dieser Stadt geblieben. Damals kam er zu einem Rennen aus München nach Berlin-Hoppegarten. Am ersten Tag verletzte er sich leicht. Deswegen fuhr er zur nächsten Apotheke mit Nachtdienst. Er besorgte sich Salbe zum Abschwellen des Oberschenkels und schmerzstillende Tabletten. Als er dann, wie nebenbei, eine Packung Präservative verlangte, brach die Apothekerin in schallendes Gelächter aus. Da wurde ihm bewusst, wie die Reihenfolge seiner Bestellung auf andere wirken musste. Er grinste verlegen. Er wollte eine Erklärung dazu abgeben. Dabei verhaspelte er sich furchtbar, lief rot an und meinte schließlich, sie solle die Dinger doch für sich behalten. Das verursachte den nächsten Lachanfall, diesmal für sie beide. Mit Lachtränen in den Augen verabredeten sie sich, die Apothekerin Ulrike Parso und der Jockey Bernhard Brogis, für den folgenden Tag zum Essen.

Von diesem Tag an trafen sie sich während seines Aufenthalts in Berlin täglich. Zum Ende der Saison wechselte er nach Berlin und zog zu Ulrike in die Heinestraße.

Viel zu schnell entschwand Berlin seinen Blicken. Er saß auf einem Fensterplatz, wo keine Flügel die Sicht versperrten. So würde er bei der Annäherung an Teneriffa das Wahrzeichen der Insel, den gigantischen Teide mit seinen fast 4000 Metern Höhe, sehen können, freute er sich.

Seit vier Jahren besaß er die Finca *Vista Teide* bei Arico. Bei seiner ersten Besichtigung gefiel ihm sofort das villenähnliche Haus an einem steilen *barranco.* Daneben gab es eine Höhle, die sich zu einer Höhlenwohnung mit vier Räumen ausbauen ließe. Mit Stolz hatten das die Kinder des Verstorbenen, dem das Haus gehört hatte, berichtet. Auf Bernhards Frage, warum sie dieses wunderbare Anwesen nicht selbst behalten wollten, hatten sie herumgedruckst. Dann erklärten sie, dass sie unter finanziellem Druck stünden. Sie brauchten das Geld dieses legalisierten Anwesens, um Schulden und die spanische Erbschaftssteuer bezahlen zu können. Der Vater hatte ihnen noch andere Immobilien in Las Americas und Adeje vererbt, die aber bis heute keine *escritura* besaßen. Damit waren sie nicht zu veräußern. Da beim Abschluss des Kaufvertrages bar gezahlt wurde und ein Sümmchen, das nicht im Vertrag erscheinen sollte, ausgehandelt worden war, wurden sie sich bald einig.

Bei der Besichtigung der Finca *Vista Teide*, also *Teideblick*, war ihm sofort der Gedanke gekommen, dass er sich nach Beendigung seiner Karriere hier ganz zurückziehen und Pferde auf dem riesigen Grundstück halten könnte. Er besprach sich damals mit seiner Frau Ulrike. Ihr war es egal, ob er sein Geld dort anlegte. Sie hielt zwar nicht viel vom Süden und wäre lieber in ein skandinavisches Projekt eingestiegen. Da ihre Beziehung schnell abgekühlt war, ließ sie ihn aber gewähren. Zu dem Zeitpunkt wurde ihm schon klar, dass er sie nie, bereits nach einem halben Jahr ihrer Bekanntschaft, hätten heiraten dürfen. Aber am Anfang …

„Darf ich mich mal kurz über sie beugen und durchs Fenster sehen? Ich glaube, wir fliegen gerade über die Südspitze Portugals“, unterbrach seine Sitznachbarin im Flugzeug Bernhards Gedankengang.

„Natürlich gern.“

Er setzte sich so weit zurück, wie es ging, um der älteren Frau freien Blick zu gewähren.

„Nun, das war es mit dem Festland," sagte schließlich die Dame. „Als Nächstes wird dann ja meine Lieblingsinsel erscheinen." Mit lächelndem Gesicht machte sie es sich wieder auf ihrem Mittelsitz bequem. „Sind Sie auch auf dem Weg in den Urlaub?"

„Ja, das kann man so sagen." Bernhard klang wenig begeistert.

Die alte Dame indes blickte interessiert auf.

„So sehr scheinen Sie sich ja nicht zu freuen … Waren Sie denn schon überhaupt mal dort?"

„Ich habe sogar eine Finca bei Arico, und von jetzt an will ich immer dableiben."

„Aber das ist doch wunderbar! Ich wünschte, ich könnte das auch."

„Glauben Sie mir, das ist gar nicht so leicht. Erstens bin ich gerade am Ende meiner beruflichen Laufbahn und zweitens muss ich erst mal meine Scheidung verkraften. Nein, eigentlich nicht die Scheidung, sondern meine Frau, die unter der Zwangsvorstellung leidet, mich wieder mit aller Gewalt zurückzubekommen."

„Da sind sie nicht der Erste, dem das passiert. Ich bin heute 71 Jahre alt und habe das schon zweimal hinter mir. Wie lange waren Sie den verheiratet?"

„Nur kurz … Aber ich will Sie hier nicht mit meinen Problemen belästigen."

„Keine Sorge. Viel besser, als aus dem Fenster zu starren!", lachte sie. „Erzählen Sie mir nur ein bisschen, das wird Ihnen auch guttun. Waren Sie lange zusammen?"

„Ach, na ja … Wissen Sie, schon bei unserem ersten Treffen waren wir nicht mehr die Jüngsten. Ja, und dann stand ich eines Tages in ihrer Apotheke. Sie müssen wissen, sie ist Apothekerin, und es ergab sich eine Situation, in der wir beide herzhaft lachen mussten – da war der Bann gebrochen.

Zu unserer Heirat entschlossen wir uns wenig später aus einer weinseligen Laune heraus. Es lief alles so glatt zwischen uns … Wollen Sie das wirklich alles hören?", fragend sah er seine Nachbarin an.

„Fahren Sie einfach fort, das interessiert mich sehr."

„Na gut … Wir haben dann mit einer riesigen Feier geheiratet, anschließend ab in den Vorderen Orient: Wir leisteten uns eine exklusive Hochzeitsreise. Ich wäre viel lieber nach Teneriffa geflogen, aber sie wollte unbedingt eine exotische Hochzeitsreise machen. Das war dann tatsächlich wie ein Märchen aus Tausend und einer Nacht. Aber gleichzeitig kam ein Problem auf, das ich völlig unterschätzt hatte: Sie konnte keine Ordnung halten. Überall flog ihre Kleidung herum! Nach zwei Tagen gab es kaum noch einen freien Platz. Mich machte das rasend. Da kündigte ich ihr an, dass ich einen Spaziergang machen wolle, um ihr die Möglichkeit zu geben, ihre Sachen aufzuräumen. Zwei Stunden später kam ich zurück. Als ich das Appartement betrat, traute ich meinen Augen nicht: Eine Bombe schien eingeschlagen zu haben! Nicht nur ihre Sachen lagen wild verstreut herum, nein, auch meine gesamte Bekleidung, meine Reiselektüre, meine Papiere, meine Kultursachen waren aus den Schränken gezerrt, herumgeschmissen und teilweise zerrissen worden! Wutschnaubend stand sie inmitten dieses Chaos. Bei meinem Eintreten schlug sie auf mich ein und brüllte und weinte, dass ich das ja nie wieder machen sollte, sie allein irgendwo zurückzulassen. Was glauben Sie, wie erschüttert ich war! Ich nahm sie dann in den Arm, wischte ihre Tränen ab und versuchte, sie zu beruhigen. Und dann landeten wir zur Versöhnung im Bett.

Na ja, nach dem gleichen Muster ging es dann immer weiter: Obwohl wir danach ein hübsches Haus in Berlin-Friedrichshain mit einem verwunschenen Garten bezogen, verging fast kein Tag ohne Missverständnisse oder Querelen. Was glauben Sie, wie ich da schon bedauerte, dass ich solch eine überempfindliche, sensible Frau geheiratet hatte! Kaum machte ich mal Andeutungen, dass es so nicht weitergehen könne, reagierte sie mit Wutanfällen! Oder sie zog sich zurück und schottete sich tagelang ab und sprach kein Wort mit mir.

Die Zeit war leidenschaftlich, aber nicht gut. Schließlich zog ich aus. Leider war's damit nicht zu Ende: Sie kann bis heute nicht loslassen und meinen Schritt nicht begreifen. Als ich dann auch noch die Scheidung einreichte, drehte sie völlig durch und begann mich zu verfolgen. Und deswegen sehe ich auch noch nicht so glücklich aus. Ich hoffe nur, dass sie mir nicht nach Teneriffa nachkommt." Laut aufseufzend blickte Bernhard die alte Dame an.

„Kopf hoch, mein Lieber, das wird schon wieder werden! Ich glaube kaum, dass Ihre Frau Ihnen folgen wird. Aber sehen Sie, nur noch eine Stunde bis zur Ankunft auf dem Flugplatz *Reina Sofía* auf Teneriffa. Wenn ich Sie richtig verstanden habe, beginnt dann Ihr neues Leben!"

„Ach, wenn ich das doch glauben könnte – dass sie mich in Ruhe lassen wird! Wenn Sie wollen, kann ich Ihnen noch erzählen, was sie sich schon auf Teneriffa geleistet hat. Ich kann da nur mit Wut und Schaudern dran denken."

„Machen Sie ruhig weiter, so vergeht die Zeit hier im Flugzeug wie im Flug." Kichernd erkannte sie ihr Wortspiel und nickte Bernhard aufmunternd zu.

„Meine Frau Ulrike, ich sag jetzt einfach mal ihren Vornamen, suchte mich kurz nach der Scheidung heimlich auf meiner Finca auf. Um Abstand zu gewinnen, hatte ich mich damals nach Teneriffa zurückgezogen. Am ersten Tag trank ich abends genüsslich meinen Rotwein und war mit meiner Entscheidung so richtig zufrieden, mich von Ulrike endgültig getrennt zu haben. Diese erste Nacht schlief ich so gut wie lange nicht mehr. Ich war ausgeglichen und genoss mit allen Sinnen, endlich frei zu sein. Hier auf der Insel des ewigen Frühlings wollte ich ein neues Leben beginnen.

Am zweiten Abend legte ich eine klassische CD auf, ich mag Klassik sehr, streckte mich genüsslich auf der Hollywoodschaukel auf der Terrasse meiner Finca aus und machte es mir mit der *Océano-Trilogie* von Alberto Vázquez-Figueroa bequem. Wissen Sie, ich liebe Bücher von Autoren, die romanhaft über das Land schreiben, in dem ich mich gerade befinde. Vázquez-Figueroa mag ich besonders gern, weil es ihm mit seinen spannenden Geschichten immer gelingt, etwas über Land, Leute und soziale Verhältnisse zu sagen. Die Trilogie *Océano* begann also auf der kleinen Isla de Lobos, die zwischen Fuerteventura und Lanzarote liegt. Aber das wissen Sie bestimmt. Ich hatte beim Lesen das Gefühl, dem Geschehen sehr nahe zu sein. – Wird Ihnen das auch nicht zu viel, wenn ich das so ausführlich erzähle?" Bernhard blickte sie fragend an.

„Nein, nein, machen Sie weiter, das ist ja wie in einem Roman." Wieder kicherte die alte Dame vor sich hin und wartete begierig darauf, dass Bernhard weitererzählte.

„Na ja, dann wurde ich müde und bin ins Bett gefallen. Ich träumte, dass ich auf einem kleinen, schwankenden Schiff zwischen den Kanarischen Inseln in einer engen Koje lag und ein leichter Wellengang mich schaukelte. Im Traum genoss ich die sanfte, beruhigende Bewegung des Meeres.

Plötzlich spürte ich eine drängende Berührung. Hellwach schreckte ich hoch. Stellen Sie sich vor, das war kein Traum mehr! Entsetzt spürte ich, dass ich nicht mehr allein in meinem Bett lag. Ich schlug um mich. Mein Herz setzte fast aus, dann jagte es. Nicht ein Wellengang hatte mein Bett in Bewegung versetzt, sondern ein Eindringling! Ich wollte aufspringen. In dem Moment nahm ich Ulrikes Stimme und ihren Geruch wahr. Aus meiner Angst wurde unermessliche Wut. Ohne nachzudenken, griff ich ihre langen Haare, die gerade über mein Gesicht fuhren, zerrte, stieß und trat Ulrike von mir. Ob Sie es glauben oder nicht, ihr nackter, üppiger Körper wand sich unter meiner massiven Attacke.

Sie schien den Angriff fast zu genießen. Nur unter Mühen gelang es mir, sie aus meinem Bett zu vertreiben. – Wahrscheinlich können Sie sich das alles nicht vorstellen, aber so war es wirklich! Jetzt klingt es fast komisch, aber damals war ich wie betäubt von diesem Übergriff und musste alle Kraft und Energie aufwenden, sie zum Verlassen des Hauses und der Finca zu zwingen. Danach habe ich die Schlüssel zum Haus ausgewechselt, das Einfahrtstor 120 Meter bis an die Straße verlegt und einen stabilen, hohen Zaun gezogen." Bernhard atmete tief durch. „Ja, das war es dann."

„Nun, mein Junge, das haben Sie alles richtig gemacht", freundlich tätschelte die alte Dame seinen Arm.

Die beiden redeten noch lange, Bernhard erzählte, die Dame fragte – bis ihr Gespräch langsam erlahmte.

„Oh, sehen Sie mal, wir sind ja schon im Anflug."

Beim Blick aus dem Fenster lag der massige Teide ohne ein Wölkchen vor ihnen.

„Danke für diesen schönen, unterhaltsamen Flug, ich habe es als sehr wohltuend empfunden, mir ihre Geschichte anzuhören. Machen Sie es gut, ich wünsche Ihnen alles, alles Gute in Ihrer neuen Heimat."

Bernhard ging es jetzt wirklich gut, er fühlte sich befreit. Später sah er der alten Dame fast wehmütig nach, wie sie mit ihrem Handköfferchen die Schiebetür der Ankunftshalle passierte und einem grauhaarigen Mann in die Arme fiel.

Als Bernhard das Flughafengebäude verließ, schien die Sonne von einem wolkenlosen, stahlblauen Himmel. Er empfand den starken Wind, der die Palmen heftig bewegte und ein beruhigendes Rascheln erzeugte, wie ein sanftes Streicheln auf seiner Haut. Schon längst hatte er seine dicke Jacke ausgezogen. So schwer bepackt wie selten stieg er in ein Taxi.

„Y a dónde vamos?", freundlich hielt der Fahrer Bernhard die Beifahrertür offen.

„Vamos a La Sabinita."

Bernhard war stolz, dass er seinen ersten Satz in Spanisch hervorgebracht hatte. Doch als der Fahrer ihn mit schnellen Worten in ein Gespräch verwickeln wollte, zuckte er hilflos mit den Schultern. So schwiegen sie dann und fuhren von der Autobahnabfahrt Porís de Abona in Richtung Arico Viejo.

Bei der Fahrt in die Berge entspannte Bernhard sich immer mehr. Kaum waren sie in La Sabinita angekommen, zeigte er dem verwunderten Fahrer, dass es auf einer Schlaglochpiste noch weiterging. Als seine Finca in Sicht kam, signalisierte er mit Händen und Füßen, dass sie am Ziel angekommen waren. Erstaunt stoppte der Fahrer, nannte seinen Preis. Nachdem Bernhard ausgestiegen war, wendete der Wagen mühsam und entfernte sich schnell den holprigen Weg abwärts.

Bernhard sah dem wegfahrenden Auto nach. Glücklich griff er zum Schlüssel und öffnete das Tor. Dann nahm er seine beiden schweren Koffer und stellte sie hinter dem Tor sogleich wieder ab, schloss es sorgfältig und ging ohne Gepäck, nur mit seinem kleinen Lederrucksack beladen, den gewundenen Pfad zu seinem Haus hinauf. Er betrachtete die den Weg säumenden Apfelsinen- und Avocadobäume, atmete tief den Geruch der Feigenbaumblätter und der Zitronenblüten ein – und war glücklich. Der Weg machte eine scharfe Biegung. Endlich sah er das Haus, das wie ein verwunschenes, kleines Schloss vor ihm lag. Andächtig blieb er stehen. Sein Blick wanderte umher, und er freute sich an dem üppigen Wachstum der Palmen, Oleander, Hibisken und der zwei Dragos. Auch das Beet mit Kakteen, die in rotem *picón* standen, betrachtete er selig. Kein Kaktus war seit der Pflanzung weiter gewachsen oder hatte an Umfang zugenommen. Aber er fand das Arrangement in dem Lavakies einfach hübsch. Dass der Gärtner bei der Anlage dieses Beetes nur seinen eigenen Verdienst im Auge gehabt hatte, störte ihn schon lange nicht mehr: Die überdimensionalen

Kakteen waren unglaublich teuer gewesen. Den Transport und die Pflanzung mit einem Spezialfahrzeug ließ sich der Bauunternehmer ebenfalls recht gut bezahlen. Inzwischen wusste Bernhard, dass auf der Höhe von über vierhundertfünfzig Metern über dem Meeresspiegel diese Sukkulenten einfach nicht mehr wachsen konnten. Er hatte sich damit abgefunden. Warum sollte er sich über eine Sache ärgern, die sowieso nicht mehr zu ändern und bei Lichte betrachtet lächerlich war? Im Angesicht der Probleme, die ihm Ulrike seit ihrer Trennung bereitete, wusste er gar nicht mehr, warum er sich damals über diese Kleinigkeit hatte so ärgern können.

Als er die Terrasse betrat, huschten *lagartos* fix davon. Er schmunzelte. Er liebte diese Tierchen. Dann ließ er sich auf seiner Hollywoodschaukel nieder, die das ganze Jahr auf der Terrasse stand. Es störte ihn nicht, dass er sich auf die harte Bespannung setzen musste. Zufrieden mit sich und seiner augenblicklichen Situation blickte Bernhard auf die Berge, während er vor sich hinschaukelte. Am Horizont sah er die Spitzen der Gebirgsmassive, die den *Parque Nacional del Teide* zum Südosten abgrenzten.

Er holte aus seinem Rucksack eine Flasche Rotwein aus dem Valle de Güímar, die er am Flughafen noch gekauft hatte. Jetzt konnte er hier in seinem Zuhause einen vernünftigen Begrüßungsschluck trinken. Dem unverschlossenen Schränkchen auf der Terrasse entnahm er ein leicht verstaubtes Glas. Genüsslich ließ er den ersten Tropfen des trockenen Rotweins die Kehle herunterrinnen. Seit Langem war er nicht mehr so glücklich gewesen.

Kurze Zeit später war er auf der Hollywoodschaukel fest eingeschlafen.

KAPITEL III

„Hey, Christoph, kannst du mir mal bitte Dina, Mephisto, Adi und Donna auf die Trainingsbahn bringen? Vor allem Adi muss bewegt werden. Seit Bernhard nach Köln gegangen ist, kümmert sich wohl keiner mehr um sie." Laura von Güsten war mit der morgendlichen Einteilung für das Training beschäftigt. „Und sieh mal zu, dass es ein bisschen zügig geht!"

‚Jetzt bin ich grade eine Woche hier, und sie jagt mich ständig durch die Gegend', grummelte der neue Pferdewirt missmutig vor sich hin. Der harsche Ton in diesem Reitstall gefiel ihm gar nicht.

Nachdem Dina, Mephisto und Donna bereits auf der Bahn arbeiteten, suchte er Adi. Nervös lief er die Stallgasse entlang.

‚Wie soll ich Adi zum Training holen, wenn sie nicht in ihrer Box steht?' Schon vorhin hatte er sich über diesen leeren Stallbereich gewundert.

„Wo bleibst du mit Adi? Du kannst sie heute aufwärmen. Nun mach schon!" Laura betrat ungehalten den Stall.

„Sie steht nicht in ihrer Box, zumindest nicht in der, an der ihr Name ist. Und wie sie genau aussieht, weiß ich nicht", verteidigte sich Christoph gereizt.

„Bist du denn blind!"

Laura eilte in die Stallgasse, wandte sich zur rechten Seite und sah voller Überraschung Adis leere Box. Sie traute ihren Augen nicht. Sie blickte um sich.

„Hast du sie in eine falsche Box gestellt?"

„Wo soll sie denn sein? Es sind doch nur zwei Boxen leer!", entrüstete sich Christoph. „Und da ist sie auch nicht.

Und zwei Pferde in einer Box habe ich hier auch noch nicht gesehen", fügte er ironisch hinzu.

Erregt rannte Laura aus dem Stall. Sie hielt inne, drehte sich abrupt um.

„Seit wann ist diese Box leer?", schrie sie zurück.

„Weiß nicht", kam die wenig aufschlussreiche Antwort.

Laura versuchte sich zu beruhigen. In Gedanken ging sie die letzten Tage durch. Im Büro überflog sie den Trainingsplan. Bernhard war vorgestern nach Köln gegangen. Am drauffolgenden Tag hatte offensichtlich keiner mehr an Adi gedacht. Wie nachlässig von ihr, das nicht bemerkt zu haben! Sie nahm sich zusammen und ging wieder in den Stall. Da sah sie am Pfosten das Halfter mit Adis Namen. Irritiert nahm sie es ab. Ein kleines Briefchen mit ihrem Namen war daran befestigt. Verwundert nahm sie es in die Hand und öffnete es. Ihr schwante nichts Gutes.

„Adi ist sicher und gut untergebracht! Versuche nicht, sie zu finden! Denk an deinen Wettbetrug vom 11. Mai 2014!"

‚Das kann nicht wahr sein! Bernhard hat Adi mitgenommen! Ja, gestohlen!'

Sie eilte zu ihrem Büro, stürzte ans Telefon und wählte die Nummer der Rennbahn in Köln-Weidenpesch.

„Wen wollen Sie sprechen? Moment, ich verbinde!"

Nervös trommelte Laura mit den Fingern.

„Hier Klausgroth, wie kann ich Ihnen helfen?", drang eine Stimme an ihr Ohr.

„Guten Morgen Herr Klausgroth, ich gehe davon aus, dass Bernhard Brogis bei Ihnen trainiert. Wahrscheinlich ist er gerade auf der Bahn. Können Sie ihm ausrichten, dass er sich dringend bei mir melden soll?"

Sekundenlange Stille.

„Der Jockey Brogis?"

„Ja, Bernhard Brogis."

„Hm, lange nichts von ihm gehört, ich dachte, er ist in Berlin."

Laura lief puterrot an. Mit einigen entschuldigenden Floskeln beendete sie das Gespräch. Wütend knallte sie das Telefon auf den Schreibtisch. Dann griff sie erneut danach.

„Hallo Nikolaus, kannst du rüberkommen und heute den Betrieb übernehmen? Ich muss kurz weg und ein paar wichtige Sachen erledigen; außerdem habe ich Kopfschmerzen." Sie bat ihren Bruder nicht gern um Hilfe, aber jetzt musste es sein.

Ihre kleine Villa lag kaum hundert Meter vom Reitstall entfernt. Zu Hause angekommen, rannte sie wie ein Tiger im Wohnzimmer hin und her. Sie fühlte sich hilflos wie noch nie. Wie sollte sie erklären, dass Bernhard Adi widerrechtlich mitgenommen hatte? Was wäre, wenn herauskäme, dass sie Wetten manipuliert hatte? Wie reagieren, wenn Nachfragen über Adis Verbleib kämen?

Je mehr sie daran dachte, desto wütender wurde sie. Das, was er ihr mit diesem Betrug angetan hatte, konnte sie so nicht stehen lassen.

‚Ich will meine Adi zurück!', hämmerte es in ihrem Kopf. „Warte nur ab! Das kannst du mit mir nicht machen! – Erst herausfinden, wo sich Bernhard aufhält, dann Kontakt aufnehmen, ja, und dann?", überlegte sie laut. „Nein, nicht drei Schritte auf einmal. Erst muss ich wissen, wo du Mistkerl steckst", war ihr Resümee. „Vielleicht weiß Ulrike, wo du dich verkrümelt hast."

Sofort nahm sie ihr Handy, fand Ulrikes Telefonnummer und ließ es klingeln. Als der Anrufbeantworter ansprang, legte sie auf.

„Später", murmelte sie.

Sie stöhnte auf: Ihr Bruder Nikolaus kam durch den Garten.

„Sag mal, was ist das denn für eine komische Sache mit Adi? Sie ist nicht da? Wieso erfahre ich das so nebenbei? Sie sollte doch als Trainingspferd noch eine Weile laufen."

„Reg dich nicht auf! Ich hatte da noch am letzten Tag ein Zugeständnis an Bernhard gemacht. Er sollte sie noch eine Weile trainieren. Habe eben vergessen, es zu sagen. Hat schon alles seine Ordnung“, log sie, ohne ins Stocken zu geraten. „Morgen bei der wöchentlichen Teamsitzung erkläre ich es für alle. Und jetzt lass mich in Ruhe!“, setzte sie grantig hinzu.

Nikolaus starrte sie sprachlos an. Verwundert verließ er seine Schwester Laura.

‚Jetzt muss ich mir alles so zurechtlegen … Verdammt!‘

Wenige Tage später ging es ihr besser. Sie hatte die Sitzung über Vorkommnisse im Reitstall und die Arbeitseinteilung für die kommende Woche mit ihrem Bruder und den Jockeys überstanden. Dabei war sie allzu intensiven Nachfragen geschickt ausgewichen. Jetzt konnte sie bedächtiger mit dem Problem umgehen. Von Ulrike hatte sie gehört, dass Bernhard auf Teneriffa war. Wie lange er dort bleiben wollte, konnte sie nicht in Erfahrung bringen. Er schien ohne Adi da zu sein.

Trotzdem. Sie musste da hin.

KAPITEL IV

„Du, ich glaube, Bernhard ist tatsächlich auf seine Finca gefahren. Hast du das Taxi vorhin gesehen?“, wandte sich Ulrike an ihre Freundin Leonore Campus.

Beide saßen bei einem Glas Rotwein auf dem ausladenden Balkon ihrer Ferienwohnung in La Sabinita. Von hier hatten sie einen imposanten Blick über das Tal von Arico bis nach Abades. Leonore zuckte nur mit den Schultern, trank dann einen Schluck Wein.

„Wer sollte sich denn sonst mit einem Taxi in diese Einöde bringen lassen? Los, ein kleiner Spaziergang zu seiner Finca kann nicht schaden!“ Verhalten grinste Ulrike ihre Freundin an. In dem Moment erkannte Ulrike allerdings selbst, dass ihre ansonsten immer loyale Jugendfreundin Leonore dies alles nicht ernst nahm und nicht wirklich mitmachen würde. Für Leonore war es offenbar nur eine dankbare Abwechslung vom Einerlei des Alltags, wie Ulrike bitter erkannte. Sie lächelte dennoch.

„Puh, der Aufstieg ist im Dunkeln auch nicht weniger schweißtreibend als am Tag.“ Stöhnend wischte sich Ulrike über die klatschnasse Stirn. Inzwischen hatten sie die Höhe der Finca erreicht.

„Siehst du was?“, kam von Leonore.

„Nein, da ist alles ruhig.“

„Lass uns noch ein paar hundert Meter weiter gehen, dann können wir wenigstens einen Teil des Grundstücks überblicken.“

Ulrike wollte es jetzt genau wissen. Obgleich wegen des schnellen, ungewohnten Anstiegs schnaufend, setzten sie ihre Erkundung fort. Dabei fuchtelte Leonore wild mit der Taschenlampe herum.

„Mach die Lampe aus! Willst du denn, dass er auf uns aufmerksam wird?“, blaffte Ulrike.

Schnell tastete Leonore nach dem Ausschalter, blendete dabei Ulrike. Es dauerte etwas, bis beide in der Dunkelheit sehen konnten.

„Alles ruhig, kein Licht!“, entfuhr es Ulrike fast enttäuscht.

„Aber …“

„Wir haben uns geirrt. Irgendwie kriegen wir es schon mit, wenn mein Verflossener hier auftaucht“, unterbrach Ulrike ihre Freundin süffisant.

„Du hättest zu Bernhards Verabschiedung in den Reitstall gehen sollen. Da hättest du erfahren, ob er überhaupt nach Teneriffa kommen wollte. Dann müssten wir unseren knappen Urlaub hier nicht auf dem Lauerposten liegen. Von der Insel habe ich bisher nichts gesehen. Irgendwie stinkt mir das langsam“, redete sich Leonore in Rage. „Und morgen machen wir den versprochenen Ausflug zum Teide!“, fügte sie verärgert hinzu und setzte sich demonstrativ auf einen Stein.

„So wütend und stur bist du auch immer bei den Wanderungen mit unseren Eltern geworden!“ Ulrike musste unwillkürlich kichern. „Weißt du noch, als mein Vater uns schon mit fünf Jahren durch den Harz gejagt hat und du immer behauptet hast, dass du nicht so viel laufen kannst, weil du jünger bist als ich?“

„Und wer schnauft und stöhnt jetzt mehr? Du, nur weil du sooo viel älter bist – vier Tage! Alte Frau!“

Lachend fielen sie sich in die Arme.

„Bloß jetzt schnell zurück zu unserem Rotwein, der wird sonst zu warm.“

Stolpernd und ausgelassen liefen sie den schmalen Weg zurück, ohne noch einen Blick auf die Finca zu werfen.

KAPITEL V

Bernhard rieb sich die Augen. Es war kühl geworden. Er dehnte und reckte sich.

‚Jetzt bin ich endlich hier in meinem neuen Zuhause und verschlafe gleich die ersten Stunden auf meiner Hollywoodschaukel!', ging es ihm durch den Kopf. „Kaum zu glauben", murmelte er vor sich hin. ‚Entspannung pur!'

Sein Blick fiel auf die Silhouette der Berge, die sich gegen den sternklaren Himmel abhob. Der helle Halbmond stand fast senkrecht über seinem alten Mandelbaum und warf einen deutlichen Schatten.

Bernhard stand auf, nahm sein Schlüsselbund und öffnete die Haustür. Im Inneren des Hauses war es kühl. Es roch frisch.

Bevor er von Berlin abgeflogen war, hatte er Mercedes, seine spanische Haushaltshilfe, informiert, dass er kommen wollte. Beim Kauf der Finca hatte er sie gleich mit übernommen. Sie war zuverlässig. Während seiner langen Abwesenheit sah sie nach dem Rechten. Jetzt hatte sie alles gereinigt und eine Obstschale mit verschiedenen Früchten aus seinem Garten gefüllt.

Da fielen ihm die Koffer ein, die noch am Tor standen.

‚Wie konnte ich nur so gedankenlos sein?'

Er ging auf dem vom Halbmond hell beschienenen Weg zum Tor und dachte dabei wehmütig an seine Adi. Vor nicht einmal 24 Stunden hatte er auf einem ebenfalls mondbeschienenen Weg in Deutschland Abschied von ihr genommen. Er griff seine Koffer und schleppte sie zum Haus. Jetzt war er richtig angekommen. Müde warf er sich ins Bett und war in Sekunden eingeschlafen.

Das Krähen der Hähne und leises Rascheln der vom Wind bewegten trockenen Palmenblätter weckten ihn. Er streckte sich genüsslich und sah durch das geöffnete Fenster. Die Sonne musste gerade über Gran Canaria aufgegangen sein. Er konnte ihre ersten Strahlen auf den Spitzen der Berge sehen, die rot zu glühen schienen.

Er döste noch ein wenig vor sich hin, aber nach nur wenigen Minuten stand die Sonne schon so hoch, dass die Verfärbung der Berge einem gleißend hellen Licht gewichen war.

„Zeit zum Aufstehen", sagte er gähnend.

Im Badezimmer sah er in das Schränkchen mit den Utensilien, die er für seine morgendlichen Abläufe benötigte. Alles lag an seiner gewohnten Stelle. Er hasste Veränderungen und achtete sehr auf Ordnung. Während er mit Ulrike zusammenwohnte, hatte er sich oft über ihre Schlampigkeit geärgert.

Zwanzig Minuten später öffnete er die Garage, bestieg seinen metallicblauen Toyota RAV4 und machte sich auf den Weg zum Frühstück nach Villa de Arico in die Bar von Carmen und Carlos. Beim Verlassen des Grundstücks stellte er sich vor, den Pferdestall schon gebaut zu haben. Wäre er fertig, könnte er schon jetzt seine Adi holen. Sorgfältig schloss er das Gartentor hinter sich ab.

Bei Carmen und Carlos wurde er herzlich begrüßt. Er liebte dieses Ritual mit den beiden Küsschen rechts und links.

„Un cortado natural y un bocadillo de jamón serrano y queso blanco!", bestellte Bernhard in fast akzentfreiem Spanisch.

„Como siempre!", lachte Carmen, die wusste, dass Bernhard sonst kaum einen Satz Spanisch herausbrachte.

Er setzte sich in die pralle Sonne auf den Bürgersteig. Dass die *canarios* auch im Winter immer in der dunklen, kühlen Bar blieben, konnte er nicht verstehen. Heißhungrig stürzte er sich auf das *bocadillo*. Die Autos fuhren nur wenige Schritte von ihm entfernt auf der Straße vorbei. In Deutschland hätte ihn das gestört. Hier nahm er es hin.

„Hast du das gesehen?“, schrie Leonore auf. „Er ist doch da! Sitzt in aller Ruhe bei Carmen und Carlos und frühstückt. Ich fasse es nicht! Dann war das gestern doch das Taxi, das Bernhard zur Finca gebracht hat“, konnte sie sich kaum beruhigen.

„Sicher? Sag, bist du wirklich sicher? Ich hab' nichts gesehen. Und der sitzt jetzt da und frühstückt?“

„Doch, doch“, bekräftigte Leonore, „ich habe mich nicht geirrt.“

Sofort drosselte Ulrike das Tempo ihres Leihwagens.

„Meinst du, dass er uns gesehen hat?“

„Unsinn, er hat noch nicht mal in unsere Richtung geblickt. Er kennt dies Auto ja auch gar nicht. Was willst du jetzt machen?“

„Erst einmal – machen wir unseren Ausflug zum Teide. Versprochen ist versprochen.“

Sie setzten ihre Fahrt fort.

Knapp eine Stunde später rief Leonore begeistert: „Oh, sieh mal! Ist das der Teide? Der hat ja noch Schnee ganz oben am Rand. Stopp doch mal!“

„Warte, gleich kannst du noch besser durch die Pinien sehen. Dann haben wir die Baumgrenze fast hinter uns.“

Kurze Zeit später fuhr Ulrike in eine Parkbucht, und sie stiegen aus.

„Puh, ist das kalt hier oben!“ Leonore schlug fröstelnd den Kragen ihrer Sommerjacke hoch.

„Du wirst dich wundern, wie kalt es noch wird – vor allem bei dem Wind heute!“

„Solche Farben habe ich ja noch nie gesehen, das geht ja von Kupfergrün über Gelb bis Schwarz! Alles in Schichten übereinander! Vielleicht hätte ich lieber Geologie statt Zahnmedizin studieren sollen. Das ist ja einmalig!" Staunend stand Leonore vor *La Tarta*, der Torte, wie diese Gesteinsformation neben der Höhenstraße von La Laguna zum Teide heißt.

An der Information zum Nationalpark angekommen, schnürten sie ihre Wanderschuhe, nahmen noch ihre dicken Pullover aus dem Rucksack und machten sich auf dem Wanderweg Nummer 1 in die zerklüftete Traumlandschaft der Cañadas vom El Portillo zur Fortaleza.

Leonore war begeistert. So schön hatte sie sich das nicht vorgestellt.

Ulrike verhielt sich ungewöhnlich still. Selbst auf dem Rückweg über Arafo sprach sie kaum ein Wort.

KAPITEL VI

Als Bernhard nach dem Frühstück bei Carmen und Carlos zurück auf der Finca war, machte er einen Rundgang über das Gelände. Zufrieden sah er, dass Mercedes alles bestens gepflegt hatte und die Bäumchen sich stattlich entwickelten.

Wenig später räumte er seine Koffer leer. Dann inspizierte er den leeren Kühlschrank. Das nahm er zum Anlass, in den kleinen Laden in Arico zu fahren, der auf ihn immer wie ein Tante-Emma-Laden aus seiner Kindheit wirkte. Dort gab es keine große Auswahl. Die Besitzer standen selbst im Geschäft hinter dem Käse- und Fleischtresen und an der Kasse. Aber er mochte diese Atmosphäre.

Nach dem Einkaufen trank er noch einen Rotwein bei Carlos und Carmen und nahm die kanarische Umgebung in sich auf. Er überlegte, wie er sein Leben neu gestalten könnte. Vor zwei Wochen hatte er in Berlin einen Schiffscontainer mit seinen Möbeln und Kunstgegenständen beladen. In Gedanken entwickelte er den Plan weiter, Stallungen zu bauen und seine Adi nachzuholen, die er jetzt als Einziges vermisste.

Den ganzen Tag lang fand Bernhard die Ruhe und das Nichtstun großartig. Kurz betrat er die Höhle. Sie lag nur einen Steinwurf vom Haus entfernt und bestand aus vier Räumen. Sofort störte ihn der muffige Geruch.

‚Ich müsste hier eine Dauerlüftung einbauen.'

Den Ausbau hatten Ulrike und er damals noch gemeinsam geplant. Sie sollte als Ferienwohnung hergerichtet werden. Er freute sich, dass ihre nordischen Ideen hier nicht mehr zum Tragen kommen sollten. Dieses Projekt würde er jetzt allein nach seinen Vorstellungen vorantreiben. Er brauchte nur etwas Zeit.

Abends trank er ein Gläschen Rotwein auf seiner Hollywoodschaukel. Das war ein Leben, von dem er immer geträumt hatte. Jeder Tag bis zu seinem Lebensende könnte so verlaufen, und er wäre glücklich. Dann ging er zufrieden mit sich und der Welt schlafen.

Bernhard schreckte aus dem Tiefschlaf hoch.

‚Da, ein Geräusch?'

Er horchte in die Dunkelheit. Ganz in der Ferne das kaum wahrnehmbare Bellen eines Hundes. Sonst nichts.

Verdrossen schlüpfte er in seine Fellpantoffeln, die er aus Deutschland mitgebracht hatte. Der geflieste Fußboden war immer sehr kalt, vor allem nachts. Im Sommer genoss er die Kühle, aber jetzt, im Herbst, war es ihm unangenehm, barfuß über die Fliesen zu laufen. Er bewegte sich leise im Dunkeln. Als er noch mit Ulrike zusammenlebte, wurde sie beim geringsten Geräusch wach. Selbst nach einem ihrer heftigen Liebesakte in der Anfangszeit dämmerte sie nur leicht weg, während er sofort in den Tiefschlaf versank. Wurde er dann irgendwann in der Nacht wach, weil sich seine Blase bemerkbar machte, fragte sie sofort: „Was machst du?" Seine stets gleiche Antwort: „Ich muss mal!" Nachdem sich diese Szene immer und immer wiederholte, kam er sich wie in einem Comic von Loriot vor. In Erinnerung an diese alte Geschichte war er froh, dass es das jetzt nicht mehr gab. Er vermisste in letzter Zeit zwar einen warmen Frauenkörper, aber so eng wie mit Ulrike wollte er nie wieder mit einer Frau zusammenleben.

Mit einem Bein gerade wieder im Bett, erhellte ein magnesiumgreller Blitz sein Schlafzimmer, gefolgt von einem infernalischen Donnerschlag. Zu Tode erschrocken, eine zehntel Sekunde gelähmt, stürzte er in den Flur, riss an der verschlossenen Außentür, und noch beim Umdrehen des Schlüssels brüllte er: „Ulrike!"

„Ulrike!", schrie er jetzt ein zweites Mal in die Dunkelheit. Er war sicher, dass nur sie es gewesen sein konnte. „Das wirst du mir büßen", knurrte er vor sich hin. „Mit mir kannst du das nicht machen!"

Wütend zog er sich an. Ahnend, dass Ulrike irgendwo aus dem Dunkel sein Haus beobachten könnte, machte er kein Licht.

Als es dämmerte, betrat er die Terrasse. Der runde Tisch mit den vier Stühlen stand so wie immer. Auch seine Hollywoodschaukel sah nicht verändert aus. Aber da war es: Unter seinem Schlafzimmerfenster entdeckte er die leicht verkohlten Reste eines Knallkörpers.

„Warum lässt du mich bloß nicht in Ruhe, das ist doch krank!", schimpfte er beim Teeaufgießen vor sich hin. Das Wort „Stalker" hatte er schon gehört, aber nie für etwas Bedrohliches gehalten. Von einer intelligenten Frau, die auch noch verantwortungsvoll eine Apotheke leitete, hätte er nie so etwas erwartet.

„Nun, ich werde mir zu helfen wissen."

KAPITEL VII

Leonore rekelte sich im Bett ihres Urlaubsdomizils. Sie hatte Muskelkater. Schuld daran war das ungewohnte Wandern am Tag zuvor.

Ulrike und sie hatten unterhalb von La Sabinita eine großzügige Ferienwohnung gemietet. Jede hatte ihr eigenes Schlafzimmer mit anschließendem Bad. Der Wohnraum war mit massiven, ausladenden Möbeln im spanischen Landhausstil eingerichtet, die Küche großzügig und technisch bestens ausgestattet. Hier traf sie Ulrike, die gerade ihre Hand verarztete.

„Was hast du denn da gemacht?“ Leonore sah erstaunt die rote Brandwunde auf Ulrikes Hand.

„Nichts, gar nichts“, wandte sich Ulrike ab. „Willst du einen Kaffee oder wollen wir lieber nach Abades zum Frühstücken fahren? Dort bietet María *zumo de naranja*, frisch gepressten Apfelsinensaft, eine *pulguita* und Kaffee für nur 2,50 € an.“

„Was ist denn nun schon wieder eine *pulguita*? Habe ich das schon mal gegessen?“ Schnell war Leonore abgelenkt. Obwohl es ihr niemand ansah, war Essen ihre große Leidenschaft.

„Das ist ein kleines Brötchen, lecker belegt.“ Ulrike leckte sich die Lippen.

Beim Frühstück mit Blick aufs Meer und die Badebucht Playa de los Abrigos hatte Leonore das seltsame Verhalten Ulrikes vom frühen Morgen und ihre Verletzung schon längst wieder vergessen. Wenig später lagen beide am Strand und dösten in der prallen Sonne vor sich hin.

Ulrike war in Gedanken bei Bernhard. Sie dachte daran, wie ihre Liebe zu ihm vom ersten Tag an da gewesen war und sich im Laufe der Zeit vertieft hatte. Sie stöhnte auf.

„Was hast du?" Leonore blickte kurz auf.

„Ach, nichts! Ich musste nur gerade an Bernhard denken. – Vielleicht bin ich auch zu empfindlich. Ich habe das Gefühl, dass ich einfach nicht von ihm lassen *kann*. Dabei weiß ich eigentlich, dass das verkehrt ist und ich mich langsam völlig von ihm lösen muss. Das ist bloß so verdammt schwer … Na, irgendwann werde ich das schon packen. Mach dir mal keine Gedanken!"

„Ach, mein kleines Sensibelchen: Wir kennen uns so lange und du hast doch schon ganz andere Sachen geschafft! Du weißt, ich bin für dich da. Also, wenn du mich brauchst, helfe ich dir, aus dieser Sache rauszukommen. Bald geht es ja auch wieder Richtung Heimat und dann ist das Kapitel sowieso abgeschlossen. Du solltest ihn endlich in Ruhe lassen."

„Den in Ruhe lassen? Nein, niemals! Der soll leiden!" Ulrike setzte sich erregt auf. „Erst holt er mich mit aller Macht aus meinem geruhsamen Leben, verspricht mir den Himmel auf Erden und dann lässt er mich einfach fallen wie eine heiße Kartoffel. Wahrscheinlich zugunsten seines Lieblingspferdes Adi! Hast du dich nicht mal gefragt, wie blöde ich mir neben ihm immer vorgekommen bin? Er, einen Kopf kleiner mit schütterem Haar und hinten schon einer Glatze wie eine Tonsur?" Sie schüttelte ihre Mähne, nahm eine silberne Haarspange aus ihrer Handtasche und fasste ihr üppiges Haar zu einem Pferdeschwanz zusammen. „Und in den war ich wirklich mal verliebt. Glaube ich jedenfalls", fügte sie sich selbst gegenüber skeptisch hinzu. „Aber lass mal, in ein paar Tagen sind wir sowieso weg, und wenn ich dann das nächste Mal hier bin, werde ich mir etwas Besseres einfallen lassen. Du brauchst ja nicht wieder mitzukommen."

„Ach Ulrike …", seufzte Leonore.

KAPITEL VIII

Bernhard betrachtete sich in dem goldgerahmten Spiegel im Eingangsbereich.

‚Was habe ich mir denn da heute Nacht, nach dem Schock durch Ulrikes Attacke, angezogen?'

Über einer schlabberigen Hose hatte er seinen uralten blau-grünen Lieblingspullover gezogen, der an den Ärmeln ausgefranst und überall von kleinen Löchern durchsetzt war.

‚So kann ich mich jedenfalls nirgends sehen lassen.'

Er griff seine lindgrüne lange Hose und ein sportlich gestreiftes Hemd. Darüber zog er einen in den Farben des Hemdes abgestimmten Pullover. Nun fühlte er sich wohl. Er nahm den Autoschlüssel vom Schlüsselbrett und verließ das Haus. Gemächlich fuhr er zum Tor. Beim Aufschließen entdeckte er einen Stofffetzen und Blut an der zweiten Spitze des Tores.

‚Das geschieht ihr recht!', freute er sich.

„Buenos día, Bernár, cómo estás?", hörte er beim Abschließen des Tores von Weitem eine Stimme, die nie seinen Namen richtig aussprechen konnte. Antonio, sein Nachbar von der Obst- und Gemüsefinca oberhalb seines Grundstücks, kam auf ihn zu. „Quieres una bolsa de naranjas y limones?"

Freudig kam ein fröhliches „sí, sí" über Bernhards Lippen. Er ließ sein Auto stehen und begleitete Antonio zu den Apfelsinen- und Zitronenbäumen.

In unmittelbarer Nähe standen mehrere Säcke aus roten Plastiknetzen, gefüllt mit je zehn Kilogramm Apfelsinen. Antonio würde sie später zu seiner Tankstelle in Arico Viejo zum Verkauf für acht Euro pro Sack bringen. Dort arbeitete er als Tankwart und an der Kasse.

Nachdem Antonio Bernhard noch zwei reife Mangos in die Hand gedrückt hatte, verabschiedeten sie sich mit wiederholtem „hasta luego". Bernhard bewegte sich schwer beladen, vorsichtig auf der Piste voller Löcher, Steine und anderer Unebenheiten zu seinem Auto. Anfänglich, gleich nach dem Kauf der Finca, wollte er diesen Pfad, der eine unzumutbare, unbefestigte Holperstrecke war, asphaltieren lassen. Heute war er froh, dass er wegen mangelnder Sprachkenntnis diese Aktion nicht in die Wege leiten konnte. So fuhren nur die wenigen Anwohner zu ihren Terrassenfeldern vorbei.

Das Obst kurz hinter dem Tor im Schatten abgestellt, setzte Bernhard sich wieder hinter das Steuer. Dabei fiel sein Blick auf die TÜV-Plakette an der rechten oberen Ecke der Windschutzscheibe.

„Mist, nächsten Monat schon wieder zur ITV", murmelte er vor sich hin. Da sein Auto älter als zehn Jahre war, musste er sogar jährlich diese Prozedur über sich ergehen lassen.

‚Ich sollte Antonio darum bitten.'

Vor einem Jahr hatte er sich beim ITV so dämlich angestellt, dass der kontrollierende Mechaniker ihn etwas rüde aus dem Auto gebeten und einen anderen Spanier an sein Steuer gesetzt hatte. Der spanische TÜV war dann ohne Beanstandung in fünf Minuten abgeschlossen gewesen. Woher sollte er, Bernhard, auch all die technischen Begriffe in der spanischen Sprache kennen? Selbst die Aufforderung „Bremse treten" hatte er nicht verstanden.

Der holprige Weg von seiner Finca abwärts verlangte seine ganze Aufmerksamkeit. Als er auf der Asphaltstraße durch La Sabinita fuhr, streiften seine Augen die exklusive Unterkunft von Esther und Manuel. Er musste wissen, ob Ulrike sich hier eingenistet hatte. Sein Entschluss stand fest. Sollte Ulrike nochmals sein Grundstück betreten, würde sie schon heute Abend eine Überraschung erleben.

Beinah wäre Bernhard auf der Autobahn an der Abfahrt Tacoronte vorbeigefahren. Er wollte das Tierheim in der Calle Barranco San Juan finden. Zwei Mal verfuhr er sich. Endlich stand er vor der Hausnummer 82. Kaum hatte er geläutet, erklang ein infernalisches Gebell in verschiedenen Tonlagen.

‚Hier bin ich richtig.'

Eine ältere Dame begrüßte ihn auf Deutsch und freute sich, dass er einen Hund mitnehmen wollte. Sie stellte ihm Fragen zu seinem Haus, dem Grundstück und seinen Kenntnissen über Hunde. Dann ging es an die Auswahl.

Am liebsten hätte er sie alle mitgenommen. Einige Hunde hockten verschüchtert in der Zwingerecke, andere sprangen wütend bellend an den vergitterten Türen hoch, wieder andere jaulten herzerweichend oder guckten ihn mit traurigen Augen an. Er wusste plötzlich nicht mehr, wie er überhaupt eine Entscheidung treffen sollte. Podencos, die hier üblichen Jagdhunde, waren in der Überzahl. Als ihm erklärt wurde, dass die großen, hinter den Gittern aggressiv herumspringenden Hunde schwer zu vermitteln seien, entschied er sich für einen besonders großen Mischling, wahrscheinlich aus einem Schäferhund und einem Pudel, dem das rechte Ohr fehlte. Er war völlig abgemagert und sprang wütend am Gitter hoch. Sowie die Zwingertür aufging, kroch er winselnd in die hinterste Ecke. Er war erst zwei Tage im Tierheim. Sie brauchten viel Geduld und Leckerlis, um ihn herauszulocken. Als Bernhard ihn dann streicheln konnte, drückte sich das große Tier vertrauensvoll an ihn. Es war Liebe auf den ersten Blick.

„Du bist mein Charly, wir passen zusammen", flüsterte Bernhard ihm in das noch vorhandene Ohr.

Keine halbe Stunde später fuhr er mit zwei Hunden vom Tierheim weg. Ein kleiner grau-schwarzer Mischling hatte ihn so traurig angeguckt, dass er spontan entschied, ihn auch noch mitzunehmen.

Es dauerte keine zwei Wochen, da hatten beide Hunde begriffen, dass das Grundstück ihr Revier war. Nachdem Urmel und Charly ihrem neuen Herrchen aufs Wort gehorchten, ging er mit ihnen in eine Veterinärklinik. Abgesehen davon, dass beide unterernährt waren und Charly nur ein Ohr hatte, waren sie gesund.

Inzwischen gewöhnte sich Bernhard an einen neuen täglichen Rhythmus. Statt des morgendlichen Trainings mit Adi in Deutschland drehte er hier schon vor dem Frühstück eine große Runde mit den Hunden. Sie mussten lernen, an der Leine zu gehen und auf seinen Pfiff hin zurückzukommen.

„Los kommt!"

Aufgeregt überholten ihn beide Hunde und hielten vor dem verschlossenen Tor.

„Sitz!"

Beide saßen und sahen ihn aufmerksam an.

„Das klappt ja schon prima mit euch."

Kaum hatte er sie angeleint, öffnete er das Tor und ging strammen Schritts durch das Dorf.

„Hola, cómo estás?"

Bernhard sah zur Seite. Das Künstlerehepaar Esther und Manuel stellten gerade vor ihrem attraktiven Ferienhaus eine neue Skulptur auf.

„Ich habe euch lange nicht gesehen. Hattet ihr wieder gut vermietet?" Ohne nachzudenken, sprach Bernhard Englisch mit den beiden.

„Konnte nicht besser sein, zwei nette deutsche Frauen. Die hätten sich sicher gefreut, dich als Deutschen hier mal kennenzulernen."

Bernhard stutzte. Eine Gänsehaut lief über seinen Körper. „Das hätte mir gerade noch gefehlt," murmelte er auf Deutsch vor sich hin.

Irritiert sah Manuel Bernhard an.

„Und? Sind sie schon abgereist?", verfiel Bernhard wieder ins Englische.

„Ja, sie sind schon seit einigen Tagen nach Deutschland zurück."

Bernhard strich sich aufatmend über seine schweißnasse Stirn. Fragend blickten Esther und Manuel ihn an. So kannten sie Bernhard nicht. Dieser stets freundliche Nachbar wirkte völlig verstört.

„Ich glaube, diese Gäste waren meine geschiedene Ehefrau und ihre beste Freundin. Seit ihrem zweiten Lebensjahr kleben sie wie zwei Kletten zusammen", kam es zögerlich von Bernhard. „Und jetzt haben sie nichts Besseres im Sinn, als mich ständig zu verfolgen und bösartige Aktionen gegen mich zu reiten", sprudelte es dann aus ihm heraus.

Spontan schlug Manuel auf Bernhards Schulter: „Hombre, hätte ich das gewusst, wären die nie in mein Haus gekommen! Na, jetzt weiß ich es, und du kannst dich darauf verlassen, dass wir nicht mehr an sie vermieten!"

„Nein, nein, vermietet ruhig weiter an sie, aber es wäre schön, wenn ihr mich vorwarnen könntet, falls sie hier noch einmal auftauchen." Bernhard schluckte. Die Situation war ihm äußerst peinlich und er fragte sich, ob nicht jetzt unmögliche Gerüchte über ihn im Dorf herumschwirren würden. Warum war er auch nur so geschwätzig gewesen!

„Lasst uns erst mal ein Gläschen Rotwein trinken!" Esther griff Bernhards Hand und zog ihn zur Terrasse. „Von uns erfährt niemand etwas. Was glaubst du, was hier alles für Klatschgeschichten durch das Dorf gehen! Und daran beteiligen wir uns wirklich nicht."

Beim Abschied klopfte Manuel Bernhard beruhigend auf die Schulter.

„Weißt du, unter guten Freunden kann man auch ruhig mal etwas vertraulich besprechen."

Glücklich beendete Bernhard seine Runde mit den Hunden – in dem Bewusstsein, hier seine ersten wirklichen Freunde auf Teneriffa gefunden zu haben.

Ausgelassen ließ er Charly und Urmel von der Leine. Sie stürzten an ihm vorbei und liefen zur Finca. Vor dem Tor warteten sie.

„Ihr seid ja zwei ganz Schlaue! Jetzt wisst ihr auch schon, wo ihr hingehört." Beruhigt schloss Bernhard das Tor hinter sich. „Na, ihr Racker! Ha, jetzt ist nicht mehr zu befürchten, dass Fremde unser Grundstück betreten! Nicht wahr?"

Er streichelte sie, während sie um ihn herumwedelten, und dachte, dass er nun in Ruhe lesen, fernsehen und all das machen konnte, wozu er jahrelang keine Zeit gehabt hatte.

Tatsächlich fuhr er abends nun stets in die Bar in Arico, trank Rotwein und aß kanarische Speisen wie *potaje canario* mit viel Safran oder *ropa vieja*, diesen unergründlichen Eintopf aus allem, was Carlos in seiner Vorratskammer finden konnte.

Wenn er zurückkam, begrüßten ihn die Hunde freudig. Sein letztes Gläschen Rotwein genoss er dann vor sich hinwippend auf seiner Hollywoodschaukel, während Charly und Urmel zu seinen Füßen lagen.

‚So habe ich es mir immer gewünscht.' Er seufzte zufrieden.

Aber manchmal schweiften seine Gedanken zu Adi. Seine gelegentlichen Telefonate mit Sonja, der Besitzerin des Pferdehofs, bestätigten ihm, dass sein Pferd dort gut aufgehoben war. Es würde noch eine Weile dauern, bis er sie nachholen könnte.

KAPITEL IX

Anfang Dezember wurden die Tage auf Teneriffa spürbar kürzer. Die Sonne verschwand auf Bernhards Finca gegen 18 Uhr hinter den Bergen der Cañadas. Trotzdem störte ihn hier die Dunkelheit viel weniger als in Deutschland. Wenn es nach Sonnenuntergang merklich frischer wurde, zog er sich eine Jacke über oder legte auch mal eine Decke um sich. Draußen bleiben konnte er immer. Es war ruhig um ihn herum geworden.

Seine Gedanken gingen zu Laura, der Besitzerin von Adi. Ein bisschen wunderte er sich, dass er nichts mehr von ihr gehört hatte.

„Sie wird es nicht wagen, mich wegen Adi zu bedrängen: Dazu hat sie viel zu viel Angst, dass ihr Wettbetrug herauskommt! Ist schon gut, wenn man etwas gegen jemanden in der Hand hat … Und Ulrike wird hier wohl auch nicht mehr auftauchen. Die merken eben alle, dass ich mich nicht kleinkriegen lasse." Erstaunt stellte Bernhard fest, dass er jetzt schon Selbstgespräche führte.

Wie so oft saß er auf seiner geliebten Hollywoodschaukel. Er hatte einen Roman von Lion Feuchtwanger, *Die Jüdin von Toledo*, in den Händen. Natürlich spielte die Handlung in Spanien, wenn auch nicht auf den Kanarischen Inseln. Seit einer halben Stunde war er mit dem Lesen kaum vorangekommen. Im Gegenteil, er musste immer wieder zurückblättern, um die Zusammenhänge zu begreifen. Verdrossen legte er das Buch weg und schaukelte heftiger.

„Sollte das jetzt alles gewesen sein?", fragte er sich. „Ich liebe meine Hunde, gehe gern durch meinen Garten, genieße mein eigenes Obst, habe freundliche Nachbarn und in knapp einem Monat werde ich 60 Jahre alt. Soll ich vielleicht noch dreißig Jahre so weiterleben?"

Er schüttelte den Kopf und stand auf. Die Hunde sahen ihn erstaunt an. Um diese Zeit machte ihr Herrchen sonst eine lange Pause.

„Ihr bleibt hier! Ich brauche jemanden zum Reden. Dabei könnt ihr mir nicht helfen."

Bernhard griff den Autoschlüssel.

Ziellos fuhr er durch die Gegend. Nach einer halben Stunde auf der Autobahn Richtung Süden bog er in Los Cristianos ab. Mühsam fand er einen Parkplatz. Er stieg aus, ging los, aber kaum war er auf der überfüllten Promenade angelangt, wusste er nicht mehr, was er hier eigentlich wollte. Er fühlte sich wie ein loses Blatt im Wind. Frustriert kehrte er zu seinem Auto zurück. Er war sich noch nie so verloren vorgekommen.

Wieder auf seiner Finca, freute er sich über die stürmische Begrüßung der Hunde. Hier fühlte er sich wohl. Unterwegs war ihm klar geworden, dass sich ohne eigenes Bemühen nichts an seiner Isolation ändern würde.

„Also einen Sprachkurs", flüsterte er Urmel ins Ohr. „Ich komme wohl nicht darum herum. Kannst du mir sagen, wo ich so was finde?"

Urmel sah ihn verständnislos an.

„Na ja, bist eben nur ein Hund. Du sprichst mit deinem Schwanz alle Sprachen, brauchst kein Spanisch zu lernen." Liebevoll kraulte er ihn zwischen den Vorderbeinen.

Bernhard war stolz, dass er sich überwunden und zu einem Sprachkurs angemeldet hatte. Voller Spannung betrat er ein altes Wohngebäude in Santa Cruz.

„Bin ich hier richtig? Ich habe mich für einen Anfängerkurs in Spanisch angemeldet."

„Die letzte Tür hinten links."

Die Antwort kam von einem jungen Mann, der hinter einem hohen Tresen saß und nicht einmal zu ihm hochsah. Schwungvoll öffnete Bernhard die beschriebene Tür. Um einen Tisch saßen fünf Frauen, starrten ihn an und brachen ihr Gespräch ab.

„Hallo." Ihm fiel nichts Besseres ein. Verlegen setzte er sich an eine Lücke des runden Tisches.

Nach zwei Stunden war endlich Pause. Bernhard raffte seine Papiere, das Schreibzeug und das neue Sprachbuch mit CD zusammen. Hier würde er keinen Moment länger bleiben. Diese Weiber glaubten immer, schon alles zu wissen. Kaum stellte die Lehrerin eine Frage, platzte schon eine von ihnen mit der Antwort heraus. Solche eifrigen Zicken hasste er. Fluchtartig verließ er das Gebäude. Warum sollte er die spanische Sprache nicht von den Leuten lernen, mit denen er in der Bar, im *supermercado* oder an der Tankstelle umging? Das Anfängerbuch mit Grammatik für Spanisch hatte er ja eben bekommen, und die CD, die beilag, würde ihm bei der Aussprache helfen.

Auf der Fahrt zurück entwickelte er eine neue Idee und hatte den Kopf plötzlich voller Pläne: Er wollte die Höhle jetzt wirklich zu einer Ferienwohnung ausbauen! Dann hätte er Kontakt zu deutschen Gästen.

Kaum auf der Finca, begann er wie in einem Rausch, die Wände der Höhle zu säubern und zu glätten. Er wollte nur etwas zu tun haben.

Als zwei Räume fertig waren, entschloss er sich, Bad, Küche sowie Fenster und Türen durch Handwerker fertigstellen zu lassen.

Tatsächlich war schon nach zwei Wochen das Ausbauprojekt bis auf die Küche fertig!

Stolz ging er mit Charly und Urmel durch die Höhle, betrachtete die abgerundeten Wände, die kleinen Nischen, die er selbst in den weichen Stein gehauen hatte, und die warmen Farben von Gelb über Orange bis zu einem dunklen Rot. Er erklärte den Hunden wortreich, wie schwierig alles gewesen war; es befanden sich hier ja keine geraden Wände! Immer wieder musste er den Handwerkern zeigen, wie seine Vorstellungen waren. Ohne seine Hilfe wäre die Fertigstellung noch lange nicht gelungen.

Jetzt hatte er endlich wieder mehr Zeit. Im Januar wollte er dann mit der Inneneinrichtung beginnen.

Überrascht stellte er fest, dass er über die Arbeit in der Höhle vergessen hatte, dass heute Heiligabend war. Hier erinnerte ihn so gut wie nichts an deutsche Weihnacht. Er nahm sich vor, alles einfach an sich vorübergehen zu lassen.

KAPITEL X

Langsam fuhr Ulrike mit ihrem Mietauto durch die steile, enge Gasse von La Sabinita. Auf beiden Seiten der Straße quetschte sich ein Haus neben das andere. Teilweise ragten sogar Stufen der Eingangstüren bis in die Fahrbahn. Ulrike war froh, dass es eine Einbahnstraße war.

Bei ihrer Ankunft auf dem Flughafen *Reina Sofía* hatte sie den schon in Deutschland bestellten Wagen abholen wollen und festgestellt, dass es zwar das gewünschte Modell war, aber in grellem Gelb. Wie sollte sie sich mit solch einem Auto unbemerkt über die Insel Teneriffa bewegen und vor allem sich ungesehen Bernhards Finca nähern? Es hatte sie lange Verhandlungen gekostet, einen Wagen in einer weniger auffälligen Farbe zu erhalten. Dann musste sie auch noch dazuzahlen, da es ein größeres Modell war. Jetzt, zu Weihnachten, waren Mietautos knapp geworden.

Ulrike war diesmal ohne Leonore gekommen. Und sie war gut vorbereitet: Sie hatte eine Unterkunft in Abades direkt am Meer gewählt, das nur gut zehn Minuten von Bernhards Finca entfernt lag. Sie fiel unter den vielen Touristen, die zur Weihnachtszeit diesen kleinen Ort besuchten, nicht auf.

Jetzt näherte sie sich der Piste vor Bernhards Grundstück. Sie musste aufpassen, dass sie nicht in ein Schlagloch geriet oder sogar auf der rechten Seite in den steilen Abgrund stürzte. Im Vorbeifahren nahm sie eine Bewegung hinter dem Zaun wahr. Vor Schreck wäre sie fast vom Weg abgekommen.

‚Waren das Hunde? – Verdammt! Ich kann diese Flohmaschinen nicht ausstehen! Seit wann laufen die denn hier herum?'

Wenige hundert Meter weiter befand sich am Ende des holprigen Fahrwegs eine Ausbuchtung. Sie stellte ihren Wagen dort ab und griff ihren Rucksack. Aus dem Kofferraum nahm sie neue Wanderschuhe und Socken. Dann zog sie die ungewohnt dicken Socken an und bemühte sich, ihre Füße in die noch nicht eingelaufenen Wanderschuhe zu pressen. Schweißgebadet blickte sie auf. Es war erst knapp zehn Uhr am Morgen und die pralle Sonne brannte schon erbarmungslos herab. In ihrer jägergrünen Wanderhose und der grün-weiß karierten, kurzärmligen Bluse kam sie sich schon wie eine echte Wanderin vor. Sie warf sich den schweren Rucksack über und ging den gekennzeichneten Wanderweg in Richtung des Picknickplatzes *El Contador.*

Keine zwei Minuten später stellte sie schnaufend ihren Rucksack auf einem großen Stein ab, öffnete ihn und entnahm ein Fernglas. Bis zum Kauf dieses Glases hatte sie nicht gewusst, dass so ein Gerät so teuer sein konnte. Erst hatte sie im Internet nachgesehen, wusste aber nicht, worauf sie achten musste. Dann war sie in ein Jagdgeschäft gegangen, hatte sich beraten und überzeugen lassen, dass eine gute Sicht nur mit einer entsprechenden Vergrößerung von 8 × 56 zu erhalten sei. Trotz ausführlicher Erklärung des Fachverkäufers hatte sie nicht begriffen, wie die Zusammenhänge mit den Zahlen und der guten oder schlechten Sicht sein sollten. Also hatte sie das beste Glas gekauft und dafür ein Vermögen ausgegeben. Wie es der Verkäufer ihr erklärt hatte, legte sie nun zuerst den Halteriemen um den Hals. Sollte ihr das Fernglas entgleiten, würde es nicht auf den Boden fallen, sondern brav am Hals baumeln bleiben. Mit Verwunderung stellte sie fest, dass es richtig schwer war. Im Geschäft hatte sie das nicht bemerkt. Dann nahm sie es in beide Hände, führte die Okulare an die Augen und sah alles verschwommen. Der Schweiß tropfte ihr in die Augen. Je länger sie in der Sonne stand, desto mehr schwitzte sie. Sie verdrehte alle möglichen Einstellungen und sah immer noch nichts.

„Das kann doch nicht wahr sein!"

Wütend und frustriert stampfte sie wie ein kleines Kind mit dem Fuß auf den unebenen Wanderweg und wäre fast ausgerutscht.

Beim Kauf des Glases war sie mit dem Verkäufer vor die Tür des Geschäfts getreten und hatte begeistert gesehen, dass selbst auf weite Entfernungen jede Kleinigkeit zu erkennen war. Sie nahm das Fernglas von den Augen und drehte es in alle Richtungen. Die Okulare waren vom Schwitzen beschlagen.

„Auf was man hier alles achten muss!"

Sie wischte die feuchten Stellen trocken. Jetzt hielt sie die Okulare nicht mehr dicht an die Augen. Nach einigen Versuchen gelang es ihr, sich auf einzelne Häuser in La Sabinita zu konzentrieren. Sie war begeistert. Der Verkäufer hatte nicht zu viel versprochen. Leider konnte sie Bernhards Haus noch nicht sehen. Ihr blieb nichts anderes übrig, als den Wanderweg weiterzugehen.

Keuchend hielt sie immer wieder inne, nahm das Glas und suchte die Finca *Vista Teide*. Langsam wurde sie geschickter. Nach einer dreiviertel Stunde sah sie endlich das ganze Anwesen von Bernhard unter sich liegen.

„Das ist es!", rief sie freudig.

Dieser Blick entschädigte sie für den mühsamen Anstieg: Vom Eingangstor zur Finca konnte sie den gewundenen Weg durch den Garten bis zur Garage verfolgen. In Richtung des Hauses versperrten die ausladenden Zweige eines Gummibaums für wenige Meter den kleinen Fußweg zwischen der Seitentür der Garage und dem Wohnhaus. Dagegen schimmerte die Eingangstür an der überdachten Terrasse in ihrer grünen Farbe deutlich hinter einem Oleanderbusch hervor. So konnte sie jeden sehen, der dort eintrat. Gespannt verfolgte sie, wie sich die Haustür ein wenig bewegte. Ein kleiner Hund mit schwarz-grauem Fell, langem, nach oben gebogenem Schwanz, einem Spitzohr und einem hängenden Ohr zwängte sich durch die leicht angelehnte Tür.

„Ziemlich hässlich“, murmelte sie.

Der Hund ging schnüffelnd wenige Meter, drehte sich im Kreis, scharrte seine Decke zusammen und ließ sich darauf fallen.

Ulrike hätte nie gedacht, dass sich mit einem Fernglas solche Entfernungen überbrücken ließen. Sie hatte sogar das Gefühl, den Hund so gut zu sehen, als ob er nur wenige Meter entfernt sei. Begeistert suchte sie das Grundstück Meter für Meter ab. Direkt vor dem Eingang zur Höhle rührte ein Mann in einem Maurerbottich herum.

„Bernhard!“, schrie sie auf. Dabei wackelte sie so mit ihren Händen, dass er sofort aus ihrem Fokus entschwand. Als sie das Fernglas wieder ausgerichtet hatte, entdeckte sie nur einige Eimer, eine Schaufel, einen Sandhaufen und anderes Baumaterial. Dann sah sie, dass zwei Löcher für Fenster in das Gestein eingearbeitet waren. Ihr stockte der Atem. Der Ausbau der Höhlenwohnung war ihre Idee gewesen! Damals hatten sie gemeinsam Pläne entwickelt. Und jetzt machte er es ohne sie. Sie erstickte fast vor Wut und Enttäuschung. Wie festgenagelt blieb sie sitzen.

Sie blieb den ganzen Tag. Plötzlich sprang sie auf: Die Konturen der Landschaft verschwammen langsam in der Dämmerung. Die schnell hereinbrechende Dunkelheit hatte sie überrascht! Fast wäre ihr teures Glas heruntergefallen. Gut, dass sie sich den Halteriemen um den Hals gelegt hatte.

‚Ich muss zum Auto zurück!‘

Das gestaltete sich sehr schnell als schwierig: Jeder Schatten erschreckte sie. Unverständlicherweise lag der Halbmond auch noch auf der Sichel. Schritt für Schritt tastete sie sich den steilen Weg zum Auto. Mehrfach rutschte sie auf losem Geröll und trockenen Piniennadeln aus oder stolperte. Endlich erreichte sie erleichtert ihr Fahrzeug. Sie schwor sich, nie wieder in die Dunkelheit zu geraten. Trotz der Schatten, die sie geängstigt hatten, war sie über das helle Licht des Mondes froh gewesen.

Mit großer Vorsicht fuhr sie über die löchrige Piste zurück. Am Tor zu Bernhards Finca hielt sie an. Alles war ruhig. Sie konnte nicht sehen, ob im Haus Licht brannte. Heute würde sie hier nichts mehr erreichen. Zügig fuhr sie nach Abades weiter. Ihr Magen knurrte. Jetzt würde sie sich in einem der kleinen Restaurants richtig satt essen können.

Kaum hatte sie geparkt, fiel ihr die Ruhe und die geringe Beleuchtung auf. Entsetzt schlug sie sich an den Kopf.

„Heiligabend!"

Sie hatte noch nicht einmal etwas zum Essen im Kühlschrank.

„Auch daran bist du schuld!", fluchte sie vor sich hin.

Verärgert, hungrig und genervt fuhr sie zu ihrem Ferienhaus. Mit leerem Magen und vom Sonnenbrand krebsrot griff sie zum Wein, schenkte sich ein Glas voll und starrte wütend vor sich hin.

Später holte sie sich leicht schwankend Papier und Stift. Vom Alkohol berauscht, entwarf sie mit krakeliger Schrift einen Schlachtplan, wie sie Bernhard zu Leibe rücken könnte.

KAPITEL XI

Bernhard ignorierte Weihnachten. Er saß auf seiner Hollywoodschaukel und trank bereits das fünfte Glas Rotwein. Dann entschloss er sich aber doch noch zu etwas Bewegung und stromerte mit den Hunden durch den Garten. Die mondbeschienene Landschaft gefiel ihm.

‚Einsam, ich bin einsam!', ging ihm durch den benebelten Kopf. Endlich hatte er sich selbst eingestanden, was er seit Kurzem empfand. ‚Morgen treffe ich eine Entscheidung!'

Am nächsten Morgen stand er so früh auf, dass ihn selbst die Hunde erstaunt ansahen. Es war noch dunkel.

„Los, kommt!", munterte er sie auf.

Weder Urmel noch Charly hatten es eilig. Sie streckten sich, blinzelten in das grelle Licht der Deckenstrahler und machten Anstalten, sich wieder auf ihren Platz zu legen.

„Nun aber raus!"

Bernhard öffnete die Tür.

Jetzt begriffen die Hunde, dass irgendetwas anders war. Bernhards Lethargie der letzten Tage war verschwunden. Gemeinsam liefen sie zum Tor. Die Runde ging diesmal nicht in die Berge, sondern durchs Dorf La Sabinita. Hier schlief noch alles. Bernhard ging die wenigen Straßen mit den kleinen, eng aneinander gepressten Häusern systematisch ab. Fast an allen Eingängen standen Blumentöpfe mit verschiedensten blühenden Pflanzen.

Außerhalb der Bebauung strich sein Blick über tiefe Schluchten bis zu üppigen Kieferhängen. Darüber leuchteten jetzt in der aufgehenden Sonne kahle Bergspitzen glühend auf.

‚Hier werde ich mich wohlfühlen! Ja, das sollte mein neues Zuhause sein!'

Nach dem Duschen setzte er sich energiegeladen an den Schreibtisch. Es fiel ihm nicht leicht, die richtigen Worte zu finden. Dann aber, nach einer Stunde, war endlich eine Anzeige für die Rubrik „Bekanntschaften" des *Hamburger Abendblatts* fertig. Kaum hatte er den Briefumschlag mit seinem handschriftlichen Schreiben geschlossen, fühlte er sich wohler. Wenn am nächsten Tag die Post wieder öffnete, wollte er sich Briefmarken besorgen und den Brief abschicken. Heute war Weihnachten, der erste Weihnachtsfeiertag; einen zweiten gab es hier nicht. Irgendwie musste er ihn noch überstehen. Wenn alle Geschäfte geschlossen waren und die Canarios mit ihren Familien den freien Tag für große Gemeinschaftsessen in ihren Garagen, in Gaststätten, im Wald oder an Straßen auf dafür vorgesehenen Rastplätzen mit Grillstationen und oft auch Musik genossen, fühlte er sich ausgeschlossen.

‚Ich muss alte Beziehungen wieder aufleben lassen und neue knüpfen', dachte er und sah ein, dass sich zurückzuziehen, ja zu verstecken, gar nichts gebracht hatte. Um Kontakte wieder zu pflegen, brauchte er einen Computer und einen Internetanschluss. Nach diesem Entschluss fühlte er sich besser und konnte plötzlich mit vorsichtiger Freude in die Zukunft sehen.

„Kommt, wir machen einen Weihnachtsspaziergang!"

Beide Hunde stürmten auf Bernhard zu.

„Heute geht's zum Meer, da könnt ihr schwimmen."

Kaum hatte er die Hunde auf dem Parkplatz am Meer von Abades aus dem Auto gelassen, rasten sie zur kurzen Promenade, stürzten über die wenigen Stufen zum Strand durch den aufspritzenden Sand ins Wasser. Zwei Pärchen hatten es sich bereits am Strand gemütlich gemacht.

„Auf geht es, Jungs! Raus aus dem Wasser!“

Sie liefen an der felsigen Meereskante auf den Leuchtturm von Porís zu. Rechts klatschten die Wellen gegen die gezackten Kanten der Lavafelsen, zur Linken tauchten in ungleichmäßigen Abständen große, barackenähnliche Ruinen auf einem wüstenähnlichen Gelände auf. Hier sollte vor Jahrzehnten eine Leprastation entstehen. Sie wurde aber nie in Betrieb genommen. Und so verfielen die halb fertigen Gebäude zusehends.

Bernhard stutzte. Er blieb stehen. Zwischen der lang gestreckten Ruine mit dem bunten Graffiti hatte er eine Bewegung wahrgenommen. Unwirsch schüttelte er den Kopf.

„Langsam leide ich an Verfolgungswahn“, brummelte er vor sich hin. Beunruhigt, immer wieder das Gelände absuchend, marschierte er trotzig weiter. Doch jetzt war er sicher. Da war jemand! ‚Ulrike?‘ Er befürchtete mit einem Mal, dass sie es gewesen sein könnte. Aber immer, wenn er sich umdrehte, sah er keine Menschenseele.

‚In den nächsten Tagen werde ich aufmerksamer sein! Unfassbar! Notfalls stelle ich ihr eine Falle. Wieso nimmt sie immer wieder ihre Verfolgung auf? Sie muss doch wissen, dass es endgültig aus ist. Herrgott!‘

Lange saß er auf einer Klippe, beobachtete seine Hunde beim Rumtoben und sah dann schließlich entspannt aufs Meer. Schwarz-rote, handtellergroße Krebse klammerten sich an den rauen Felsen fest. Sie ließen sich nicht von den heranrollenden Wellen stören. Alles war so friedlich.

Auf dem Rückweg hielt er vor seiner Lieblingsbar an, die zu seiner Überraschung selbst Weihnachten geöffnet hatte.

Als er sich nach einigen Gläschen Rotwein von Carmen und Carlos verabschiedete, war es dunkel geworden. Nur noch in wenigen Häusern von La Sabinita brannte Licht.

„Hey, Charly und Urmel, passt mal auf, eine Premiere!“

Während seines Ausflugs hatte, trotz des Feiertags, der Elektriker einen automatischen, elektronisch gesteuerten Toröffner eingebaut. Der Mann nutzte den freien Tag für einen Zusatzverdienst. Bernhard nahm vom Beifahrersitz einen kleinen schwarzen Knipser, drückte darauf – und wie von Geisterhand öffnete sich sein Tor zur Finca nach innen.

„Na, seht ihr, funktioniert doch!"

Lachend gab er kräftig Gas. Ein scharfes, metallisches Kratzen ließ ihn abrupt bremsen. Die Hunde flogen durch den Wagen. Dann: Vorsichtig öffnete er die Fahrertür.

„Charly, Urmel: Suchen!"

Die Hunde sprangen heraus. Sofort jaulte Urmel auf und kam mit erhobener, blutender Pfote zurückgehumpelt.

„So ein Biest!", fluchte Bernhard laut.

Im Schein der Autostrahler sah er nun zerrissenen Stacheldraht, der vor sein Tor gespannt worden war. Die Schrammen auf seinem Auto fand er schon schlimm genug, aber dass sich auch sein Hund an den herumliegenden Drahtteilen verletzt hatte, machte ihn rasend. Vorsichtig legte er den Stacheldraht zur Seite, hob Urmel ins Auto, fuhr durch das Tor und wartete ab, bis es sich wieder vollständig geschlossen hatte. Dann fuhr er die letzten Meter zu seinem Haus mit besonderer Achtsamkeit.

Alles schien ruhig.

Er hob Urmel aus dem Auto und sah sich die verletzte Pfote an.

„Meinst du, du kannst laufen? Scheint nicht sehr tief zu sein." Liebevoll setzte er den kleinen Hund ab. „Wir müssen jetzt wieder richtig gut auf uns aufpassen. Sie scheint uns ja wirklich nicht in Ruhe zu lassen. Das wird ja immer schlimmer mit der Neurotikerin! Aber wir werden das schon schaffen. Ihr müsst eben besonders wachsam sein, dann kann nichts passieren." Während Bernhard auf diese Weise sich und den Hunden Mut zuzusprechen versuchte, raufte er sich verzweifelt seine Haare.

KAPITEL XII

„Raus aus dem Bett!" Christiane zerrte an ihrem Freund Thomas. „Hast du es nicht begriffen? Die Alte hat mit ihrer Nichte telefoniert: Wir müssen hier weg."

Ein Grunzen war die Antwort. Verärgert schüttete sie ihm Wasser ins Gesicht.

„Bis die was merkt, können Wochen vergehen", verteidigte sich Thomas, um sich dann leicht taumelnd, nach Alkohol riechend und frech grinsend aus dem Bett zu wälzen.

„Christiane, Christiane, wo bleiben Sie?", klang es fast kläglich durch das Treppenhaus der alten Villa im vornehmen Stadtteil Hamburg-Blankenese.

„Ich komme!"

Abgehetzt betrat Christiane das Esszimmer, wo Dorle Thiemann verzweifelt versuchte, ihre Gehhilfe zu greifen.

„Mädchen, Sie wissen doch, dass Sie mich beim Frühstück nicht allein lassen sollen, und dann haben Sie mir meinen Porsche auch noch zu weit weggestellt!" Ironisch hatte die alte Dame ihren Gehwagen nach ihrem Lieblingsauto benannt. Vorwurfsvoll tastete sie sich voran. „Kommen Sie, abdecken kann Eva den Tisch. Ich muss an die frische Luft."

Dorle legte unter Schwierigkeiten mit ihrem Rollator die wenigen Meter bis zum Rollstuhl zurück. Erschöpft sackte sie in die frisch aufgeschüttelten Kissen, ließ sich ihre leichte Windjacke überziehen, versuchte selbst den Schal umzulegen und bat darum, dass Christiane ihr ihre übliche Kopfbedeckung, eine weiße Baskenmütze, leicht schief aufsetzte. So gingen sie los.

Sie schlugen den Weg zur Elbe ein. Im Park begrüßten sie entfernte Bekannte, die sich ebenfalls von dem windigen Wetter nicht hatten abschrecken lassen.

„Sehen Sie mal, da auf der Bank sitzt Frau Krause. Sie können mich da absetzen und selbst ein bisschen Spazierengehen. In einem Viertelstündchen holen Sie mich dann wieder hier ab."

„Guten Morgen, Frau Thiemann! Da haben Sie aber Glück gehabt, solch eine zuverlässige Hilfe gefunden zu haben. Wohnt sie nicht auch inzwischen schon bei Ihnen?"

Wohlwollend nickend sahen die beiden alten Damen hinter Christiane her.

„Ja, Glück habe ich wirklich gehabt. Mit meinen 81 Jahren und meiner Gehbehinderung bin ich sehr auf ihre Hilfe angewiesen. Sie ist eigentlich meine Gesellschafterin. Seitdem sie mit im Haus wohnt, sehe ich beruhigt in meine Zukunft. Ohne sie käme ich gar nicht mehr zurecht. Sie ist mir inzwischen wie eine Tochter ans Herz gewachsen. Und ich bin auch froh, dass sie nicht mehr so jung ist. Mit ihren 51 Jahren hat sie die größten Flausen hinter sich. Die jungen Dinger von heute sind meist doch nicht so zuverlässig. Ja, mit Christiane habe ich das große Los gezogen."

„Und ihre Referenzen?"

„Pah, Referenzen! Ich habe einfach Glück gehabt. Nachdem mein Mann vor knapp zwei Jahren gestorben ist, traf ich meine Christiane auf dem Friedhof. Stellen Sie sich das vor! Sie hatte auch gerade ihren Mann ganz in der Nähe von meinem begraben. An dem Tag nieselte es erst und dann prasselte plötzlich ein heftiger Regen herunter. Da ist sie einfach zu mir geeilt und hat mich mit unter ihren Regenschirm genommen. Wir haben uns sofort verstanden. Sicher lag das an dem schmerzhaften Verlust, den wir beide gerade erlitten hatten. Von da an haben wir uns immer häufiger auf dem Ohlsdorfer Friedhof getroffen, erst nur durch Zufall, dann haben wir uns verabredet. Und dann ergab es sich, dass ich ihr bei mir die Stelle einer Gesellschafterin angeboten habe. Sehen Sie, so ging das. Von wegen Referenzen! Jetzt wohnt sie schon seit mehreren Monaten bei mir. Ich könnte ohne sie gar nichts mehr machen. Ach, und die Familie ist ja weit weg, haben ja alle keine Zeit. Christiane geht es genauso, das ist also eine optimale Lösung für uns beide."

Die beiden Damen plauderten angeregt weiter, bis Frau Thiemann bemerkte:

„Da kommt sie ja schon."

Frau Krause blickte zur Uhr.

„Ja, genau eine Viertelstunde. Sehr zuverlässig."

Bei der Rückkehr von Dorle und Christiane hatte Eva, die Köchin, bereits das Mittagessen gekocht. Sie aßen gemeinsam und sprachen über Belanglosigkeiten. Ihre Gespräche hatten nicht an Vielfalt zugenommen, sondern drehten sich immer ums Gleiche. Christiane wusste oft im Voraus, welche Antworten von ihr erwartet wurden.

„Das war doch wieder ein wunderbares Essen, auch wenn ich nicht mehr so gut schmecken kann. Es hat mir hervorragend gemundet, Eva. Wenn Sie mit der Küche fertig sind, dann können Sie gehen", wandte sich Dorle mit den immer gleichen Worten nach dem Mittagessen an die Köchin. „Wir machen jetzt Mittagsstündchen."

Dorle blickte Christiane auffordernd an, schob ihren Teller weg, stützte sich am Tisch ab und ließ sich von Christiane ins Schlafzimmer, die ehemalige Bibliothek, bringen.

Dorle hatte sich vehement dagegen gewehrt, einen Sitzaufzug in ihr breit angelegtes Treppenhaus mit dem handgeschnitzten Geländer einzubauen. Das hätte ihr ästhetisches Empfinden gestört. Lieber war sie mit ihrem kompletten Schlafzimmer aus der oberen Etage ins Parterre gezogen und hatte ein behindertengerechtes Badezimmer einbauen lassen. Seit mehr als einem Jahr hatte sie die oberen Geschosse nicht mehr betreten.

Aufatmend schloss Christiane die Tür zur Bibliothek. Ihre Chefin würde jetzt mindestens zwei Stunden ruhen. Von der Treppe sah Christiane, dass Eva gerade das Haus verließ. Schnell eilte sie in ihre kleine Wohnung unterm Dach.

„Lange halte ich das nicht mehr aus. Ich weiß noch nicht mal, ob sie irgendetwas ahnt." Christiane warf sich in den Ohrensessel unter dem Mansardenfenster ihres Apartments.

„Was hast du gesagt?" Thomas nahm Ohrstöpsel aus seinen Ohren und blickte weiter auf den Fernseher.

„Ich habe gesagt, dass ich nicht mehr kann!"

„Jetzt stell dich nicht so an! Es ist überhaupt noch nichts passiert. Dass du diesen Bunker erbst, hat sie selbst beim Notar unterschrieben. Als du mit ihr dort warst, wurde das Testament laut verlesen. Sie konnte alles hören, und am Schluss hat sie unterschrieben. Zumindest hast du mir das so gesagt. Was willst du denn eigentlich noch?"

„Du hast gut reden. Wer macht denn hier die Drecksarbeit? Du sitzt heimlich hier, säufst, gibst mir nur Anweisungen."

„Ja, was denn?", wurde Thomas ärgerlich. „Als der Entwurf für das Testament kam, habe ich alles zu deinen Gunsten geändert und dann an den Notar zurückgeschickt."

„Und ich musste vor dem Notartermin ihr Hörgerät so manipulieren, dass sie fast nichts verstehen konnte. Das zählt wohl nicht? Ich fühle mich sauschlecht."

„Na, quält dich plötzlich dein Gewissen? Das hättest du dir eher überlegen sollen."

„Weißt du eigentlich, wie lange das Ganze vielleicht noch gehen kann? Mehr als ein Jahr ist es her, dass ich mich ständig auf dem beschissenen Friedhof in Ohlsdorf aufhalten musste – und dann noch so tun, als ob ich auch trauerte."

„Der Plan war doch perfekt! War ja dann auch richtig gut, dass das mit dieser reichen Schnepfe geklappt hat. Heute ist sie nicht mehr so gesund und beweglich wie damals …"

„Aber bis sie stirbt", unterbrach Christiane ihn, „kann es noch ewig dauern. Und ein Testament kann man ja wohl auch jederzeit ändern. Und wenn sie erst merkt, dass du hier mit eingezogen bist, ist sowieso alles aus. Und im Grunde geht's mir hier ja gut. Du musst hier verschwinden!"

„Rede keinen Mist und beruhige dich endlich! Solange die Nichte hier nicht auftaucht, ist alles in Ordnung." Dass man außerdem den Ereignissen auch ein wenig nachhelfen könnte, sagte er nicht mehr.

Keine zwei Stunden später half Christiane in der ehemaligen Bibliothek Dorle aus dem Bett. Während der Mittagspause hatte sie sich alles gut überlegt. Zuerst musste Thomas verschwinden. Sie ärgerte sich maßlos, dass sie ihm erlaubt hatte, heimlich bei ihr zu wohnen. Es hatte bis jetzt keine große Gefahr bestanden, dass es auffallen würde, da Dorle nicht mehr die oberen Etagen erreichen konnte. Auch die Köchin Eva kam nur vormittags ins Haus und kümmerte sich um nichts anderes als Küche und Essen. Es wäre alles so einfach gewesen, wenn sich nicht plötzlich eine Nichte gemeldet hätte. Alle Pläne waren damit gefährdet.

Mit großer Anstrengung und immer freundlich bleibend hatte Christiane endlich diesen Tag mit Dorle überstanden. Jetzt wollte sie Thomas aus ihrer Wohnung werfen.

„Hoppla, was ist denn hier los?"

Beim Betreten ihres Flurs fiel Christiane über mehrere gepackte Tüten und ihren kleinen Lederkoffer.

„Du hast doch gesagt, dass ich ausziehen soll. Ich kann vorläufig bei Gunnar bleiben."

Christiane umarmte ihn freudig. So einfach hatte sie es sich nicht vorgestellt.

Nach Einbruch der Dunkelheit verließen sie mit Thomas' Gepäck ungesehen die Villa, und Christiane fuhr ihn zu

Gunnar. Auf der Rückfahrt hielt sie kurz an einem Kiosk und besorgte sich die Tageszeitungen. Es war Sonnabend. Sie hoffte, unter der Rubrik „Zu vermieten“ eine Wohnung für sich zu finden. Sie musste Dorle verlassen. Sollte die Nichte auftauchen, würde vielleicht herauskommen, dass Christiane bei dem Testament manipuliert hatte. Das war ihr zu heikel.

Noch am gleichen Abend machte sie sich ans Werk. Aber bei allen Wohnungsanzeigen, auf die hin Christiane anrief, erhielt sie eine Absage.

‚Wie hatte ich auch nur so blauäugig sein können, so schnell mit Erfolg zu rechnen!‘

Lustlos blätterte sie durch die anderen Anzeigenrubriken. Ihr Blick blieb an einer überdurchschnittlich großen Anzeige unter der Rubrik „Suche nach Bekanntschaften“ hängen. Mit zunehmendem Interesse las sie die Zeilen. Hier suchte ein Mann im Alter von knapp 60 Jahren eine Frau, die mit ihm das Leben auf Teneriffa teilen würde. Erfreut stellte sie fest, dass sie fast alle gestellten Anforderungen erfüllte. Unabhängig und ungebunden, sportlich, groß und stattlich.

‚Das ist doch ein Zeichen des Himmels!‘

Und das Beste an der ganzen Sache war: Es wurde erst einmal ein dreiwöchiger, kostenloser, unverbindlicher Besuch auf der Ferieninsel angeboten.

Hoffnungsvoll setzte sie ein Schreiben auf, das sie noch am gleichen Abend unter der angegebenen Chiffrenummer bei der Zeitung abgab.

KAPITEL XIII

Bernhard blickte sich immer wieder nervös um. Er war in Arico und wollte zur Post. Plötzlich: ein lauter Knall! In Panik sprang Bernhard auf dem Bürgersteig zur Seite, hielt die Hand schützend vor den Hals.

Fassungslos starrten ihn drei alte Männer auf der Bank vor der Post an, bis Bernhard begriff: Es war nur der Glascontainer, der nach der Leerung auf seinen Standort an der Straße geknallt war. Er atmete tief aus und blickte auf die erstarrten drei Alten. Schnell nickte er ihnen freundlich zu.

„Mann, ist das peinlich!“, murmelte er halblaut vor sich hin. „Diese verflixte Frau! Ich werde noch wahnsinnig. Das ist alles deine Schuld, ja, Ulrike, dich meine ich!“, schleuderte er der imaginären Gesprächspartnerin laut entgegen. Dann schließlich versuchte er, seinen Atem zu beruhigen – so wie er es immer vor dem Start zu einem Rennen gemacht hatte. Ein. Aus.

Die Männer sahen ihm schweigend zu, wie er in dem Postgebäude verschwand.

Im Postfach fand er einen dicken Umschlag vom *Hamburger Abendblatt*. Später, bei einem Glas Wein, wollte er in Ruhe alles sichten. Er hoffte inständig, dass etwas Richtiges für ihn dabei wäre.

Schmunzelnd öffnete er einen Brief nach dem anderen. Es war richtig spannend.

‚Was Frauen so alles von sich geben, und wie sie für sich selbst werben!‘

Er war fasziniert. Nach der ersten oberflächlichen Durchsicht nahm er jeden Brief und die Fotos noch einmal in

Augenschein. Schließlich blieb seine Auswahl an einer Zuschrift hängen. Mit dieser Frau wollte er telefonieren. Aufgeregt griff er zum Telefon. Schon beim zweiten Klingeln meldete sich eine Christiane Brückner. Sie hatte eine nette Stimme und war schnell bereit, schon in den nächsten Tagen sein Besuchsangebot anzunehmen.

Zur gleichen Zeit machte Christiane in Hamburg einen Luftsprung. Es hatte geklappt. Nachdem sie den Brief vor wenigen Tagen bei der Zeitung abgegeben hatte, war sie darangegangen, ihre Wohnung aufzuräumen. Sie warf so viel wie möglich weg. Jetzt konnte sie hier verschwinden. Sie hatte sich bei Dorle sehr wohlgefühlt und nach und nach schon alles als ihr Eigenes betrachtet. Dass dann eine Nichte auftauchen würde, damit hatte sie nicht gerechnet. Also musste sie, um sicher zu gehen, das Feld räumen. Thomas wusste bis jetzt noch nichts von ihren Plänen. Sie würde ihn in kleinen Schritten einweihen – und ihm dann auch nicht die ganze Wahrheit sagen. Die Zeit war angebrochen, in der sie alles selbst in die Hand nehmen wollte.

Am nächsten Abend flunkerte sie ihm vor, dass sie eine Weile aus Hamburg verschwinden müsse, da Dorles Nichte schon in den nächsten Tagen kommen wollte. Locker sprach sie von einer günstigen Buchung auf die Kanarischen Inseln und dass sie erst einmal zur Ruhe kommen wolle.

Thomas schien das kaum zu interessieren. Er fragte noch nicht einmal nach.

Vier Tage später verließ Christiane heimlich Dorles Villa. Dann saß sie bereits im Flugzeug nach Teneriffa.

Kaum war sie auf dem Flughafen *Reina Sofía* gelandet, schob sie sich mit anderen Passagieren durch einen langen Gang und stand dann vor dem Gepäckband. Ihr Koffer polterte als einer der ersten aus dem Schacht. Mit dem *Hamburger Abendblatt* in der Hand, ihrem verabredeten Erkennungszeichen, betrat sie die Ankunftshalle.

„Sie sind sicherlich Christiane Brückner."

Verwundert sah sie auf den kleinen, zierlichen Mann, der sie angesprochen hatte. Er entsprach überhaupt nicht dem Bild, das sie sich von ihrem Gastgeber Bernhard Brogis gemacht hatte. Sie überragte ihn um mindestens eine Kopflänge. Dann war er auch noch so schlank, dass sie glaubte, sie hätte das Doppelte an Gewicht. Sie wusste überhaupt nicht, was sie davon halten sollte.

„Lassen Sie mich den Koffer tragen." Er nahm das schwere Gepäckstück. „Gehen wir!"

Immer noch irritiert, folgte sie ihm zu seinem Wagen, hob ihre Reisetasche an und stellte sie neben den Koffer ins Auto. Ihre Verwunderung bemerkte er nicht.

Unterwegs erklärte er ihr immer mal wieder, was typisch für diese Insel sei. Ihre Schweigsamkeit schien ihn in keiner Form zu stören.

Sie verließen die Autobahn bei Porís de Abona. Das Auto wand sich auf der Straße nach Arico Viejo den Berg hinauf.

Christiane verblüffte die Kargheit der Landschaft.

„Keine Angst, es wird noch grüner werden. Warten Sie erst ab, bis wir auf meiner Finca *Vista Teide* sind."

‚Er scheint Gedanken lesen zu können', dachte sie erstaunt. ‚Worauf habe ich mich da nur eingelassen?'

Es wurde immer einsamer.

‚Nimmt die Fahrt denn nie ein Ende? Oh Gott, wie naiv ich war! Wie komme ich aus dieser Situation wieder heraus? Es muss doch …'

In diesem Moment verließen sie die Asphaltstraße und hoppelten über eine Schlaglochpiste. Christiane wurde im Auto hin und her geworfen und klammerte sich ängstlich am Griff der Tür fest.

Endlich verlangsamte ihr Gastgeber das Tempo und kam zum Stehen. Eine große Pforte schwang auf, und sie fuhren auf einem gewundenen Weg entlang. Dann lag ein wunderschönes Haus vor ihr.

Verunsichert öffnete sie die Tür des Wagens und blieb stehen. Skeptisch blickte sie sich um.

„Wie seltsam ruhig es hier ist. Gibt es denn ringsum keine anderen Häuser?"

„Das ist doch gerade das Gute! Hier wird man durch keinen gestört. Ich genieße täglich diese Ruhe." Bernhard konnte Christianes geringe Begeisterung nicht verstehen. Er griff Koffer und Reisetasche und ging wie selbstverständlich einen schmalen Gartenweg entlang. Dann öffnete er eine Tür, die in einen Felsen ging.

Erstaunt erkannte sie, dass es eine Höhlenwohnung war, wie sie es schon in Prospekten über Teneriffa gesehen hatte.

„Diese Ferienwohnung stelle ich Ihnen zur Verfügung. Drüben im Haus befindet sich mein Bereich. Hier sind Sie ungestört und können sich erst einmal frischmachen. Wenn Sie dann so weit sind, würde ich mich freuen, wenn wir gemeinsam auf der Terrasse einen Willkommensschluck trinken können." Damit drehte er sich um und verschwand im Grün der Zitrusbäume.

Christiane stand erstarrt im Eingang der Höhlenwohnung. Trotz der ungewohnten Wärme lief ihr eine Gänsehaut über den Rücken. Zögernd setzte sie einen Fuß in die Höhle und sah sich misstrauisch um. Sie war allein. Die Eingangstür blieb offen. ‚Nun, eingesperrt werden soll ich hier wohl nicht.' Die Tür machte einen ganz normalen Eindruck. Erschrocken nahm sie wahr, dass die Fenster und die Tür vergittert waren. Sie ließ ihrem ersten Fuß den zweiten folgen, wartete dann einige Sekunden, um sich vom hellen Sonnenlicht an das Halbdunkel der Höhle zu gewöhnen. Erstaunt hielt sie inne. Sie befand sich in einem länglichen Flur, der unregelmäßig weich geschwungene Wände und eine abgerundete Decke hatte. Die Farbe Orange schien die Sonne abgedämpft mit in diese Höhle zu nehmen. Auf der Wand waren naturgetreu Pflanzen Teneriffas gemalt. Sie staunte. So etwas hatte sie noch nie gesehen.

„Wow! Das ist wunderschön."

Schon mutiger geworden, betrat sie das erste Zimmer. Ein Fenster erhellte den Raum. Hier herrschten braune, grüne und sandfarbene Töne vor. Ein Sofa und ein Sessel aus Bambus sowie ein Tischchen luden zum gemütlichen Sitzen ein. In das Gestein war eine Vertiefung für Regalbretter eingelassen. Darauf standen deutsche Bücher. Neugierig betrat sie den nächsten Raum. Hier dominierten blaue Farben. Die gewölbte Höhlendecke ging von einem tiefen dunklen Blau bis zu einem ausgewaschenen Graublau. Sternbilder waren mit fluoreszierenden Leuchtaufklebern unter der Decke eingelassen. Ein großes, rundes Bett war das einzige Möbelstück. Eine Art Schrank war in das Gestein gehauen worden, sodass eine Ablage für die Bekleidung möglich war.

Jetzt wollte sie auch noch die beiden anderen Räume sehen. Die Tür neben dem Schlafzimmer ging in ein voll ausgestattetes Bad. Spiegel vergrößerten den Raum. Die Bodenfliesen waren in kunstvollen Mustern verlegt.

Übermütig öffnete sie die letzte Tür. Sie blickte auf ein heilloses Chaos: Baumaterialien, Handwerkzeug und andere Utensilien lagen herum. Offensichtlich sollte hier mal eine Küche entstehen. Schnell schloss sie die Tür. Am Ende des Flures verdeckte ein hässlicher Wandteppich eine verschlossene Tür aus Holzlatten. Christiane war wieder verunsichert. Sie rief sich noch einmal die Handlungen ihres Gastgebers ins Gedächtnis. Wie waren seine Bewegungen, was hatte er gesagt, wie war der Ton? Was konnte sie daraus schließen? Andererseits sollte sie hier in einer Ferienwohnung wohnen, die einen Luxus ausstrahlte, wie sie ihn nur von Dorle Thiemanns Villa kannte.

„Verdammt!"

Als Christiane die Terrasse des Hauses betrat, hatte Bernhard es sich in seiner Hollywoodschaukel bequem gemacht. Vor ihm standen eine Flasche Rotwein, vier Gläser, eine große Flasche Wasser und eine ovale Platte mit Kleinigkeiten zum Essen. Was es war, konnte sie nicht erkennen.

„Kommen Sie, setzen Sie sich zu mir." Seine Stimme war nett. „Ich habe eine Kleinigkeit zum Essen zubereitet. Kennen Sie *jamón serrano*, den spanischen luftgetrockneten Schinken? Und hier, das ist *queso blanco*, eine Käsespezialität der Inseln. Langen Sie ruhig zu, Sie müssen hungrig sein."

Christiane setzte sich etwas steif in den Gartensessel. Bernhard füllte zwei Gläser mit Rotwein und die beiden anderen mit Wasser.

„Nun, dann: Prost!"

„Salud!", lächelte Bernhard.

Als Christiane Stunden später und leicht angeheitert auf dem mondbeschienenen Weg zu ihrer Höhlenwohnung tappte, wusste sie gar nicht mehr, warum sie so skeptisch gewesen war. Sie schloss ihre Wohnung sorgfältig von innen ab und fiel todmüde ins Bett. Ihr letzter Gedanke war, dass es sich sicher lohnen würde, hier länger auszuharren.

Bernhard brachte begeistert die Gläser und zwei geleerte Flaschen Rotwein in die Küche.

„Na, Charly und Urmel, was sagt ihr zu der? Die ist doch Klasse! Was für ein Weib! Genau das Richtige für mich. Scheint auch keine Kostverächterin zu sein: Die hat den Rotwein ja weggesüffelt wie ihr euer Wasser. Und dann diese füllige Figur. Das ist meine Kragenweite! Von euch scheint sie nicht ganz so viel zu halten, aber das wird schon. So, jetzt haben wir drei Wochen Zeit, sie zu überzeugen, dass sie genau hierher gehört. Habt ihr mich verstanden?"

Beide Hunde blickten zu ihm auf und wedelten zaghaft mit dem Schwanz.

Die nächsten drei Wochen vergingen wie im Flug. Nach einer Woche war es Bernhard mit viel Geschick gelungen, Christiane zum ersten Mal in sein Bett zu bekommen. Dabei war sie sehr verhalten gewesen. Es hatte ihn nicht gestört. Er war froh gewesen, überhaupt endlich einmal wieder mit einer Frau Sex zu haben. Nach so langer Zeit der Abstinenz konnte sie es ihm wohl nicht verübeln, dass alles schneller ging, als sie es sich wahrscheinlich gewünscht hatten.

Die letzten Tage auf Teneriffa waren an Christiane nur so vorbeigerauscht. Sie saß jetzt im Airbus 320 nach Hamburg. Sie musste Entscheidungen treffen. Mit Bernhard war es ganz nett gewesen. Im Bett nicht besonders beeindruckend, aber auch nicht so, dass es sie zu sehr mitgenommen hätte. Gut, er war gerade sechzig Jahre alt. Das hieße, lange durchzuhalten, um ihn beerben zu können. Andererseits hatte er ihr in der kurzen Zeit gezeigt, dass er sich nicht lumpen ließ. Immer wieder hatte sie den Eindruck gewonnen, dass er an einer auf Dauer angelegten Beziehung interessiert sei. Sie saß in der Zwickmühle. Thomas ahnte von alldem nichts. Dass auf Teneriffa ein neues Feld auf sie warten könnte, hatte sie verschwiegen. Eigentlich hatte sie ja auch gar nicht genau gewusst, was sie gewollt hatte, als sie sich auf die Anzeige hin gemeldet hatte.

Aber bereits kurz bevor sie in Hamburg landete, wusste sie, wie sie vorgehen wollte.

KAPITEL XIV

Ungeduldig stand Thomas am Hamburger Flughafen und verfolgte die Anzeigetafel mit den ankommenden Flügen. In seiner Hosentasche befühlte er immer wieder eine knisternde Verpackung. Mit der filigranen Halskette wollte er sie überraschen. ‚Hoffentlich hat sie sich erholt und ist nicht mehr so ein Nervenbündel wie vor ihrem Abflug.' Er hatte für sie beide eine kleine Wohnung gefunden. Er arbeitete jetzt als Krankenpfleger in einem Seniorenstift. Dort sah er für sich und Christiane gute Möglichkeiten, an Erbschaften zu kommen.

Fast wäre Christiane an ihm vorbeigerauscht. Er hatte sie erst gar nicht erkannt. Statt ihrer alten Jeans hatte sie ein eng anliegendes Kostüm an, das Thomas noch nie an ihr gesehen hatte und sie wie eine Geschäftsfrau erscheinen ließ. Überrascht stellte er fest, dass sie richtig sexy aussah.

„Hallo, wo willst du denn so schnell hin?" Thomas eilte ihr nach. Verwundert drehte sie sich um.

„Was machst du denn hier?"

„Was soll ich hier schon machen? Ich habe auf dich gewartet." Er umarmte sie fest. „Ich muss dir so viel erzählen", platzte es stolz aus ihm heraus.

Unwirsch schob Christiane ihn von sich.

„Jetzt hör mir mal zu, Thomas." Sie setzte ihren Koffer abrupt ab. „Ich mache nicht mehr mit!"

„Was ist denn in dich gefahren?", schüttelte er ungläubig den Kopf. „Wie, du machst nicht mehr … Wir hatten doch so viele Pläne. Jetzt habe ich endlich mal selbst was in die Wege geleitet, und plötzlich willst du nicht mehr? Ich verstehe dich nicht."

„Du musst auch nicht alles verstehen … Lass mich einfach nur in Ruhe!“

„Ich fass' es nicht! – Dann sieh doch selbst zu, wie du fertig wirst!“

Wütend drehte er sich um und ging zum Parkscheinautomaten. Aus dem Augenwinkel sah er, wie Christiane zum Taxistand ging. Erst da wurde ihm richtig bewusst, wie elegant sie gekleidet war. Bevor er reagieren konnte, war sie verschwunden.

„Zum nächsten preiswerten Hotel, bitte.“

Christiane atmete durch und lächelte erleichtert. Sie nahm sich vor, Thomas in den nächsten Tagen anzurufen. Sie musste ihn erst mal auf Abstand halten, ohne ihn völlig zu verärgern.

Kaum im Hotel, klingelte ihr Handy.

‚Thomas!‘ Sie drückte das Gespräch weg. Nach seinem vierten Anruf stellte sie das Handy aus.

„Hallo Christiane, bist du gut angekommen?“ Kaum hatte sie ihr Handy wieder in Betrieb, meldete sich Bernhard.

„Mir geht es gut. Stell dir vor, ich habe bereits fast alles in die Wege geleitet! Nachher werde ich einen Flug nach Teneriffa heraussuchen. Wenn alles gut geht, bin ich in einer Woche schon wieder bei dir.“

„Was für eine Überraschung! Ich freue mich sehr, dich wieder hier bei mir zu haben.“

„Wenn ich weiß, wann ich komme, melde ich mich.“

Bernhard legte auf und schmunzelte.

„Charly, Urmel!“, freudig rief er seine Hunde. „Es hat geklappt, versteht ihr? Es hat wirklich geklappt! Sie kommt wieder.“ Diesmal hüpfte er vor Begeisterung um die erstaunten Hunde herum. „Oh, was war ich dumm! Ich hatte geglaubt, dass sie nicht wiederkommt. Und wisst ihr was? Jetzt machen wir alles ganz schick für sie. Das wird eine große Überraschung werden.“

Kurz darauf öffnete er Marco, seinem Baumeister, das Tor.

„Du musst mir ganz schnell helfen! Ich möchte bis nächste Woche die Küche in der Höhle fertig haben. Verstehst du?"

Marco schüttelte den Kopf.

„Ach, Mist, du verstehst ja kein Deutsch", verzweifelt suchte Bernhard die richtigen Worte zusammen. „Cocina, cueva, rápido!" Mit Händen und Füßen um sich fuchtelnd, öffnete er die Tür zur Höhlenwohnung und stürzte in den mit Baumaterial vollgestopften Raum.

Marco wackelte bedenklich mit dem Kopf.

„No es posible. Tengo otro trabajo esta semana."

Bernhard verstand nur, dass es nicht gehen würde. Da fiel ihm das letzte Mittel ein: Er griff in seine Hosentasche, zückte sein Portemonnaie, griff hinein und wedelte mit einer unbestimmten Anzahl brauner Scheine.

Marcos Blick hellte sich auf.

„Muy rápido?"

„Sí sí!", so viel hatte Bernhard verstanden. Bestätigend nickte er.

Marco nahm sein Handy, sprach einige Worte hinein und grinste Bernhard an. Dann begann er sofort, alles aus der zukünftigen Küche herauszuschleppen.

Eine Stunde später stand eine *camioneta*, ein Kleinlaster, mit einer Betonmischmaschine, Sand, Zement und anderen Baumaterialien beladen vor dem Tor. Laut hupend machten sich der Bruder und der Cousin Marcos bemerkbar. Bernhard rief seine Hunde, öffnete das Tor und ließ den voll beladenen Wagen durchfahren. Da er wusste, dass Marcos Bruder Angst vor Hunden hatte, sperrte er Urmel und Charly im Zwinger ein.

Bernhard war nicht zum ersten Mal verblüfft, was hier alles so schnell organisiert werden konnte. Die drei deuteten ihm an, dass er in der Höhle nun völlig überflüssig sei.

Zufrieden ging er durch seinen Garten, zupfte mal hier etwas herum, nahm einige Zitronen vom Boden und ging dann ins Haus. Kaum hatte er sich einen Kaffee zubereitet und es sich auf seiner Hollywoodschaukel gemütlich gemacht, sprang er wieder auf und begann hektisch, seine Wohnung umzuräumen.

‚Vielleicht will Christiane ja auch gleich zu mir ins Haus …'

Er wagte diesen Gedanken kaum zu Ende zu denken. Intensiv überlegte er, wie er das Haus für sie attraktiver gestalten könnte. Da schrak er zusammen. Die Hunde gebärdeten sich im Zwinger wie verrückt. Im selben Moment tauchte ein Schatten in seiner Tür auf.

„Hier bist du also!"

Bernhard drehte sich verblüfft um. Grinsend trat Laura, die Reitstallbesitzerin, durch die Tür.

„Und dann noch so fleißig." Sie lachte laut los. „Das ist eine Überraschung, was? Damit hast du wohl nicht gerechnet? War zwar nicht ganz einfach, dich hier zu finden, aber, du siehst, es ist mir gelungen."

„Verschwinde, ich habe nichts mehr mit dir zu besprechen!"

„Na, na, na! Das glaubst du doch selbst nicht. Solange du meine Adriane von Hessenstein nicht zurückgibst, wirst du mich nicht los. Du brauchst mir nur zu sagen, wo sie ist, dann lasse ich dich in Ruhe. Hierher mitgenommen hast du deinen Liebling ja nicht, wie ich sehe. Und wenn du glaubst, mich mit der alten Wette erpressen zu können, müsstest du das erst mal nachweisen. Und das wird dir niemals gelingen", fauchte sie ihn wütend an. „Und im Recht bist du auch nicht. Es ist und bleibt mein Pferd!"

„Raus hier, du hast hier nichts zu suchen! Ob du juristisch im Recht bist oder nicht, interessiert mich nicht. Du hast doch gar kein Gefühl für Pferde oder überhaupt für was anderes. Du verfolgst doch immer nur deine Interessen. Warum hast du sie mir denn nicht einfach verkauft?"

Wütend schob er sie vor sich her. Es war ihm zuwider, dass sie hier in seine Privatsphäre eindrang. Offensichtlich durfte er selbst am Tag keinen Moment das Tor ohne Aufsicht geöffnet lassen. Die Hunde machten im Zwinger einen Höllenlärm.

„Verschwinde und lass dich hier niemals wieder blicken!“, brüllte er hinter ihr her.

„Das könnte dir so passen! Solange Adi nicht wieder in meinem Stall steht, wirst du nicht mehr sicher sein. Mir fällt schon was ein, wie ich wieder an mein Pferd komme.“

Mit diesen Worten ging sie erhobenen Hauptes den Weg zum Tor, sprang ins Auto, schmiss die Tür hinter sich zu und brauste los. Ein Knall, das Auto stand in einem tiefen Schlagloch. Mit aufjaulendem Motor und eingelegtem Rückwärtsgang mühte sie sich heraus. Vorsichtig geworden, fuhr sie jetzt im Schritttempo weiter. Sie platzte fast vor Wut.

„Verdammter Mist!“

Sie hämmerte mit beiden Fäusten auf das Lenkrad ein.

„Der wird dafür büßen! Das wird er nicht vergessen! Er soll seine Lektion lernen.“

Jetzt wollte sie sich für die zwei Tage, die ihr auf Teneriffa noch blieben, eine Unterkunft bei Canarios suchen. Bernhard wusste nicht, dass sie Spanisch wie eine Einheimische sprach: Als sie klein war, hatten ihre Eltern in der deutschen Botschaft in Madrid gearbeitet. So fiel es ihr nicht schwer, in einer Bar nach einer Unterkunft zu fragen. Ein Weinbauer nahm sie mit zu sich nach Hause. Das Gehöft lag in der Nähe des Camino Real, sehr abgelegen. Hier gab es Hühner, Ziegen und eine Unmenge von Katzen. Außer dem Bauernehepaar befand sich nur noch die neunzigjährige, bettlägerige Mutter mit im Haus. Die Kinder führten seit Langem ein eigenständiges Leben. Genau so wollte Laura es haben. Sie bezog das Zimmer, in dem früher die drei Töchter gelebt hatten. Es war winzig klein. Sie konnte sich nicht vorstellen, dass hier mal drei Mädchen aufgewachsen waren.

Als das Ehepaar am nächsten Morgen früh in die Weinberge fuhr, beobachtete sie die Katzen. Dann suchte sie Katzenfutter. Sie öffnete drei Dosen mit der eklig stinkenden Nahrung. Die Katzenmeute strich um ihre Beine. Laura konnte kaum zählen, wie viele es waren. Sie hasste Katzen. Pferde und Hunde – damit kam sie klar, aber Katzen … Es fiel ihr nicht schwer zu entscheiden, welche es sein sollte. Als alle Katzen gierig über den Fressnäpfen saßen, griff sie nach einem Knüppel, den sie am Schuppen des Hofes gefunden hatte, und schlug der erstbesten Katze auf den Schädel. Benommen fiel diese auf die Fliesen. Die anderen Katzen sprangen erschrocken in die Ecken der Küche. Laura packte einen Strick, schlang ihn um den Hals des betäubten Tieres und strangulierte es, bis es keinen Mauz mehr von sich gab. Dann griff sie eine Plastiktüte und ließ die Katze darin verschwinden.

Wenig später hockten alle anderen Katzen wieder um die Fressnäpfe und schlangen das Futter herunter, als ob nichts geschehen sei.

Laura kümmerte sich nicht mehr darum. Sie machte sich auf den Weg zu Bernhard. Eine tote Katze – er würde das deutliche Zeichen verstehen.

KAPITEL XV

Seit dem frühen Morgen blickte Ulrike von ihrem Beobachtungsposten auf Bernhards Finca. Seit zwei Tagen war sie wieder auf Teneriffa. Ihre Apotheke hatte sie für drei Wochen einem Bekannten überlassen. Sie staunte über die ungewohnten Aktivitäten und nahm begierig jede Kleinigkeit wahr.

„Das macht er also – schon wieder umbauen. Er will sich also schon wieder verändern … Offenbar ist es ohne mich doch nicht so schön, sonst wäre er doch …", murmelte sie vor sich hin. Und sie dachte, dass es dieses Mal klappen könnte: Diesmal würde sie es auf die sanfte Tour versuchen. ‚Es muss klappen. Er liebt mich doch! Wenn er nur nicht so stur wäre!' Sie würde es ihm verdeutlichen, dass das Aufleben einer alten Beziehung etwas Wunderbares sei. Sie hatte sogar überlegt, ihre Apotheke zu verkaufen oder zu verpachten. Diese Vorschläge wollte sie ihm in aller Ruhe unterbreiten.

Der Anstieg machte Ulrike inzwischen nichts mehr aus. Sie kam noch nicht einmal mehr richtig ins Schwitzen. Sie hatte sich es auf ihrem Plätzchen gemütlich, fast komfortabel eingerichtet: Campingstuhl, eine Kühlbox, alles nach und nach hier hochgetragen. Dies war ihr Platz, ihr Platz an seiner Seite.

Sie blieb bis zum Nachmittag. Außer dass in der Höhle gearbeitet wurde, entdeckte sie nichts Neues. Enttäuscht machte sie sich an den Abstieg. Dann fuhr sie zu ihrem Ferienhaus in Abades. Es gehörte Deutschen, die nur vier Straßen weiter wohnten. Sie stellte das Auto ab, nahm ihre Badetasche und ging zum Strand. Hier wollte sie heute die Sonne richtig genießen, vielleicht sogar baden. Als sie zurück auf die Berge sah, ballten sich dichte, dunkle Wolken an den Hängen zusammen. Abends setzte leichter Regen ein.

Am nächsten Morgen betrat Bernhard nach dem Frühstück gut gelaunt die Höhlenwohnung. Marco und seine Helfer hatten ein wahres Wunder vollbracht. Selbst den Boden der Küche hatten sie bereits gefliest, heute musste nur noch verfugt werden. Die Wände leuchteten in einem warmen Sonnengelb. Die Installationen für Wasser, Abwasser und Elektroleitungen waren in den Wänden verschwunden. Auch die Steckdosen befanden sich schon alle an den von ihm gekennzeichneten Stellen. Wenn dann noch der Einbau der Küchenmöbel erfolgen würde, wäre die Küche beim Eintreffen von Christiane perfekt.

„Na, zumindest wird sie nicht denken können, dass ich ihr die Entscheidung nicht überlasse: Hier hätte sie ihr eigenes Reich – auch wenn es bei mir im Haus viel schöner ist … Charly, Urmel!“

Die beiden Hunde kamen angerannt. Die Sonne schien vom stahlblauen Morgenhimmel. Es würde heute sehr heiß werden. Vom kurzen Regen des Vortages war nichts mehr zu spüren.

„Heute gehen wir mal ein wenig früher, wir haben noch viel zu tun.“

Freudig sprangen die Vierbeiner an ihm hoch und rannten sich gegenseitig jagend in Richtung Tor. Laut jaulend und bellend verhielten sie plötzlich. Von Weitem sah Bernhard, dass ein Gegenstand von einer Torspitze herabbaumelte. Er ging näher heran und erkannte entsetzt eine schwarz-weiß gefleckte, tote Katze, deren Schwanz unnatürlich kurz und verdreht war. Sie bewegte sich leicht im Wind. Schaudernd wandte er sich ab.

Inzwischen nahm Laura von Teneriffa Abschied. Fast wehmütig gab sie ihren Mietwagen am Flugplatz ab. Die vertrauten spanischen Klänge aus ihrer Kindheit hatten ihr gut getan. Sie nahm sich vor, den nächsten Winter eine längere Zeit auf den Kanarischen Inseln zu verbringen. Lauras Flugzeug startete vom Flughafen *Reina Sofía* in diesen strahlend hellen Tag. Ihr Blick streifte den Teide, ging Richtung Küste und blieb einen Augenblick über Arico und Abades hängen. Ihr Ziel, Adi wieder zu bekommen, hatte sie zu ihrem Leidwesen nicht erreicht. Bernhard konnte aber das Signal mit der toten Katze nicht missverstehen.

‚Mal sehen, wie er darauf reagieren wird', und sie malte sich ihre Rachepläne in den wildesten Farben aus. Ihm musste klar sein, dass sie dieses Zeichen gesetzt hatte, damit Adi wieder in ihren Besitz käme.

„Perdón, señora!"

Ihr Sitznachbar hatte sie unsanft angestoßen, als sein Laptop zu Boden fiel.

„Oh, es usted de Tenerife?"

„Sí, y usted? Creo que es alemana."

Der kanarische Geschäftsmann legte seinen Laptop zur Seite und war neugierig, wo die Deutsche ihr perfektes Spanisch gelernt hatte.

„Wissen Sie, ich bin ein typisches Diplomatenkind. Als ich sechs Jahre alt war, zogen meine Eltern mit meinen Geschwistern und mir nach Madrid. Da wir eine spanische Zugehfrau hatten und auch gleich von Beginn an die spanische Schule besuchten, ist Spanisch für mich eine zweite Muttersprache geworden. Leider zogen wir dann acht Jahren später nach Moskau. Meine Geschwister und ich wären viel lieber zu unseren Großeltern nach Deutschland gegangen. Die besaßen einen Pferdehof."

„Dann können Sie auch Russisch?"

„Wir mussten in Moskau die Internationale Schule besuchen. Ja, Russisch spreche ich fast akzentfrei. Und fast wäre ich sogar Russin geworden!"

„Wie denn das?"

„Sie sind aber neugierig!“, lachte sie. „Nein, es war natürlich nur eine Schwärmerei: Ich hatte mich mit dreizehn Jahren in Boris, den Bruder meiner Freundin Swetlana, unsterblich verliebt. Boris war das schwarze Schaf der Familie, die aus dem Ural stammte. Natürlich hat das nicht ewig gehalten. Doch wie es manchmal im Leben kommt: Man sieht sich immer zweimal! Boris lebt jetzt in Berlin, und wir sind sehr gut befreundet. Wenn ich mal Probleme habe, ist er immer für mich da.“

„Es ist schon gut, wenn man Freunde hat, auf die man sich verlassen kann. Haben Sie auf Teneriffa auch alte Freunde besucht? Entschuldigen Sie, dass ich so direkt frage, aber Sie scheinen ein spannendes Leben zu führen.“ Interessiert blickte der Fremde Laura an.

„Spannend mag mein Leben nach außen ja aussehen, aber in der Welt komme ich jetzt kaum noch herum. In Berlin führe ich einen Rennstall mit Pferden. Die Tiere lassen mir wenig Spielraum herumzureisen. Aber um auf Ihre Frage zurückzukommen: Meine Reise hatte etwas mit meinen Pferden zu tun.“ Kaum hatte Laura das ausgesprochen, brach aus ihr der ganze Frust heraus, der sich in den letzten Tagen in ihr aufgestaut hatte. „Ich habe eine bittere Erfahrung hinter mir. Ein Bekannter hat mein Vertrauen furchtbar missbraucht. Er hat eins meiner Pferde entwendet und lebt jetzt hier. Als ich ihn aufsuchte, schmiss er mich einfach raus. Meine Nachforschung bei ihm hat gar nichts gebracht. Das Pferd ist wie vom Erdboden verschwunden. Wenn ich im Leben nicht so oft enttäuscht worden wäre, hätte ich das vielleicht noch so hinnehmen können, aber …“ Hier stockte Laura. Sie merkte, wie sich ihre Wut über Bernhard ins Unermessliche steigerte. Im Moment konnte sie nur noch an Rache denken. „Aber lassen wir das! Ich werde schon einen Weg finden, dem Herrn zu zeigen, dass er so nicht mit mir umgehen kann.“

„Kann denn die Polizei nicht helfen?“

„Nein … Das dauert alles viel zu lange. Aber lassen wir das jetzt wirklich. Ich werde das Tier schon zurückerhalten."

„Ich wünsche Ihnen dabei viel Erfolg. Und lassen Sie sich nicht zu sehr bekümmern! Wissen Sie: Jeder Verbrecher bekommt am Ende seine Strafe!"

Laura lächelte mild, und sie tauschten noch einige Belanglosigkeiten aus, dann schien das Interesse aneinander zu erlahmen.

Als das Flugzeug in Berlin-Schönefeld landete, hatte sich Laura eine Strategie für ihr Vorgehen zurechtgelegt. Sie war sich sicher, dass Boris, ihr russischer Freund aus Jugendtagen, sie unterstützen würde und helfen konnte, die verfahrene Situation mit Bernhard und seinem Lieblingspferd Adi in den Griff zu bekommen. Kaum stand Laura im Flughafen am Gepäckband und wartete auf ihren Koffer, griff sie auch schon zum Handy, stellte es an, registrierte, dass während des Fluges einige Anrufe eingegangen waren, ignorierte sie und suchte die Telefonnummer von Boris. Sie ließ es läuten, bis sich der Anrufbeantworter anschaltete.

„Hallo Boris, kannst du mal bei mir zurückrufen? Es ist dringend. Hier ist Laura."

Sie war enttäuscht, dass sie nicht sofort mit Boris sprechen konnte. Geduld war noch nie ihre Stärke gewesen. Verdrießlich griff sie ihren auffälligen lila Koffer mit grell-grünen Aufklebern. Nachdem sie vor Jahren einen falschen Koffer erhalten hatte, weil ihrer von einem anderen Reisenden schon genommen worden war, hatte sie sich für das zwar hässliche, aber sofort zu erkennende Modell entschieden.

Als sie in der S-Bahn saß, rief Boris zurück. Sie verabredeten sich noch für denselben Abend.

Kaum sahen sie sich, liefen sie aufeinander zu und begrüßten sich mit den drei Bruderküssen. Er drückte sie fest an sich.

„Gut siehst du aus. Warst du im Solarium?"

„Nein, auf Teneriffa. Aber nur kurz. Komm, ich erzähl dir alles."

„Moment, erst mal hole ich den Tee. Na, und ein kleiner Wodka dazu?"

Laura nickte, kuschelte sich in eine Sofaecke.

Boris brachte die dampfenden Tassen, Laura nippte am heißen Tee und genoss die vertraute Atmosphäre.

Als sie ihren Bericht beendet hatte, schüttelte er nur den Kopf.

„Sei mal ehrlich: Dir geht es gar nicht mehr um das Pferd. Du sinnst doch nur auf Rache, weil er dir trickreich die Adi geklaut hat. Hab ich recht?"

„Ja, aber …!"

„Hör doch auf! Ich kenn dich gut genug. Also du willst, dass ich ihn ein bisschen bestrafe. Das meinst du doch. O. k., wird gemacht. Ich gehe mal davon aus, dass du nichts dagegen hast, wenn er im wahrsten Sinn des Wortes ein blaues Auge davonträgt!"

„Ja, genau das ist es. Oh Boris, du bist immer noch der Einzige, der mich sofort versteht." Sie schlang ihre Arme um ihn und drückte ihn fest an sich.

Zufrieden erreichte sie spät abends den Reitstall, ging noch einmal durch die Stallgasse und schmunzelte, als sie die leere Box von Adi sah. Bald würde ihr Traber hier wieder stehen.

KAPITEL XVI

Zurück vom Spaziergang mit den Hunden war Bernhard in Hochstimmung. Heute würde Christiane auf Teneriffa landen. Während er fröhlich vor sich hin pfiff, betrachtete er sich im Spiegel. Frisch rasiert, geduscht, dabei die wenigen Haare gewaschen, musste er nur noch die schwere Entscheidung treffen, was er anziehen sollte. Inzwischen lag ein Berg von Hosen und Socken auf dem Boden des Ankleideraumes. Er griff die Sachen, zwängte sich mit dem Arm voller Bekleidung durch die Tür und schmiss alles auf sein Bett. Nachdem er jede Hose mehrfach an sich hochgehalten hatte, stand sein Entschluss fest. Wie meist bei besonderen Anlässen siegte die lindgrüne Hose mit einem kurzärmligen, roséfarbenen Hemd. Dazu zog er seine flotten hellbraunen Slipper an. Nun noch schnell alles wieder ins Ankleidezimmer bringen. Es sollte ordentlich aussehen.

Während er ins Auto stieg, sah er auf seine Armbanduhr. Er war viel zu früh dran. ‚Ein Rotwein bei Carmen und Carlos könnte nicht schaden.'

„Hallo Bernhard, schön, dich wieder einmal zu sehen!"

Erschrocken blickte er sich nach rechts um, woher die Stimme kam: Gleich hinter der Tür der dämmrigen Bar saß Ulrike! Sie biss gerade in ein *bocadillo con jamón serrano.*

„Hallo", für einen Rückzug war es zu spät. „Was machst du denn hier?" Ihm fiel nichts Besseres ein.

„Komm, setzt dich zu mir, dann können wir uns ein wenig austauschen."

„Ja, ja, wir haben uns lange nicht mehr gesehen", verlegen suchte er nach Worten.

„Du siehst gut aus. Dir scheint das Leben hier auf Teneriffa zu bekommen. Ich habe gedacht, du könntest etwas Gesellschaft gebrauchen. Du kennst doch hier sonst keinen." Durch ihre Beobachtungen glaubte Ulrike genau zu wissen, wie es in Bernhards Leben aussah. Scheinheilig fügte sie hinzu: „Ich soll dir von allen aus Berlin, besonders von Laura aus dem Reitstall, herzliche Grüße bestellen."

„Danke, danke! Erzähl, warum bist du hier? Eigentlich magst du den Süden doch nicht." Bernhard wand sich wie ein Aal. Er wollte hier nur weg. Dabei fühlte er sich wie festgenagelt.

Carmen stellte ihm unaufgefordert einen *cortado* auf den Tisch und sah ihn fragend an.

„Ist schon gut", murmelte er. „Bring mir auch ein *bocadillo*."

Trotz der deutschen Worte verstand Carmen ihn und verließ den Tisch ohne weitere Bemerkungen. Neugierig blickten Antonio, Juán, Alberto und andere, ihm nicht bekannte Canarios, zu ihm herüber. Am liebsten wäre er sofort aus der Bar gestürzt. Aber diese Blöße konnte er sich nicht geben. ‚Nur nicht hier mit Ulrike in einen offenen Streit geraten, wie soll ich diese Situation jemals auf Spanisch erklären!' Aber auch so schien die Spannung zwischen ihm und Ulrike im ganzen Raum spürbar.

„Bei mir gibt es nicht viel zu erzählen. Aber ich spüre inzwischen meine alten Knochen. War über die Jahre wohl ein bisschen viel mit dem Reitsport."

„Kommt davon! Hast dich dein Leben lang selbst ausgebeutet, du wolltest eben der Beste sein. Hast du Schmerzen?"

„Nein, nein, mach dir mal keine Gedanken", er ärgerte sich, dass er dieses Thema angeschnitten hatte.

„Ich will dir aber helfen. Es gibt heute so viele tolle Sachen, die Schmerzen lindern oder bösartige Entwicklungen verhindern oder hinauszögern und das Leben erleichtern."

Ulrike dachte an die Vielzahl der Medikamente in ihrer Apotheke in Berlin.

Bernhard merkte, wie ihm das Gespräch entglitt. „Nein, lass mal sein, ich komme schon so zurecht!"

„Ach, Bernhard, lass mich dir doch helfen." In ihren Augen schimmerten Tränen, dabei fasste sie seine Hand, die auf dem Tisch lag, und drückte eine Serie von Küssen darauf.

Entsetzt riss er sie weg. Abrupt stand er auf, ging zur Theke, bezahlte seinen *cortado*, die *bocadillos* und den *café con leche* von Ulrike. Zurück am Tisch stellte er sich vor sie.

„Los, komm!", blaffte er sie an.

Sie sah ihn mit ihren großen, tränenverschleierten Augen an.

„Komm, habe ich gesagt!", knurrte er, dabei griff er ihren Arm, zog sie vom Stuhl und drängte sie aus der Bar.

Die erstaunten, teils amüsierten Blicke aller Anwesenden verfolgten das Spektakel interessiert. Endlich passierte hier mal etwas! Bernhard war inzwischen alles egal.

„Lass mich los, was soll das!", fauchte Ulrike ihn an.

Wie einen störrischen Esel zog er sie bis zur Straßenecke hinter sich her. Sie war viel zu verblüfft, um sich ernsthaft zu wehren. Trotz seiner zierlichen Gestalt war er stark und gut durchtrainiert. Es gelang ihm mit Leichtigkeit, Ulrike, die fast das Doppelte wog, aus den Blicken der Barbesucher zu entfernen.

„Wir gehen jetzt ein paar Schritte, und du erklärst mir genau, was du hier eigentlich willst!"

„Was fällt dir ein, nimm deine Finger von mir!", wütend schlug sie ihm auf die Hand.

„Wann kommst du endlich zur Vernunft?" Er ließ sie los und blickte sie traurig an. „Begreif doch: Unsere Wege haben sich getrennt, für immer! Und das Testament werde ich auch noch ändern", fügte er fast sanft hinzu.

Sie begriff gar nichts mehr.

„Das kann doch hier an der Straßenecke kein Abschied für immer sein“, schluchzte sie. Und im Gedanken fügte sie an: ‚Hier in Arico, an der Ecke, wo es nach La Sabinita, meinem zukünftigen Zuhause, auf die wunderschöne Finca *Vista Teide* geht.‘ Sie taumelte. Ohnmächtig sackte sie auf den rauen Boden des Bürgersteigs.

Unsicher beugte Bernhard sich zu ihr hinab. Sie atmete schwer. Schnell zog er sein spanisches Handy aus der Hosentasche.

„Mist!“

Ratlos blickte er auf die Tastatur. Selbst, wenn er die richtige Nummer der *ambulancia* wüsste, was sollte er sagen? Er konnte ja noch nicht einmal auf Spanisch erklären, wo er sich gerade befand.

„Komm, wach auf! Du kannst hier nicht so liegen bleiben.“

Er rüttelte an ihr. Kein Mensch ließ sich blicken. Verzweifelt kniete er sich hin und beugte sich zu ihr. Während er die Halsschlagader mit der rechten Hand zu ertasten suchte, legte er sein Ohr an ihre Lippen, um zu spüren, ob sie noch Luft holte. Da schlang sie unvermittelt ihre Arme um seinen Hals und küsste ihn tief und innig. Angeekelt versuchte Bernhard sich zu befreien. Wie ein Klammeraffe hing sie an ihm und zog ihn zu sich herab. Wild um sich schlagend löste er sich, erhob sich, klopfte die verschmutzten Knie ab und starrte angewidert auf Ulrike herab. Fast hätte er vor lauter Wut auf sie gespuckt. Mühsam hielt er sich zurück, drehte sich um, ging die wenigen Schritte zu seinem Auto und stieg ein.

Ulrike saß wie festgenagelt auf dem schmalen Bürgersteig und blickte verstört hinter ihm her. Ihre vorgetäuschte Ohnmacht hatte ihr gar nichts genützt.

Voller Unruhe fuhr Bernhard Richtung Flughafen. Ungewollt kreisten seine Gedanken um Ulrike. Er konnte sich davon nicht freimachen. Ein Blick auf die Uhr zeigte ihm, dass er immer noch viel zu früh am Flughafen sein würde, um Christiane zu empfangen. Kurz entschlossen fuhr er nicht auf die Autobahn, sondern überquerte sie und befand sich in Abades am Meer. Er stellte sein Auto auf dem langen Parkstreifen direkt am Wasser ab, warf einen kurzen Blick nach links zum bevölkerten Strand und ging dann mit energischen Schritten in die entgegengesetzte Richtung. Er wollte keinem Menschen begegnen. Die Hundebesitzer, die hier ihre Lieblinge ausführten, hatten um diese Zeit meist schon ihre Runde gedreht.

Ohne auf den Weg zu achten, stolperte er fast blind den kleinen, unebenen Pfad am Wasser entlang. Nach einer halben Stunde, ohne Wahrnehmung seiner unmittelbaren Umgebung, wurde er langsamer. Inzwischen befand er sich auf der hohen Klippe über dem Meer im Süden von Abades. Bis heute wusste er nicht genau, wie diese auffällige Erhebung mit den zum Wasser steil abfallenden Felsen hieß. Er hatte mal etwas von „Punta de Abades“ oder so gehört. Der moderate Anstieg hatte indessen seine Geschwindigkeit kaum gebremst. Jetzt stand er auf der höchsten Stelle, atmete tief und hätte kaum sagen können, wie er hierher gekommen war. Er blickte sich fast erstaunt um. Der Schweiß rann ihm über das Gesicht, und sein frisches, roséfarbenes Hemd zeigte dunkle, nasse Flecken unter den Armen und am Rücken. Die Verschmutzung seiner lindgrünen Hose an den Knien hatte er nur nebenbei wahrgenommen.

Erschöpft sank er auf einen scharfkantigen, dunkelroten Lavastein.

Er wusste nicht, wie lange er gesessen hatte. Sein Blick schweifte über das Meer. In der Ferne sah er die schwachen Konturen von Gran Canaria. Direkt unterhalb der steilen, ins Wasser abfallenden Felsen hatte sich ein Angler ein Plätzchen eingerichtet. Wie der dorthin kommen konnte, blieb Bernhard ein Rätsel. Er blickte zum Himmel. Einige leichte Schleierwölkchen zogen von Osten in die Bucht von Abades. Er sah einem Flugzeug nach. Der Blick auf seine Uhr sagte ihm, dass er sich auf den Weg machen musste, um Christiane abzuholen. Seine Vorfreude war verflogen. Er fühlte sich dumpf, fast tot, fragte sich, wie das alles nur weitergehen solle, ob es richtig sei, Christiane hier in das fremde Land zu holen, was sie gemeinsam erwarten würde.

‚Ach, zu ändern ist jetzt sowieso nichts mehr!'

Noch einmal sah er die steilen Klippen hinunter, dann drehte er sich um und ging zu seinem Auto zurück.

Wie betäubt sah Bernhard auf die Menschenmenge, die aus der Ankunftshalle des Flughafens strömte. Blasse Gesichter; Mütter, die ihre Kleinen fest an der Hand hielten; Männer, die hoch beladene Kofferkarren schoben; einzelne Männer oder Frauen, die sehnsüchtig suchend nach ihrem Partner schauten. Alles drängte durch die automatisch gesteuerten Schiebetüren. Immer wieder schweiften seine Gedanken zu Ulrike zurück.

‚Wie konnte ich nur zu solch einer falschen Einschätzung von ihr kommen? Damals – als ich sie kennengelernt hatte, wirkte sie aufgeschlossen und selbstständig. Ich hatte gedacht, dass man mit ihr sogar Pferde stehlen könnte.'

Bei diesem Gedanken musste er sogar leicht lächeln, denn das hatte er ja inzwischen getan – aber ohne sie.

‚Wie sie sich jetzt verhält – das ist krank! Das konnte ich doch nicht wissen. Als ich mich damals in Berlin auf sie eingelassen hatte, gab es keine Anzeichen für ein solches katastrophales Verhalten. – Und jetzt stehe ich hier am Flughafen von Teneriffa, gefangen in meinen Gedanken und warte auf eine andere Frau …'

Gerade schob sich ein dicker Pulk von Menschen aus der Ankunftshalle. Er konnte sich kaum auf die Gesichter konzentrieren. Es waren einfach zu viele, die an ihm vorbeiströmten. Ihn verstörte inzwischen alles. Die lautstarken Begrüßungen, das Gedränge, die Leute, die sich ständig vor ihn schoben. Am liebsten hätte er sich umgedreht und wäre zu seiner Finca gefahren.

„Hallo Bernhard!"

Von hinten zupfte Christiane an seinem leichten Pullover, den er sich noch schnell übergezogen hatte, um das verdreckte Hemd zu bedecken. Erschrocken drehte er sich um.

„Ach, da bist du ja schon!" In dem Moment fiel ihm ein, wie blöd das klingen musste. „Schön, dass du da bist", ergänzte er wenig begeistert.

„Ich dachte, du erwartest mich oder suchst du noch jemand anderen?" Christiane sah ihn überrascht an. „Stimmt etwas nicht?"

Verlegen nahm Bernhard sie in den Arm. „Ich erkläre dir alles später, lass uns erst einmal hier verschwinden." Er nahm ihr die zwei Koffer ab.

Ein starker Wind von Südost blies ihnen auf dem Flughafengelände entgegen. Der Himmel hatte sich verdüstert. Dicke Regenwolken ließen die ersten schweren Tropfen fallen.

Christiane folgte ihm mit ihrem Rucksack und einer großen Sporttasche. Sie hatte ihre gesamte Habe bei sich. In Deutschland musste sie ihre letzten Bargeldreserven für das Übergewicht herausrücken. Sie hatte es mit einem weinenden und einem lachenden Auge getan. Sie war sicher, dass Bernhard ein großzügiger Mann war, bei dem sie ihre Kasse schnell wieder auffüllen konnte. Jetzt bei der Begrüßung von Bernhard kamen ihr aber Zweifel.

‚Er ist so anders. Habe ich etwas übersehen? Hat er in Deutschland Erkundigungen über mich eingeholt? Aber ich habe doch alle Spuren verwischt. Meine Betreuung von alten Menschen und die „Extravergütungen" … Nirgends eine Anzeige! Und die Nichte von Dorle Thiemann war nur mit ihrer Tante zu einem anderen Notar gegangen, um das Testament wieder richtigzustellen. Auch hier kein gerichtliches

Nachspiel. Bernhard kann nichts wissen! Es muss einen anderen Grund für sein Verhalten geben.‘

Betont fröhlich stellte sie ihr Gepäck am Auto ab.

„Ich freue mich so, bei dir zu sein.“

Sie trat auf ihn zu und umarmte ihn. Ohne große Reaktion ließ er sich das gefallen, verstaute das Gepäck im Kofferraum und wandte sich zu ihr.

„Sei nicht böse, mir geht es heute nicht so gut. Ich erzähl dir später alles. Lass uns erst einmal zur Finca fahren.“

Schweigend verließen sie den Flughafen und fuhren auf die Autobahn in Richtung Santa Cruz.

KAPITEL XVII

Langsam beruhigte Ulrike sich. Sie konnte immer noch nicht begreifen, was passiert war. Ihre Gedanken kreisten um Bernhard und den Vorfall.

Als er sie wutschnaubend zurückgelassen hatte, war sie wie vom Donner gerührt auf dem schmalen Gehweg in Arico sitzen geblieben und hatte dem davonfahrenden Auto Bernhards nachgeblickt.

Endlose Minuten verstrichen, aber dann belebten sich ihre Gesichtszüge wieder und ihre Augen sprühten vor Wut.

‚Wie kann er mir das antun? So wird meine Freundlichkeit belohnt! Warum verschmäht er *meine* Liebe? Ich seh' ja ein, dass ich mit meinen Wutanfällen keinen Erfolg bei ihm gehabt hatte. Aber jetzt begegne ich ihm mit Freundlichkeit und bin so zahm, dass er doch erkennen muss, wie groß meine Liebe ist ... Warum kann er mir nicht auch seine Liebe zeigen? Er braucht doch gar nicht viel zu tun. Ich war immer für ihn da, wie er auch immer für mich da sein sollte. Er ist ja viel zu allein auf seiner Finca – hat sich so zurückgezogen. Es war ja nur Glück, dass er heute in die Bar kam, die er immer weniger besucht. Warum versucht er ständig, mir zu entkommen?'

Vorsichtig rappelte sie sich vom rauen, verstaubten Bürgersteig auf, auf den sie sich geschmissen hatte, um eine Ohnmacht vorzutäuschen. Ihr neuer Rock, den sie extra für Bernhard in El Médano in einem Laden für extravagante Kleidung gekauft hatte, war verschmutzt und an einer Stelle eingerissen. Beim Auftreten schmerzten ihr Knöchel und das Knie des rechten Beins so sehr, dass sie fast den Halt verlor. Wütend sah sie an sich herunter.

‚Was ist …? Das hat er mir angetan!'

Das Knie blutete leicht und der Knöchel war bereits dick angeschwollen. Humpelnd bewegte sie sich auf die Bar zu. Bei ihrem Eintreten verstummten die Gespräche. Aller Augen waren auf sie gerichtet.

„Hier gibt es nichts zu gaffen!“

Obwohl niemand diese deutschen Worte verstand, kehrte schnell wieder Normalität ein, und der Geräuschpegel schwoll auf das gewohnte Maß an. Sie bestellte sich einen halben Liter Rotwein. Auf ihr Lieblingsessen, *carne de cabra en salsa*, verzichtete sie. Seit zwei Tagen hatte sie noch den Rest eines köstlichen Fisches in ihrem Kühlschrank liegen. Diesen *merluza*, einen Seehecht, hatte sie in Candelaria in der *cofradía* direkt am Hafen gegessen. Wegen ihres kaum bezähmbaren Appetites hatte sie sich den größten Fisch in der Auslage ausgesucht. Die Warnung der Bedienung, dass sie den mit Sicherheit nicht ganz aufessen könne, hatte sie überheblich ignoriert. Also musste der dort eingepackte Fischrest jetzt von ihr zu Hause verspeist werden.

Nach dem Aufwärmen des Fischrestes setzte Ulrike sich in den Minigarten, der zu dem Ferienhaus gehörte. Während sie vorsichtig die Gräten zur Seite legte, beruhigte sie sich. Aber ihre Gedanken kreisten weiter um Bernhard. Immerhin war sie jetzt satt und sah von Ferne dicke schwarze Wolken aufziehen. Nun, heute würde sie das nicht mehr stören. Es würde bald dunkel werden und sie hatte sowieso nicht mehr vor, ihren Beobachtungsposten einzunehmen.

Beim Betreten ihrer Ferienwohnung sah sie das Licht des Anrufbeantworters blinken: Während sie draußen im Garten den Fisch mit *papas arrugadas* genossen hatte, war offenbar ein Anruf eingegangen. Sie wollte später sehen, wer das war. Zuerst musste sie sich endlich um ihre Verletzungen kümmern. Ulrike sah ihr Knie genauer an. Ein langer, nicht sehr tiefer Riss zog sich diagonal über die Kniescheibe.

Mit einem Tupfer und einer Pinzette entfernte sie, mehrfach vor Schmerz aufstöhnend, die vielen kleinen Schmutzpartikel. Mit zusammengebissenen Zähnen tupfte sie anschließend mit einem Desinfektionsmittel auf der Wunde herum. Sie entschied sich, keinen Verband anzulegen.

‚Beim Fernsehen kann die Wunde austrocknen.'

Sie nahm eine Flasche Mineralwasser aus dem Kühlschrank, tränkte ein Handtuch damit und wickelte es um ihren angeschwollenen Knöchel. Die Kühle tat ihr gut. Dann schaltete sie den Fernseher ein, zappte sich durch mehrere deutsche Programme und blieb bei einem Krimi hängen.

Das Abhören des Telefons vergaß sie.

Mitten in der Nacht schreckte Ulrike hoch. Sie war vor dem Fernsehgerät eingeschlafen. Ihr rechtes Bein war vom Sofa abgerutscht und schmerzte höllisch. Ihr war schlecht. Regen prasselte laut auf das Dach, und eine Laterne auf der Straße warf bizarre Schatten in ihren dunklen Wohnraum. Mühsam stand sie auf. Sie humpelte in den Schlafraum, legte sich vorsichtig aufs Bett, stützte das Bein mit Kissen ab und versuchte zu schlafen.

Doch daraus wurde nichts: Unruhe hatte sie erfasst. Ihr Magen rebellierte. Gedankenfetzen überschlugen und vermischten sich. Schweißgebadet bewegte sie sich im Halbschlaf. Ihr war kotzelend. Plötzlich drehte sich ihr Magen um, und sie schaffte es gerade noch in den Flur, bevor ihr gesamtes Fischgericht auf den Fliesen landete. Sie geriet in Panik.

‚Was ist los? Das Knie? Könnte sich da eine Sepsis entwickeln? Oder habe ich eine Fischvergiftung?' Sie wollte nicht auf Teneriffa in einer Ferienwohnung elend krepieren. ‚Was soll ich tun? Oh Gott, ich sterbe! Ich brauche Hilfe: Bernhard!'

Bei diesem Gedanken erbrach sie sich erneut.

Dann fiel ihr ein, dass nach den Erfahrungen des heutigen Tages er ihr mit Sicherheit nicht zu Hilfe eilen würde.

Mit letzter Kraft und schmerzverzerrtem Gesicht bewegte sie sich in den Wohnraum zu ihrer Handtasche. Die Handtasche rutschte Ulrike aus der Hand, und der Inhalt ergoss sich auf dem Fußboden. Mit dem Licht ihres Handys wühlte sie zwischen benutzten Taschentüchern, Kosmetikartikeln, Schreibutensilien und diversen Papieren herum.

‚Wo ist nur die verflixte Adresse? Das sind doch Deutsche und sie wohnen nicht weit weg! ‘

Dann sah sie die Visitenkarte von Paul und Marlene: Sie war beim Herausfallen unter den Tisch geschlittert. Mühsam robbte sie darauf zu. Nach mehreren Unterbrechungen gelang es ihr, die Karte mit den Fingerspitzen zu sich heranzuziehen. Zitternd vor Fieber versuchte sie, die spanische Nummer ihrer Vermieter in das Telefon einzugeben. Alles verschwamm vor ihren Augen. Je mehr sie sich zu konzentrieren versuchte, desto schlechter konnte sie lesen. Sie brauchte ihre Lesebrille. Vergeblich blickte sie sich um. Ein Knacken. Sie hatte sich auf ihre Brille gelegt! Vorsichtig griff sie unter sich. Erleichtert sah sie, dass nur ein Glas zersplittert war. Mit letzter Energie wählte sie die Telefonnummer von Paul und Marlene. Nach achtmaligem Klingeln schaltete sich der Anrufbeantworter ein.

Sie blickte auf das Display. Es war vierzehn Minuten vor drei Uhr mitten in der Nacht.

Verzweifelt aufstöhnend versuchte sie ein zweites Mal, ihre Vermieter zu erreichen. Kaum hatte sie die Wahlwiederholung angetippt, wurde sie bewusstlos.

KAPITEL XVIII

„Das ist ja noch schöner als in meiner Erinnerung!“ Begeistert betrachtete Christiane das viele Grün, das sich nach dem letzten Regen entwickelt hatte. „Und diese blauen Blüten. Was ist das?“ Fragend sah sie Bernhard an, der während der Fahrt vom Flughafen kaum in ein Gespräch zu verwickeln gewesen war.

„Ich glaube, das sind Jacarandas, und die urig aussehenden Gewächse dort sind Tabaibas. In Kürze werden sie gelb blühen. Sind endemisch, hat man mir erzählt, also wachsen nur hier auf den Kanarischen Inseln. Immer wenn wir einmal Regen haben, dann sprießt und blüht es selbst in dieser kargen Gegend.“

Christiane hatte gar nicht mit so einer langen Antwort gerechnet. Er schien sich langsam aus seiner Starre zu lösen. Auf dem holprigen Weg kurz vor der Finca begann er dann sogar, richtig gesprächig zu werden. Er deutete hier und dort hin und beschrieb ihr die Veränderungen der letzten Woche. Als sie das Tor passierten, fielen die ersten Tropfen aus der schon lange beobachteten schwarzen Wolke.

Trotz des heftigen Regens saßen sie später auf der Terrasse bei Rotwein, *jamón serrano* und *queso blanco.* Die Hunde lagen friedlich zu beiden Seiten des Tisches. Bernhard beschrieb voller Begeisterung den Ausbau der Höhlenwohnung. Unausgesprochen schwebte zwischen ihnen, wo Christiane nun einziehen sollte. Keiner traute sich, das Thema anzusprechen.

Als der Regen nachließ, gingen sie gemeinsam zur Ferienwohnung. Christiane bewunderte den perfekten Ausbau.

„Dass du das alles in der kurzen Zeit geschafft hast, ist kaum zu glauben! Und du meinst, das ist jetzt für mich?", fragend sah sie ihn an.

„Na ja, eigentlich soll es einmal für Gäste sein, aber wenn du erst einmal hier wohnen möchtest, ist das auch in Ordnung."

Aus seinen Worten hörte sie, dass er nichts dagegen hätte, wenn sie mit in sein Haus einziehen würde. Das kam ihr entgegen.

„Ich glaube, das soll wirklich nur eine Ferienwohnung sein." Sie umarmte ihn und drückte ihm einen Kuss auf seine Lippen.

Sein Herz schlug höher. Abrupt riss er sie an sich und gab ein leises Stöhnen von sich. Schnell war der Bann gebrochen. Er drückte sie fest an die kühle Wand der Felsenwohnung, und sie spürte seine Erektion. Fast zugleich damit schob er ihren Rock hoch und griff in den Slip. Ohne zu zögern, drückte Christiane ihn von sich und öffnete den Reißverschluss seiner Hose.

„Komm!"

Er zog sie hinter sich her, drehte sie um und drückte sie vornüber auf die gepolsterte Seitenlehne des Sofas im Wohnraum der Höhle. Ohne ein weiteres Wort zog er ihren Slip zur Seite und drang von hinten in sie ein. Sie schrie leise auf, griff nach seiner Hand, die auf ihrer Hüfte lag, und ließ es geschehen.

Wenig später lagen sie verschwitzt nebeneinander und atmeten heftig. Keiner sagte ein Wort.

Am frühen Morgen, noch im Dunkeln, gingen sie hinüber in sein Wohnhaus. Inzwischen hatte sich der Regen verzogen und die Sterne leuchteten so klar und hell über Teneriffa, wie Christiane noch nie einen Sternenhimmel gesehen hatte. Kein Licht störte, rundherum war es stockduster; nur in großer Ferne leuchteten Lampen in kleinen Siedlungen am Wasser. Weit draußen auf dem Atlantik zwischen ihrer Küste und Gran Canaria fuhr ein hell beleuchtetes Kreuzfahrtschiff, wahrscheinlich mit Kurs La Gomera. Der Mond verschwand gerade hinter den Bergen. Christiane betrachtete das Bergpanorama, das sich zum Himmel klar abhob, legte ihren Kopf in den Nacken, schloss kurz die Augen und blickte dann auf den von Sternen übersäten dunklen Himmel. In dem Moment wünschte sie sich, hier ewig so stehen zu können.

„Lass uns reingehen, mir wird kalt. Diesen Himmel wirst du noch oft bewundern können." Sanft strich Bernhard über ihr Haar.

Der nächste Tag erstrahlte in klarem Sonnenschein. Kaum hatte sich die Sonne gezeigt, stieg die Temperatur auf über zwanzig Grad, und das selbst auf der Höhe von mehr als fünfhundert Metern über dem Meeresspiegel. Christiane verstaute eilig ihre Sachen aus den Koffern und Taschen im Haus. Inzwischen machte Bernhard Frühstück. Er presste aus Orangen frischen Saft und buk das Weißbrot des Vortages auf, sodass es knusprig und warm war. Gemeinsam trugen sie alles in einem Korb nach draußen. Statt auf dem Tisch der Terrasse anzurichten, ging Bernhard zielstrebig vom Haus weg. Ein schmaler Weg brachte sie zu einer Grotte, die in einen Felsen eingelassen war und sich zur Südostseite hin weit öffnete. Im warmen Sonnenlicht standen zwei Gartensessel und ein Tischchen. Fast feierlich nahm Bernhard aus einem Felsschränkchen eine geblümte Tischdecke.

„Dreh dich um und sieh dir erst einmal die Umgebung an. Ist es hier nicht wunderschön?"

Staunend blickte sie auf einen wenige Meter entfernt abfallenden *barranco*, der in einer tiefen Schlucht sein Ende fand. Auf der anderen Seite stieg er wieder steil an. Sie bewunderte Kakteen, die direkt über den Wurzeln verholzte Teile aufwiesen, riesig waren und über der Verholzung gigantische grüne Ohren mit Stacheln besaßen, an deren oberen abgerundeten Blättern sie grüne, teilweise rote Früchte trugen. Die buschartigen *tabaibas*, inzwischen kannte sie den Namen, wirkten wie aus Urzeiten übrig geblieben. In der Ferne erblickte sie das Wasser des Atlantiks, das eine tiefblaue Farbe angenommen hatte. Sie nahm sich vor, die Gegend schnell und gründlich zu erkunden. Es war immer gut zu wissen, wo man sich befand. Auch die Pflanzen hier weckten ihr Interesse. Sie glaubte, dass es hier besonders viele Wolfsmilchgewächse gab.

„So, nun können wir frühstücken. Das soll ein wunderschöner Sonntag werden … Und noch auf viele gemeinsame schöne Stunden, Tage und Wochen, vielleicht sogar Jahre!" Bernhard stand feierlich, fast stolz neben dem liebevoll gedeckten Frühstückstisch.

Die Situation gefiel ihr zunehmend besser. Das ganze Unternehmen ließ sich gut an. Hier konnte sie es auch ein bisschen länger aushalten.

Wenig später stellte ihr Bernhard eine Gartenliege in den Halbschatten eines Feigenbaums, der betörend gut roch. Da sie schnell braun werden wollte, rückte sie aus dem Schatten hinaus. Bernhards Warnung vor der Stärke der Sonne schlug sie in den Wind. Ihr lockiges Haar hielt eine Spange zusammen. Inzwischen störte sie auch nicht mehr das leise Rascheln der *lagartos*. Bernhard hatte ihr erklärt, dass sich die Weinbauern und Gartenliebhaber wegen der Gefräßigkeit dieser Echsen ärgerten und sich vor ihnen schützten. Aber sie wären nicht gefährlich.

Entspannt sah Christiane Bernhard auf der Terrasse sitzen und über Kopfhörer Musik hören. Sie beobachtete Falken, die mal im raschen Flug zur Erde stürzten, mal mit weit gespannten Flügeln in der Luft standen oder über einer Beute rüttelten. Es war so friedlich hier. Das leise, verhuschte Rascheln der *lagartos* hatte sogar etwas Beruhigendes. Sie döste in der Sonne ein.

Plötzlich nahm sie im Halbschlaf etwas wahr: Ein sich wiederholendes, schrilles Piepen drang langsam in ihr Bewusstsein. Sie öffnete die Augen. Bernhard entdeckte sie nicht. Das Geräusch war so durchdringend, dass es weit zu hören sein musste. Benommen von der Sonne erhob sie sich. Inzwischen vernahm sie erregtes Bellen von Urmel und Charly, das von der anderen Seite des Grundstücks zu kommen schien.

Sie straffte sich und betrat die Terrasse. Das penetrante Piepgeräusch entwich einem kleinen Gerät, das so aussah wie ein Sender, den Ärzte im Krankenhaus für Notrufe benutzten. Sie hatte aber noch nie gehört, dass es so nervtötend laut sein konnte. Da fiel ihr ein, dass Bernhard erklärt hatte, dass es die Alarmanlage des Elektrozauns sei. Sie rief durch die geöffnete Tür des Hauses nach ihm. Keine Reaktion. Genervt von dem grässlichen Geräusch nahm sie das Gerät, warf es auf die Hollywoodschaukel und drückte zwei Kissen darauf. Jetzt war die Lautstärke erträglich. Dumpf verfolgte sie das Piepen, als sie in Richtung des Bellens ging, das in ein Winseln übergegangen war. Von Weitem erblickte sie Urmel, der wie wild umhersprang und ein verzweifeltes hohes Bellen von sich gab. Daneben saß Charly, hatte seine Schnauze in die Luft gereckt und jaulte erbärmlich. Von Bernhard keine Spur.

Christiane begann zu laufen, stolperte über die erhabene Wurzel eines Gummibaums, rappelte sich auf, lief weiter. Unvermittelt stand sie vor dem inneren Zaun. Gleich dahinter lag Bernhard in einer Vertiefung.

‚Was …?'

Er blutete am Kopf. Sie wagte sich nicht zu ihm: Bernhard hatte ihr erklärt, dass er den zweiten Zaun gezogen hatte, weil er öfter belästigt wurde. Nachts wurde er an Strom angeschlossen.

Der äußere Zaun war hoch und stabil und sie hatte sowieso nicht verstanden, was ein weiterer Elektrozaun sollte. Auf ihren Einwand hin hatte er begründet, dass es hier Leute gäbe, die gern vergiftete Köder zu den Hunden warfen. Um sie vor dem Gift zu bewahren, hatte er diesen ganzen Aufwand betrieben. Irgendwie hatte sie das alles nicht glauben können. Sie hatte eher den Eindruck, dass er sich selbst vor irgendeiner Sache schützen wollte.

Zögernd trat sie nun an den Elektrozaun. Bernhard lag da wie tot. Kurz dachte sie, ‚so einfach kann das sein', und dann mit Schrecken, ‚aber viel zu früh!' Sie blickte um sich. Nirgends war jemand zu sehen. Ihre Angst vor Strom war groß. Aber er brauchte dringend Hilfe. In dem Moment sprang Charly über den Elektrozaun auf sie zu. Dabei berührte er den Draht. Da er nicht aufjaulte, konnte wohl kein Strom darin sein! Ohne weiter nachzudenken, griff sie einen trockenen Ast, drückte den Draht herunter und stieg darüber. Auch ihr geschah nichts. Sie beugte sich über das blutende Gesicht Bernhards.

„Stirb bloß nicht! Ich brauche dich doch noch", murmelte sie leise vor sich hin. „Sonst hätte ich doch die ganze Mühe nicht auf mich genommen." Fast ärgerlich nahm sie seinen Kopf in ihre Hände und betrachtete ihn genau. „Los, wach auf!", energisch drängelnd legte sie ihn vorsichtig ab, stand über ihm und wurde wütend. „Das kannst du mir doch nicht antun!"

Inzwischen hatten sich Urmel und Charly zu ihnen gesellt. Charly stupste vorsichtig und liebevoll Bernhard an. Da drang ein leises Aufstöhnen aus seiner Kehle. Sein rechtes, verquollenes Auge zuckte.

‚Na, geht doch', war Christianes erster Gedanke.

Jetzt wurde sie lebhaft.

„Komm, wach auf! Du kannst hier nicht liegen bleiben. Sag, was ist passiert?"

„Ich brauche Wasser."

Mühsam öffnete Bernhard sein rechtes, inzwischen fast zugeschwollenes Auge.

„Warte!"

Christiane sprang – diesmal ohne zu zögern – über den Elektrozaun, rannte durch den Garten an der verschlossenen Tür der Höhle vorbei und stürzte in die Küche. Sie sah sich um.

‚Wo hat er nur sein Wasser?'

Im Kühlschrank standen nur Wein und Bier.

‚Da, hinter der Tür: ein 8-Liter-Kanister mit Trinkwasser!'

Sie griff eine schmutzige Frühstückstasse aus dem Abwasch und schleppte, so schnell sie konnte, den schweren, fast vollen Behälter zu Bernhard, während Urmel ihr wild um die Beine hüpfte.

„Verdrück dich, du Mistvieh!"

Verärgert trat sie nach ihm. Geschickt wich er aus. Von Weitem sah sie, dass sich Bernhard inzwischen auf die Seite gerollt hatte. Erleichtert verlangsamte sie ihren Schritt. Christiane stellte den schweren Wasserbehälter neben Bernhard, goss die Tasse voll, half ihm vorsichtig sich aufzusetzen und gab ihm in kleinen Schlucken Wasser.

„Was ist passiert?" Neugierig sah Christiane Bernhard an.

„Wir müssen hier erst einmal verschwinden. Kannst du mich stützen?"

Christiane erwiderte darauf nichts. Sie wunderte sich, warum er auf seinem Grundstück nicht einfach liegen bleiben wollte. Er sah jämmerlich aus. Sicher wäre es besser, sie würde eine Decke und Kissen holen, damit er erst einmal wieder Kraft schöpfen könnte.

Es dauerte Minuten, bis Bernhard gekrümmt auf seinen Füßen stand. Er glaubte, nie wieder gehen zu können. Bei der kleinsten Bewegung schossen Schmerzen wie Pfeile durch ihn.

„So geht das nicht", stöhnte er und fiel in sich zusammen. „Nachher kommt doch Mercedes zum Saubermachen. Ist heute nicht Donnerstag? Lass uns warten, bis sie da ist. Ich kann einfach nicht. Zu zweit ist es bestimmt leichter, mich das lange Stück zum Haus zu schaffen."

„Mensch Bernhard! Erstens ist es Montag. Und zweitens hast du vergessen, dass du sie heute früh angerufen hast, dass sie nicht mehr zu kommen braucht, weil ich jetzt hier alles allein machen möchte! Wir waren uns doch einig."

Unbeweglich, mit hängendem Kopf ließ Bernhard Christianes Gerede über sich ergehen. Er wollte nur noch schlafen.

„Du musst dich jetzt zusammennehmen, wenn du hier weg willst. *Du* wolltest doch um jeden Preis hier verschwinden!"

Christiane griff unter seine Achseln, hob ihn an, beachtete seine Schmerzenslaute nicht und zog ihn auf seinen ständig wegknickenden Beinen den Weg entlang. Als sie an ihrer Gartenliege vorbeikamen, ließ sie ihn vorsichtig aus ihren Armen gleiten, hob seine Beine an und redete ihm gut zu, hier eine Pause einzulegen. Er wehrte sich nicht und blieb wie tot liegen.

„Da siehst du mal, welche Vorteile es hat, dass ich groß und stark bin." Sie versuchte ihn aufzuheitern. „Dein Fliegengewicht macht mir fast nichts aus. Du wiegst doch bestimmt nicht mehr als fünfzig Kilogramm".

„Einundfünfzig", reagierte er fast nicht hörbar. „Jockeys sind eben leicht!"

Christiane atmete schwer. Ganz so leicht war es nicht gewesen.

„Nun los, erzähl!", dabei tupfte sie ihm das Gesicht mit einem nassen Lappen ab.

Bernhard war noch nicht in der Lage, ihr seine Situation zu erklären. Er wusste auch nicht, ob sie alles wissen sollte. Warum drang sie nur so neugierig auf ihn ein? Sie sollte ihn doch einfach in Frieden lassen. Er brauchte Zeit, sich eine plausible Erklärung zu überlegen. Erst einmal musste er sie fortschicken und Zeit gewinnen.

„Hol dir einen Stuhl – und bring noch den Sonnenschirm mit! Ich kann das helle Licht nicht vertragen", quetschte er mühsam zwischen den Lippen hervor.

Christiane eilte los, um seine Wünsche schnell zu erfüllen. Dann setzte sie sich zu ihm und hörte sich an, was er sich zusammengereimt hatte.

Als er mit seinem kurzen, wirren Bericht endete, hatte sie recht wenig verstanden: Irgendwie sollte eine tote Katze, die vor längerer Zeit an seinem Gartenzaun oder Tor gehangenen hatte, eine Rolle gespielt haben. Und nun hätten ihn zwei Schläger, die mit Sicherheit weder Spanisch noch Deutsch sprachen, eher Russisch oder eine andere slawische Sprache, überfallen und das angerichtet, was sie jetzt sehen konnte. Den Zusammenhang zwischen einer toten Katze und den angeblichen Männern aus dem Osten konnte sie beim besten Willen nicht herstellen. Mit dem, was er ihr erzählt hatte, war ihre Neugier noch lange nicht befriedigt. Sie begriff aber, dass Bernhard erst einmal nichts weiter berichten würde und Ruhe brauchte. Nach ihrem Gefühl wollte er seine Geschichte auch nicht in allen Einzelheiten darlegen. Sie würde schon hinter seine Geheimnisse kommen. Hauptsache, ihre Vorstellungen und Pläne mussten darunter nicht leiden.

Die nächsten Tage gestalteten sich ganz anders, als Bernhard es sich vorgestellt hatte. Anstatt Christiane seine Insel zu zeigen, lag oder kroch er im Haus oder auf der Terrasse herum. Sein Körper schmerzte an den unmöglichsten Stellen. Als er dann endlich den Mut hatte, sich im Spiegel zu betrachtete, stöhnte er laut auf: Er sah aus wie ein Monster! Er erkannte sich selbst nicht wieder. Die Oberlippe hatte seitlich einen Riss und war so geschwollen, dass sein ganzes Gesicht verzerrt aussah. Ein dicker Bluterguss, der inzwischen in Farben von Gelb-Braun bis Grün-Blau schimmerte, hatte von seiner rechten Wange Besitz ergriffen. Er fand sich selbst abstoßend und hässlich und traute sich nicht, sich vorzustellen, was Christiane von ihm halten sollte. In diese Vorstellung vertieft hätte er fast das Telefon überhört.

„Ja, hallo, wer ist da?“, quetschte er mühsam zwischen seinen geschundenen Lippen hervor.

„Rate mal! Das war eine erste Warnung. Ich will mein Pferd zurück.“

„Aber Laura, lass doch diesen Mist! So kommst du bei mir auch nicht weiter. Wir können doch über alles reden.“

„Du und reden! Da gibt es nichts zu reden. Wo ist mein Pferd? Wenn Adi nicht innerhalb des nächsten Monats wieder bei mir im Reitstall steht, kommst du nicht so glimpflich davon wie dieses Mal.“ Ein Knacken in der Leitung. Laura hatte aufgelegt.

Vor Schmerzen stöhnend, wankte Bernhard zum Bett.

„Wer war das?“ Christiane kam aus dem Bad.

„Nichts Wichtiges. Ich will jetzt einfach nur schlafen.“

Christiane war beleidigt, denn er sagte ihr nicht, was wirklich los war. Dann gab sie ihm einen flüchtigen Kuss und zog ärgerlich die Schlafzimmertür hinter sich zu.

Nach der Attacke auf Bernhard hatten beide beschlossen, erst einmal in getrennten Räumen zu schlafen. Christiane war froh, dass sie nicht durch das Gestöhne und das Gejammer von Bernhard vom Schlaf abgehalten wurde. Sie war aber nicht in die Höhlenwohnung ausgewandert, sondern hatte sich das Gästezimmer hergerichtet. Noch am gleichen Tag schlug sie vor, dass sie dieses Zimmer gern als ihr eigenes haben wollte.

Ihm war das alles zu viel. Er wurde unwillig, weil sie immer wieder in seiner Vergangenheit herumbohrte, während er selbst doch meinte, erst einmal genug mit der Gegenwart zu tun zu haben. Sie glaubte, ihre Fragen geschickt einzubringen, aber er hatte sehr wohl gemerkt, dass sie mehr über ihn herausbekommen wollte. Ihre Neugier störte ihn. Dabei ging ihm auf, dass er bis heute fast nichts von ihr wusste. Das musste er ändern. Sowie er nicht mehr mit seinen Schmerzen und seiner Unbeweglichkeit beschäftigt wäre, wollte er diese Lücke schließen.

Christiane langweilte sich. Sie sonnte sich, machte Streifzüge über die Finca und bereitete täglich das Essen zu, das im Moment für Bernhard allerdings nur aus gestampften Kartoffeln oder Milchbreien bestand. So konnte er wenigstens etwas zu sich nehmen. Bei der Durchsicht der Vorräte sah sie, dass fast nichts mehr da war. Das sah sie als einen willkommenen Anlass, ihre Langeweile zu unterbrechen und auf eigene Erkundungen zu gehen. Ohne Einwände durfte Christiane Bernhards RAV 4 nehmen. Er ermahnte sie eindringlich, alles hinter sich gut abzuschließen. Dann beschrieb er ihr mehrere Einkaufsmöglichkeiten und ermunterte sie, ihr Badezeug mitzunehmen, um an den Strand zu gehen. Vergnügt freute sie sich auf einen abwechslungsreichen Tag.

Ihr erstes Ziel war der nächstgelegene Strand. Schon beim Parken in Abades befand sie sich in Hochstimmung und dachte, dass eine Krönung des Tages jetzt ein gepflegter Kaffee wäre. Sie sah mehrere kleine Bars. Sie entschied sich für die dem Meer nächstgelegene.

Während sie ihren Kaffee schlürfte und die Beine auf der abgrenzenden Brüstung ausstreckte, sah sie sich um. An allen Tischen saßen Urlauber. Sie kicherte vor sich hin. Einige sahen wegen ihres Sonnenbrands aus wie geröstete Würstchen. Offensichtlich machte sich keiner etwas daraus, was andere von ihnen dachten. Erstaunt blickte sie zum Nachbartisch. Hier wurde Deutsch gesprochen. Beim Lauschen stellte sie fest, dass es in dieser Bar nur Deutsche und Engländer gab.

‚Gut zu wissen.'

Nur mit Bernhard allein auf der Finca wäre es viel zu langweilig. Spontan entschied Christiane, dass der Strand erst einmal warten konnte. Es war viel spannender, Abades zu erkunden. In der heißen Sonne schlenderte sie umher.

Sie genoss es. Ihre uralte Sonnenbrille schützte die Augen vor der harten Sonneneinstrahlung. Im Gedanken listete sie auf, was sie alles neu brauchte. Sie ging gern modisch, am liebsten ein wenig extravagant gekleidet. Leider reichte das Geld meist nicht dafür. Jetzt sollte sich alles ändern. Denn es passte alles: Eine Idee, wie sie endlich reich werden könnte, festigte sich in ihrem Kopf. ‚Alles, was ich bis jetzt abgegriffen habe, waren ja nur Peanuts gewesen!', sagte sie sich.

Wenn sie an einem dieser weißen Häuschen mit den winzigen Grundstücken vorbeikam, bellte ab und zu ein Hund. Sonst wirkte diese Siedlung wie ausgestorben. Da entdeckte sie am Pfahl einer Straßenlaterne einen Zettel: Hier bot eine Susanne Spanischunterricht an.

„Genau, das ist es!"

Ohne zu zögern, griff Christiane ihr Handy und tippte die Telefonnummer ein.

Nichts!

„Irgendwas ist hier falsch. Na ja, erst einmal aufschreiben. Sechs, fünf, acht, acht, sechs, neun, sieben, sieben, sieben", murmelte sie vor sich hin.

Wenig später lag sie am Strand und ließ sich von der Sonne braten. Zum Einkaufen fuhr sie danach nach Candelaria, fühlte sich wie eine Touristin und sah sich die Kathedrale an, bestaunte die Guanchenkönige, die sich an dem Platz vor der Kathedrale direkt am offenen Meer als riesige Steinskulpturen präsentierten, schleckte ein Eis und kaufte dann in dem gut sortierten Supermarkt *Mercadona* alles ein, was ihr schmecken könnte.

‚Jetzt muss ich nur noch einen Laden finden, wo ich für meinen Laptop einen Internetzugang erwerben kann …' Leider gab es auf der Finca keinen festen Internetzugang.

Kaum betrat sie den Handyladen, stutzte sie. Auf einem Werbeplakat sah Bernhard auf sie herab. Sie blinzelte mit den Augen. Natürlich war er es nicht, aber er sah ihm gewaltig ähnlich. Amüsiert stellte sie fest, dass sie die ganze Zeit nicht an ihn gedacht hatte.

Nachdem sie nach langem Anstehen im Handyladen endlich den Stick erstanden hatte, fuhr sie ausgeglichen und entspannt auf die Finca zurück.

Bernhard hatte das Alleinsein gebraucht. Für ihn war es anstrengend, ständig einen anderen Menschen um sich zu haben. Trotzdem freute er sich, als die Hunde losliefen, um Christiane zu begrüßen.

Als Christiane ihm von ihrem Tag erzählte, erhielt sie sein spanisches Mobiltelefon. Er ermunterte sie, es mit dem Sprachunterricht bei dieser Susanne zu probieren. Der erste Anruf über dieses Telefon klappte dann sofort. Die Stimme der Spanischlehrerin Susanne war nett. Der Unterricht sollte mit vier anderen Frauen in ihrem Haus in El Porís schon in zwei Tagen beginnen.

Täglich ging es mit Bernhards Genesung steil bergauf.

„Christiane, sieh mich mal an: Fällt dir an mir eigentlich nichts auf?"

Sie betrachtete ihn und schüttelte den Kopf. Er reckte sich und stolzierte vor ihr hin und her.

„Ich bin wieder fit. Richtig fit! Deine Auslagerung ins Gästezimmer hat ein Ende."

„Du meinst, ich soll wieder in dein Schlafzimmer ziehen?" Sie zögerte leicht. „Ist das nicht ein bisschen früh?" Sofort merkte sie, dass es ein Fehler sein könnte, nicht auf seinen Wunsch einzugehen. Ihr war wirklich nicht an einem Konflikt gelegen, eher das Gegenteil. Sie wollte unbedingt sein Vertrauen erhalten, um schneller an ihr Ziel zu kommen. Schnell stimmte sie seinem Wusch zu.

Am Abend saßen sie seit dem Überfall auf Bernhard zum ersten Mal wieder auf der Hollywoodschaukel, tranken Wein und sahen auf die Berge.

„Erzähl mir ein wenig von dir!"

Bernhard streichelte sie sanft. Christiane schluckte. Viel lieber hätte sie erstmal mehr über ihn gewusst. Über das Internet hatte sie nur über seine Siege gelesen, aber sein Verhalten zeigte ihr immer wieder, dass es da noch etwas anderes geben musste, etwas, was für ihre Absichten gefährlich werden konnte. Aber jetzt war sie erst mal dran. Seinem Wunsch konnte sie nicht ausweichen.

„Viel gibt es da nicht zu sagen." Christiane machte eine Pause. „Meine Eltern sind tot, Mutter starb vor vier Jahren und Vater schon elf Jahre früher. Dann sind da noch zwei ältere Geschwister, zu denen ich keinen Kontakt mehr habe. Ich war das Nesthäkchen, der Nachkömmling nach knapp zehn Jahren. Für meine Mutter musste ich nach dem Tod unseres Vaters alles übernehmen, weil sie furchtbar unselbstständig war. Mit Geld konnte sie auch nicht umgehen. Und die letzten Jahre habe ich sie zudem noch gepflegt. Aber das ist jetzt ja alles vorbei. Ich denke nicht mehr daran."

Sie trank einen großen Schluck Rotwein und hielt ihm ihr leeres Glas hin. Dass sie fast das ganze Erbe der Eltern abgeräumt hatte, damit sie mit ihren Geschwistern nicht teilen musste, verschwieg sie geflissentlich.

„Und dadurch hast du nichts gelernt, ich meine, einen Beruf oder so?" Bernhard goss ihr Rotwein nach. „Du bist doch schon zweiundfünfzig Jahre. Was hast du denn gemacht, bevor das mit den Problemen deiner Mutter begann?" Er sah sie leicht zweifelnd an.

„Ob du es glaubst oder nicht, ich habe in Hannover Abitur gemacht und dann studiert. Meine Eltern wollten, dass ich Lehrerin werde. Und ich wollte etwas mit Kunst machen. Der Kompromiss war, dass ich dann Kunst als Fach für die Schule studierte, und als zweites und drittes Fach habe ich Deutsch und Werken genommen. Das Studium ging ja so gerade, aber dann musste ich als Referendarin in die Schule. Gruselig! Die kleinen Kinder mochte ich ja noch ganz gern, aber die Arbeit hat mir überhaupt nicht gefallen. Ich musste von früh bis spät für Vorbereitungen am Schreibtisch sitzen. Und meine Mentorin in der Schule mochte mich nicht. Ich konnte ihr nichts recht machen. Dann habe ich eben alles hingeschmissen." Christiane atmete tief durch. „Später habe ich dann in Hamburg ein Geschäft für Töpferwaren eröffnet. Das lief alles gut, bis ich meine Mutter in Hannover unterstützen musste. Von der Zeit an habe ich nur noch an wenigen Tagen im Verkauf gearbeitet. Irgendwann lief das mit den Töpferwaren nicht mehr richtig. Das Geld, das ich für die Eröffnung des Ladens von meinen Eltern als einen Teil des Erbes im Voraus erhalten hatte, war futsch."

Christiane sah ihn unmerklich von der Seite an, griff zur Rotweinflasche, schenkte sich nach. Sie hoffte, es sei deutlich, dass es nicht mehr zu sagen gab.

KAPITEL XIX

Benommen sog Ulrike die Luft durch die Nase ein. Da war kein frischer Hauch. Stickige Wärme umgab sie. Vorsichtig öffnete sie die Augen. Es war dunkel. Unheimlich schnaufende Laute drangen in ihr Bewusstsein.

‚Wo bin ich?'

Nur langsam kam die Erinnerung.

‚Zuerst hatte ich auf den Fliesen gelegen und meine Brille zerdrückt. Ja, und dann hatte ich noch versucht zu telefonieren. Aber – ich habe mit niemandem gesprochen …'

Vorsichtig richtete sie sich auf. Durch ihr rechtes Knie schoss ein stechender Schmerz.

‚Bernhard, das Miststück! Er hat mich einfach auf dem Gehweg in Arico im Stich gelassen!'

Dann erinnerte sie sich, dass sie auf dem Sofa gelegen hatte und ihren Knöchel kühlte. Kotzelend war ihr gewesen. Und als sie später in ihrem Bett im Ferienhaus in Abades aufwachte, war ihr so schlecht gewesen, dass sie sich im Flur übergab … Ihre Vermieter, ja, sie hatte versucht, ihre Vermieter zu erreichen! Aber inzwischen war sie absolut sicher, dass sie sie nicht gesprochen hatte.

Ein Grunzen dicht neben ihr ließ sie aufhorchen.

‚Verflixt, neben mir liegt jemand!', zuckte sie zusammen.

Da mussten noch mehr sein: Von der anderen Seite ihres Bettes hörte sie ein regelmäßiges, leises Schnarchen. Langsam begriff sie, dass sie sich in einem Zimmer mit mehreren Personen befand. ‚Ein Krankenhaus! Warum ein Krankenhaus? Blutvergiftung, Tetanus?'

Sie erinnerte sich, dass sie ihre Wunde am Knie gereinigt und desinfiziert hatte. Sie versuchte, sich zu bewegen, doch schon den Kopf zu heben gelang ihr nicht lange. Kraftlos ließ sie sich zurückfallen.

‚Liege ich hier schon länger?'

Der Morgen dämmerte allmählich. Ulrike sah, dass sie in einem Zimmer mit drei anderen Frauen lag. Die Luft war zum Ersticken schlecht. In ihrem Arm steckte eine Kanüle. Langsam tropfte Flüssigkeit in ihren Körper.

‚Eine Fischvergiftung? Der Fisch hatte mir richtig gut geschmeckt. Wo ist hier bloß jemand? Ich muss doch wissen, was mit mir los ist.'

Wenig später war der Krankenhausbetrieb in vollem Gang. Schwestern huschten herein und heraus. Eine Mitpatientin wusch sich und half dann den anderen bei der Morgenwäsche. Ulrike selbst wurde in Ruhe gelassen, was sie in ihrem Halbschlaf dankbar annahm. Als ihr Tropf durchgelaufen war, kam eine Schwester, zog die Kanüle aus dem Arm, nahm den Ständer mit dem Tropf aus dem Zimmer und verschwand.

Befreit von der Infusion erhob sich Ulrike langsam. Ihr ging es immer noch nicht gut, sie fühlte sich schwindelig und hatte Angst zu stürzen, wenn sie zu laufen versuchte. Aber sie brauchte dringend eine Toilette. Peinlich berührt stellte sie fest, dass sie frische Nachtkleidung anhatte.

‚Hoffentlich ist mein Schlafanzug im Müll gelandet! Nachdem oben und unten alles aus mir herausgeflossen ist, muss er völlig versaut sein.'

Ihr Magen drückte schon wieder.

Auf der Suche nach einer Toilette schlich sie über die Station. Auf den Fluren lagen Patienten, die vor sich hindämmerten, meist ältere Menschen. Zu den Krankenzimmern standen alle Türen offen. Mit ihrem Vierbettzimmer war sie noch gut davongekommen. Hier gab es Säle mit bis zu acht Personen. Obwohl es ihr noch nicht richtig gut ging, wollte sie so schnell wie möglich verschwinden.

Endlich gelang es ihr, eine Krankenschwester anzusprechen, die Englisch konnte.

Dann ging alles schnell. Ein Arzt wurde gerufen. Ulrike bestand auf ihrer Entlassung. Der Arzt hätte sie zwar noch lieber zur Beobachtung dabehalten, zuckte dann aber nur mit den Achseln und ließ sie gehen.

Sie hatte die Nase gestrichen voll von Teneriffa.

Ein Taxi brachte sie vom Krankenhaus zu ihrem Ferienhaus. Kaum war sie ausgestiegen, stürzte Paul, ihr Vermieter auf sie zu. Von ihm erfuhr sie, dass ihr nächtlicher Anruf zwar gehört worden war, aber weder Paul noch Marlene schnell genug am Telefon sein konnten. Da sie die Telefonnummer erkannt hatten, waren sie besorgt gewesen und trotz des Regens in der Nacht zu ihr rübergekommen. Sie hatten sie bewusstlos gefunden und sofort die *ambulancia* gerufen.

Ulrike brauchte noch mehrere Tage, um sich von ihrer Fischvergiftung zu erholten. Bevor sie am nächsten Tag die Insel wieder verlassen wollte, musste sie noch einmal auf ihren Adlerhorst und einen Blick auf die Finca werfen. Wenig erwartungsvoll, fast wie eine Pflichtübung kraxelte sie den schmalen Wanderweg in die Berge. Häufig setzte sie sich hin. Ihr Körper war noch sehr geschwächt. Sie brauchte viel mehr Zeit als sonst. Mehrfach überlegte sie umzukehren. Doch sie stand wie unter einem Zwang, vor ihrem Flug noch Bernhard zu sehen.

Erschöpft fiel sie auf ihren Steinsitz, schloss die Augen, kämpfte gegen den Schwindel und trank dann gierig ihr Wasser. Routiniert griff sie ihr Fernglas und richtete es aus. Vor ihren Augen flimmerte es. Mit Mühe hielt sie es ruhig. Bernhard saß wie immer auf der Hollywoodschaukel. Die Hunde lagen bei ihm. Aber irgendetwas stimmte nicht. Ein Stück vom Haus entfernt stand eine Gartenliege mit einer gelb-weiß gestreiften Auflage in der prallen Sonne.

‚Seit wann benutzt Bernhard denn so was? Und das Auto, wo ist es? Vom Haus bis zum Tor kein metallic-blaues Leuchten der Karosserie. Die Garage steht offen, kein Auto.'

Ulrike strich sich den brennenden Schweiß aus den Augen. Ihr ging es gar nicht gut. Sie musste an den Rückweg denken. Ihr Instinkt sagte ihr aber, dass diesmal eine Veränderung eingetreten war. Sie kam bloß nicht dahinter, was es sein könnte. Sie saß noch einige Zeit, machte sich aber dann, obgleich beunruhigt, an den Abstieg.

Kaum hatte sie ihr Leihauto auf der löchrigen Piste erreicht, hörte sie das Geräusch eines sich nähernden Wagens. Sie sprang auf den Fahrersitz und zog schnell die Tür hinter sich zu. Mit Verwunderung erkannte sie Bernhards Auto, das kurz vor der Finca hielt. Das Tor öffnete und schloss sich wie von Geisterhand. Der Geländewagen rollte langsam zum Haus. Sie reckte den Hals, konnte gerade noch sehen, dass Bernhard dem Auto entgegenkam. Die Fahrertür öffnete sich, und er nahm eine Frau in den Arm.

Die Sonne verschwand rot glühend hinter den Bergen. Wütend schlug Ulrike aufs Lenkrad und fuhr nach Abades. Am nächsten Morgen ging ihr Flugzeug schon um 6:42 Uhr.

‚Verdammt! Ich muss wissen, was hier passiert! Wie soll ich …? Er gehört mir allein! Niemand darf sich zwischen uns drängen. – Ich werde die Apotheke aufgeben! Dann kann ich Bernhard immer nahe sein. Er weiß einfach nicht, was gut für ihn ist.'

Am nächsten Nachmittag stand sie braun gebrannt, aber missmutig in ihrer Apotheke. Als die Türglocke schellte, blickte sie kurz auf. Ein junger Mann hielt Frau Mertens, einer treuen Kundin, die Tür auf. Schwer auf ihren Stock gestützt, humpelte sie zum Verkaufstresen.

„Frau Doktor hat doch bestimmt schon angerufen. Ich brauche wieder meine guten Zaubermittelchen“, mit diesen Worten schob sie Ulrike ein Rezept entgegen.

Ulrike griff unter den Handverkaufstisch, wo sie die bestellten Medikamente bereits zurechtgelegt hatte. Als sie Frau Mertens nach draußen begleiten wollte, öffnete der junge Mann bereits die Tür erneut.

„Wie kann ich Ihnen helfen?“

„Mein Name ist Benno Schlüter, ich habe gehört, dass sie einen Praktikumsplatz zu vergeben haben. Meine Freundin Clarissa Baumann sucht einen Platz hier in diesem Stadtteil. Leider konnte sie heute nicht selbst kommen. Sollte das aber mit dem Praktikum bei Ihnen möglich sein, wird sie selbstverständlich nächste Woche kommen und sich vorstellen.“

„Hm, einen Praktikumsplatz wollte ich eigentlich nicht vergeben, ich suche eher einen approbierten Apotheker, der für eine Weile, vielleicht ein oder zwei Jahre die Apotheke hier übernimmt. Ich müsste für unbestimmte Zeit ins Ausland.“

„Ist das ihr Ernst? Vielleicht könnte ich da helfen. Ich habe gerade alles abgeschlossen und wollte die nächsten Tage mit der Suche nach einer Apotheke für mich beginnen. Wenn das hier klappen könnte, wäre das ideal für mich!“

Ulrike zögerte keinen Augenblick.

Im Büro besprachen sie die ersten Einzelheiten. Ulrike war begeistert, dass ihr dieser Mann gerade zur rechten Zeit ins Haus geschneit war. Schamlos nutzte sie seine Unerfahrenheit aus. Mit einer hohen Gewinnbeteiligung und der immensen Pacht würde sie auf Teneriffa ausgezeichnet leben können. Sie hatte da auch schon ein luxuriöses Haus in Candelaria im Auge, das zum Vermieten freistand. Es lag mitten im Ort an einem Barranco. Trotzdem war es sehr ruhig in der Gegend. Abades würde sie dann meiden können.

KAPITEL XX

Fröhlich pfiff Bernhard vor sich hin. Das Leben gefiel ihm. Der neue Stall für Adi stand im hinteren Teil des Grundstücks, von der Straße nicht einzusehen. Der Auslauf war von knorrigen Gummibäumen beschattet. Ein Platz zum Wohlfühlen für Pferde. Jetzt musste er nur noch seine Adi holen. Heimlich hegte er den Wunsch, dass auch Christiane reiten lernen sollte. Die war gerade mal wieder beim Spanischunterricht und danach wahrscheinlich noch mit ihren neuen Freundinnen unterwegs. Ein bisschen fühlte er sich vernachlässigt. Andererseits bewunderte er sie, dass sie so schnell Spanisch lernte. Er hatte sie mit dem Nachbarn Antonio beobachtet, wie sie sich mit ihm problemlos unterhalten hatte.

Kaum näherte sich Christiane mit dem Auto auf dem gewundenen Weg dem Haus, sprang Bernhard von der Hollywoodschaukel und ging ihr entgegen. Er hatte sich mit seinem neuen Laptop beschäftigt, den sie ihm vor Kurzem, natürlich von seinem Geld, geschenkt hatte. Inzwischen beherrschte er das Schreiben von E-Mails. Aber eigentlich merkte er, dass er das nicht brauchte. Wem sollte er denn schon schreiben? Und für Notfälle gab es ja die Post oder das Telefon. Liebevoll drückte er Christiane an sich und küsste sie zärtlich.

„Oh Christiane, ich habe dich seit Stunden schon vermisst. Ich finde, dass du mich so ein ganz klein bisschen vernachlässigt." Er musste das, was er schon die letzten Tage empfunden hatte, endlich los werden.

„Sieh mal, was ich dir mitgebracht habe!", lenkte sie ab und wand sich aus seiner Umklammerung, öffnete den Kofferraum, nahm einen schweren Karton heraus und drückte ihn in seine Arme. „Sei vorsichtig! Erst hinstellen, dann öffnen!"

Behutsam ertastete Bernhard zwischen dem Seidenpapier einen Gegenstand. Er war schwer und nicht ebenmäßig, trotzdem besaß er eine glatte, kühle Oberfläche. Mit beiden Händen schob er das Seidenpapier auseinander. Wie vom Donner gerührt ließ er seinen Blick zwischen Christiane und dem Inhalt des Kartons hin und her gleiten.

„Das ist ja ein Pferd! Aus Keramik! Soll das meine Adi sein? Das glaube ich nicht. Wie hast du das denn bewerkstelligt?" Ungläubig hob Bernhard die Skulptur auf den Tisch. „Sie ist wunderschön."

„Da staunst du, was?" Stolz blickte Christiane ihn an. „Ich habe Fotos von Adi genommen, sie einem Bildhauer gegeben, und der hat danach Adi angefertigt."

Bernhard war gerührt – auch wenn er sich sogleich fragte, woher sie die Fotos hatte. Christiane musste in seinen Sachen herumgewühlt haben.

„Was für eine Überraschung!", sagte er.

An diesem Abend servierte Christiane Bernhards Lieblingsgericht: Als Vorspeise gab es Pulpo-Salat. Für den Hauptgang nahm sie wie immer, wenn sie Bernhard in besonders gute Laune versetzen wollte, *perdices*, kleine Rebhühner. Sie fand, dass an diesem Geflügel so gut wie nichts zu essen war, aber er mochte es eben gern.

Gerade kam Christiane wieder aus der Küche, in den Händen trug sie den Nachtisch, einen *flan*, den spanischen Pudding.

„Na Christiane, was möchtest du denn dieses Mal?" Er griff um ihre Hüfte und zog sie zu sich auf den Schoß. Amüsiert betrachtete er ihr verblüfftes Gesicht. „Ein bisschen kenne ich dich schon. Wenn du mit meinen Lieblingsspeisen kommst, hast du meist einen Herzenswunsch. Nun, raus damit!"

Anfänglich sprudelten die Sätze nicht wie sonst aus Christiane heraus. Sie suchte mehrfach nach Worten, zögerte, formulierte neu, druckste herum. Sie blickte ihn fast hilflos an. Tränen standen in ihren Augen.

„Ich habe Angst um dich", platzte es aus ihr heraus.

Perplex starrte Bernhard sie an. Er hatte mit allem gerechnet, nur damit nicht. Dann folgte wie ein Wasserfall ein langer Wortsalat.

Als sie endlich keine Worte mehr fand, blieb es minutenlang still zwischen ihnen.

Bernhard räusperte sich.

„Und du glaubst, dass, wenn mir, ich …?" Er geriet ins Stottern. „Also rund heraus: Wenn ich das Zeitliche segnen sollte, dass du hier völlig unversorgt sitzt?"

Das Wort „sterben" kam nicht über seine Lippen. Verwundert schüttelte er den Kopf. Nicht im Traum wäre ihm eingefallen, dass Christiane solche Gedanken hegen könnte. Sie saß ihm wie ein verschüchtertes Hühnchen gegenüber. Langsam erhob er sich, ging um den Esstisch, zog sie vom Stuhl, schlang seine Arme um sie und küsste ihre Tränen weg. Er spürte, wie sie aufatmete. Beruhigend strich er ihr über den Rücken.

„Mach dir keine Gedanken! Ich werde das regeln. Natürlich soll dir hier keiner die Finca unter den Füßen wegziehen, wenn mir mal irgendetwas passiert. Aber hab keine Angst, so etwas wird nicht eintreten."

Christiane entspannte sich spürbar. Er hielt sie mit beiden Händen ein Stück von sich, betrachtete sie, zog sie wieder eng an sich.

„Morgen schon werde ich das erledigen. Zufrieden?", flüsterte er ihr ins Ohr.

Ein wortloses Nicken war die Antwort.

Wenige Minuten später war der Tisch abgedeckt, das Geschirr in der Spülmaschine verstaut und Christiane erschien fröhlich mit der allabendlichen Flasche Rotwein und zwei

Gläsern. Seit zwei Monaten kannte er sie nun, aber es erstaunte ihn immer wieder, wie schnell Christiane sich fangen konnte und es den Anschein hatte, als ob vorher nichts gewesen sei.

Als sie dann wie üblich auf der Hollywoodschaukel saßen, blickten beide schweigend auf die vom Halbmond beschienenen Berge. Sie saßen eng beieinander, ihre Körper berührten sich und jeder hing seinen Gedanken nach.

Bernhard staunte über sich selbst: Statt sich mit der Versorgung von Christiane zu beschäftigen, gingen seine Gedanken zu Adi in Brandenburg. Er sehnte sich nach ihr. Ihr weiches Maul, das glatte, duftende Fell, ihr treuer Blick. Verträumt schloss er die Augen. Von einer Sekunde zur anderen wusste er, dass er sie jetzt sofort herholen musste. Die Versorgung von Christiane konnte warten. Warum sollte ihm eine Gefahr drohen? Er war kerngesund und ein drohendes Unheil ließ sich trotz der Verwünschungen von Ulrike nicht ausmachen. Auch bei Ulrike dauerte es damals, bis er überhaupt ein Testament machte. Ihr Drängeln hatte ihn sehr gestört, obwohl er sie verstehen konnte. In der Versorgung von Christiane sah er indes keine Eile. Er kannte sie ja noch nicht einmal lange … Da fiel ihm ein, dass er ja sowieso sein altes Testament ändern wollte, wie er es Ulrike bei der unschönen Situation an der Ecke zu seiner Bar in Arico vor Wochen wütend angekündigt hatte. Es war ihm zuwider, sich mit solchen Dingen zu beschäftigen. Er verschob dieses Problem auf den letzten Platz der Liste seiner zu erledigenden Aufgaben. Wichtiger war ihm sein anderer Entschluss: Er wollte Adi schnell nach Teneriffa holen. Sollte es sich ergeben, könnte er ja die leidige Testamentssache mit seinem Notar in Berlin besprechen.

„Christiane, kannst du dir vorstellen, hier ein paar Tage allein auf der Finca zu bleiben?“ Er zog sie an sich. „Nur ein paar Tage, höchstens eine Woche. Ich muss dringend einige Dinge in Berlin erledigen. Und natürlich auch deine

Absicherung.“ Er blickte sie forschend an. „Und Geldsorgen musst du dir während dieser Zeit ja auch nicht machen. Es ist genug auf dem Konto, und die Kreditkarte hast du ja“, fügte er noch schnell hinzu.

Christiane sah erstaunt auf und zögerte kaum merklich. Dann kuschelte sie sich an ihn und schluckte mehrfach demonstrativ.

„Du wirst dafür Gründe haben. Musst du lange bleiben?“, brachte sie mit gepresster Stimme hervor.

„Ich möchte schon nächste Woche weg. Und glaub' mir, es dauert wirklich nur ein paar Tage.“

„Ich kenn mich hier inzwischen doch gut aus. Fahr ruhig!“ Sie befreite ihr Gesicht von seiner Brust und blickte ihn verschmitzt an. „Ich kann mich ja im Gegensatz zu dir mit meinem Spanisch verständlich machen.“ Ein Lächeln glitt über ihr Gesicht, aber flugs fügte sie hinzu: „Ach, Bernhard, ich vermisse dich jetzt schon. Muss es denn so bald sein?“ Sie sah ihn mit feuchten, traurigen Augen an.

Schon am nächsten Morgen setzte sich Bernhard an den Computer und kaufte mit Christianes Hilfe für die folgende Woche einen Hinflug nach Berlin. Den Rückflug wollte er kurzfristig buchen. Die folgenden Tage bis zu Bernhards Abreise vergingen im Nu. In dieser Zeit verwöhnte Christiane ihn besonders. Bei jeder Gelegenheit kuschelte sie sich an ihn, küsste ihn oft und animierte ihn, mit ihr ins Bett zu gehen. Sie ließ keine Gelegenheit aus, ihm zu zeigen, dass ihr seine Abwesenheit ein Gräuel war.

Beim Abschied am Tag des Abflugs, morgens kurz vor fünf Uhr, nahmen sie sich am Flughafen in die Arme und versicherten sich gegenseitig, dass nach dieser Reise alles noch viel schöner und besser werden würde.

Als Christiane aus dem Flughafengebäude in die Dunkelheit des frühen Morgen trat, atmete sie tief ein und aus. Der fast volle Mond stand wie eine hell leuchtende Scheibe hoch über Gran Canaria. Sie grinste zufrieden und war so gut gelaunt wie noch nie zuvor auf dieser Insel.

Wenig später parkte sie in El Médano auf dem noch leeren Parkplatz am Surferstrand.

„Los, kommt!"

Begeistert sprangen Urmel und Charly aus dem Wagen. Weit ausschreitend wanderte sie mit den Hunden am mondbeleuchteten Strand barfuß entlang. Die Schuhe trug sie in der Hand. Verblüfft sah sie ihren Schatten, einen Mondschatten. Sie hatte nicht gewusst, dass es so etwas gab! Noch nie war sie so früh und bei hellem Mondschein am Strand gelaufen. Sie konnte es kaum glauben, es war fast taghell. Ihre Figur hob sich gestochen scharf von dem hellen Strand ab. Erst nahm sie den rechten Arm hoch, dann den linken. Begeistert blickte sie auf ihre sich im Mondschatten bewegenden Konturen. Übermütig hopste und tanzte sie im flachen, spiegelglatten Wasser entlang. Dann stand sie abrupt still. Kreisförmig entfernten sich kleine, immer größer werdende, langsam entschwindende Wasserringe von ihr. Sie fühlte sich stark, so stark. Sie stand im Zentrum, im Zenit ihrer Kraft. Was sie machte, konnte nur richtig sein.

Je länger sie lief, desto zufriedener wurde sie.

‚So frei, so frei, wie ich heute bin, werde ich immer sein. Dann …'

Längst hatte sie ihre Schuhe wieder angezogen und bestieg, ohne ihr Tempo zu mindern, den Montaña Roja, der als deutlicher, 173 Meter hoher Wegpunkt zwischen Flughafen *Reina Sofía* und Atlantik liegt. Im Osten wurde der Himmel leicht rosa. Der Mond verblasste zu einer weißen Scheibe, die Sonne stieg blutrot über Gran Canaria auf. In sich gekehrt genoss Christiane dieses Schauspiel.

In wenigen Minuten umhüllten sie die ersten warmen Sonnenstrahlen und begannen auf ihrem Körper wohlig zu brennen. Sie wusste, dass sie den richtigen Weg eingeschlagen hatte.

KAPITEL XXI

Während Christiane ihre neue Freiheit genoss, stand Bernhard noch müde auf dem Flughafen in der Schlange vor dem Schalter, um einzuchecken. Vor der Handgepäck- und Körperkontrolle standen Hunderte von schläfrigen, dumpf vor sich hinstarrenden Menschen. Einige Kinder liefen aufgekratzt umher oder quengelten. Es war unglaublich, was für ein Andrang schon zu dieser frühen Stunde herrschte.

Ihm erschien es wie eine Ewigkeit, bis er seinen Sitz in dem Airbus 320 einnehmen konnte. Er war froh, dass die junge Frau ihm beim Einchecken einen Fensterplatz in der ersten Reihe gegeben hatte. Beim Starten nahm er die Umgebung kaum noch wahr. Entspannt lehnte er sich zurück und ließ die letzten Wochen Revue passieren. Er hatte die Entscheidung getroffen, sich nicht mehr zu verstecken. Es hatte sowieso nicht so funktioniert, wie er es sich damals naiv vorgestellt hatte. Selbst Ulrike kannte seinen Aufenthaltsort. Jetzt galt es erst einmal, über sein Vorgehen in Berlin nachzudenken.

Versonnen betrachtete er die aus dem immer heller werdenden Dunst aufsteigende blutrote Sonne, die ihn in wenigen Sekunden so grell blendete, dass er das Rollo vor sein Flugzeugfenster zog. Es wurde dunkel um ihn herum.

In Berlin mietete Bernhard ein Auto und verließ die Hauptstadt Deutschlands in Richtung Osten. Je näher er Müncheberg kam, desto aufgeregter wurde er. Als er den Pferdehof erreichte, begann es zu nieseln. Er stellte sein Auto in dem kleinen Wäldchen ab, wo er damals seine Adi ausgeladen hatte. Langsam näherte er sich den Pferdekoppeln. Und da sah er sie, das Bild brannte sich auf seine Netzhaut ein: Seine Adi knabberte einem Apfelschimmel am Hals entlang. Selbst von Weitem bemerkte Bernhard den liebevollen Umgang der beiden Pferde miteinander. Ihm kamen die Tränen. Wie hatte er sich nach ihr gesehnt!

Er stieß seinen melodischen Erkennungspfiff aus. Sofort hob Adi ihren hübschen Kopf und verharrte. Dann kam sie gemächlich mit gespitzten Ohren, begleitet von dem Apfelschimmel, in seine Richtung. Beim zweiten Pfiff stürmte sie los und begrüßte ihn schnaubend. Endlich konnte er wieder sein Gesicht in ihre Mähne drücken.

‚Wie hab' ich dich vermisst! Die Wärme und den unverwechselbaren Geruch!' In dem Moment wusste er, dass er sie nie wieder zurücklassen würde.

Verhalten näherte sich der Apfelschimmel und stupste erst Adi, dann Bernhard an. Der ältere Wallach hatte mit Adi eine enge Freundschaft geknüpft. Sofort entschloss Bernhard sich, das Pferd als Begleitpferd für Adi zu kaufen. Egal, was es kosten sollte.

Wenig später saß er bei Sonja, der Besitzerin des Hofes, in der gemütlichen Wohnküche und besprach den Transport der Pferde nach Teneriffa. Dankbar, dass es seiner Adi gut ging, bot er für den Apfelschimmel einen mehr als guten Preis an. Jetzt musste er nur noch den Transport organisieren.

Zufrieden näherte er sich auf der Bundesstraße 1 seinem alten Wohnort Berlin. Kaum betrat er den mit flauschigen Teppichen ausgelegten Eingangsbereich der Pension, stürzte eine ältere Dame auf ihn zu.

„Herr Brogis, wie schön, Sie mal wieder zu sehen. Wie lange ist es her, dass Sie hier gewohnt haben?"

„Hallo Frau Baumann! Tja, lange, lange ist es her. Die Zeit vergeht ja so schnell. Aber Sie scheinen ja nie aufzuhören mit Ihrer Vermietung. Wollten Sie nicht schon damals den Betrieb an Ihre Tochter weitergeben? Ich glaub, Clarissa hieß sie."

„Meine Güte, Herr Brogis, Sie haben ja ein Gedächtnis! Aber es ist alles anders gekommen, das muss ich Ihnen in Ruhe erzählen. Aber so viel schon mal: Clarissa wollte plötzlich nicht mehr in das Beherbergungsgewerbe, sondern studieren. Na und deshalb muss ich noch eine Weile weitermachen. Ich will sie ja auch unterstützen. Und ab und zu hilft sie mir auch hier. Aber in einem Jahr ist sie fertig, dann werde ich den Betrieb hier endlich abgeben."

„Ja, die Kinder. Ich habe zwar keine, aber ich kann mir das gut vorstellen. Was studiert denn Ihre Clarissa?"

„Pharmazie, hier in Berlin."

„Oh!", Bernhard schluckte kurz. „Das ist doch wunderbar, damit wird sie später bestimmt ein gutes Auskommen haben. So, Frau Baumann, welches Zimmer haben Sie denn für mich vorgesehen?"

„Natürlich Ihr altes Zimmer. Sie haben da doch immer den Blick ins Grüne genossen. Und ruhig ist es da ja auch."

Gemeinsam gingen beide die breite, geschwungene Holztreppe in das erste Geschoss. Auf der Galerie wandten sie sich nach links und betraten das letzte Zimmer. Durch die hohen Doppelfenster strahlte die Sonne und Bernhard sah mit einem Blick, dass sich in der Tat nichts verändert hatte. Die alte Villa aus den 1920er-Jahren hatte ihren Charme auch im Inneren nicht eingebüßt.

„So, dann lasse ich Sie jetzt mal allein. Wenn Sie etwas brauchen, kommen Sie einfach nach unten. Sie wissen ja bestimmt noch, wo Sie mich finden."

Versonnen sah Bernhard hinter ihr her.

„Also Pharmazie studiert die Clarissa – welch ein Zufall", murmelte er halblaut vor sich hin.

Sowie die Tür geschlossen war, griff er zu seinem Handy. Bei Christiane auf der Finca meldete sich niemand. Der Anrufbeantworter sprang an.

„Hallo Christiane! Bin gut angekommen. Ich ruf später wieder an."

Sicher würde sie die Nachricht bald abhören und dann zurückrufen.

Bernhard war an diesem Morgen auf seiner Finca ungewöhnlich früh aufgestanden. Im Flugzeug war es ihm nicht gelungen, ein Nickerchen zu machen: Er hatte sich so darauf gefreut, Adi wiederzusehen, dass er sich wie ein frisch Verliebter vorkam! Und jetzt war er einfach müde.

Die Wirtin klopfte an die Tür und öffnete zugleich: „Hallo Herr Brogis: Wollen Sie ein Stückchen Kuchen mit mir essen? Selbst gebacken!"

„Moment, Frau Baumann, ich komme gleich runter."

Er lag auf dem Bett, realisierte erst jetzt, dass er eingeschlafen sein musste. Noch müde blickte Bernhard zu Uhr und erschrak: Vor fast vier Stunden hatte er sich hingelegt! Alles, was er heute regeln wollte, musste er verschieben.

„Der schmeckt ja wieder lecker."

Bernhard saß in der gemütlichen Wohnküche der Pension und biss ein großes Stück Streuselkuchen ab. Zufrieden betrachtete Frau Baumann ihren hungrigen Gast.

„Ich wollte Ihnen doch noch von meiner Clarissa erzählen."

Bernhard machte sich auf einen längeren Monolog gefasst, er kannte sie ja.

„Stellen Sie sich vor: Clarissa ist seit dem Abitur mit einem jungen Mann befreundet, der Pharmazie studierte. Und was macht sie? Anstatt die Hotelfachschule zu besuchen, beginnt sie auch mit diesem Studium. Naja, ist sicher etwas Solides, aber die andere Ausbildung wäre mir lieber gewesen. Jetzt muss ich sehen, wie ich hier einen Nachfolger finde …"

Bernhard hatte abgeschaltet. Das konnte stundenlang so weitergehen.

„… und jetzt übernimmt ihr Freund schon gleich nach Abschluss seiner Ausbildung für ein, vielleicht auch zwei Jahre eine Apotheke von einer Apothekerin, die ebenfalls wie Sie nach Teneriffa gehen will."

Bei dem Stichwort *Teneriffa* war Bernhard schlagartig hellwach: ‚Was hat sie gesagt?'

In dem Moment schellte die Türglocke und Frau Baumann eilte zu einem neuen Gast.

‚Irgendwie werde ich langsam paranoid.' Aufgewühlt verließ er die Pension und machte einen Spaziergang. Er schlug, mehr unbewusst als absichtlich, den kurzen Weg zur Galopprennbahn Hoppegarten ein. Das war sein früherer Alltagsweg gewesen. Es wurde schon dämmerig.

Als er vor dem verschlossenen Einlass stand, blickte er sich um. Weit und breit keine Pferde, keine Menschen. Was sollte er auch hier? Von Weitem sah er in der Villa von Laura alles hell erleuchtet.

‚Sollte ich da mal lang? Inzwischen ist es so dunkel, dass mich aus dem Haus niemand entdecken würde.'

Langsam ging er auf der anderen Straßenseite an Lauras Grundstück vorbei. Seltsam, er konnte keine Bewegung im Haus ausmachen. Neugierig ging er zurück und schaute dann vorsichtig über die Gartenpforte.

Genau vor ihm kamen zwei Frauen von der hell erleuchteten Veranda. Flugs verbarg er sich in einem dichten Kirschlorbeerbusch. Die Frauen redeten miteinander, und Bernhard erkannte sofort Lauras harten Befehlston.

„Warum sträubst du dich eigentlich so? Den kleinen Gefallen kannst du mir doch wohl machen!" Verärgert redete Laura auf ihre Gesprächspartnerin ein.

„Meine Güte, begreif doch endlich: Ich will gar nicht, dass er weiß, dass ich in seiner Nähe bin."

Bernhard konnte es nicht fassen: unverkennbar Ulrikes Stimme! Er wollte wegrennen, aber die Verblüffung hielt ihn zurück.

Die Frauen hatten sich auf die Veranda gesetzt, waren jetzt aber zu weit weg, als dass er alles verstehen konnte. Ohne lange zu überlegen, schlich er sich in den Garten, nutzte die Büsche als Deckung, um nicht in den Schein der erleuchteten Fenster zu geraten. Von seinem Standort aus konnte er aber nur Sprachfetzen verstehen wie „Teneriffa", „Geld habe ich dir …" und „mein Traummann". Ulrike redete leise und sanft, während Laura verärgert schien.

Bernhard überlegte, was zu tun sei. Dann aber verließ er seine Deckung und ging gerade auf die Veranda zu, nur noch durch einen schmalen Obstbaum leicht abgeschirmt. Plötzlich stieß er gegen etwas, offenbar einen heruntergefallenen Apfel, der direkt in die kleine Buchsbaumhecke vor der Veranda zischte.

Die Frauen zuckten zusammen und schauten erschrocken in Bernhards Richtung. Er sah in ihre Gesichter.

Lange Sekunden vergingen. Nichts rührte sich.

Dann drehte sich Laura wieder zu Ulrike und sagte: „Du spinnst doch einfach nur! Sieh doch zu, wie du deinen Bernhard zurückkriegst. Also, mein Angebot steht. Deal oder keinen Deal – du kannst dich entscheiden", wütend stand sie auf und verschwand im Haus.

Bernhard stand stocksteif und traute seinen Ohren nicht. Sie hatten ihn in der Dunkelheit tatsächlich nicht gesehen. Es dauerte etwas, bis er wieder atmen konnte.

Bernhard hatte unruhig geschlafen. Er stand früh auf, verließ die Pension und ging zielstrebig zum Reitstall.

„Guten Morgen Laura, ich muss dich sprechen."

Mit allem hatte Laura gerechnet, aber nicht, dass Bernhard hier auftauchen würde. Sie überspielte ihr Erstaunen.

„Was willst du?"

„Es geht um Adi."

„Schön, dass du endlich zur Vernunft kommst. Du kannst sie da hinten in die leere Box stellen."

„Ich möchte mit dir reden, lass uns ins Büro gehen.“

Eine Stunde später fiel Bernhard ein Stein vom Herzen. Erleichtert ließ er seine Vergangenheit mit Laura zurück. Nach zähen Verhandlungen gehörte Adi jetzt ihm. Der Vertrag knisterte in seiner Tasche. Mit der unverschämt hohen Summe, die er ihr zugestehen musste, hatte er sich seinen Seelenfrieden erkauft. Er war heilfroh, dass er es jetzt nicht mehr mit zwei Frauen zu tun hatte, die nichts Besseres wussten, als sich ihn als Opfer auserkoren zu haben. Mit Ulrike würde er schon fertig werden. Er kannte sie gut genug und wusste, dass sie sich leicht überschätzte.

‚Außerdem ist sie glücklicherweise an ihre Apotheke gebunden. Hoffentlich ...!‘

KAPITEL XXII

Zum ersten Mal befand sich Christiane allein auf der Finca. Wie eine Königin schritt sie von Raum zu Raum, verrückte hier eine Skulptur um wenige Zentimeter, schob einen Sessel um einiges näher an das Fenster, riss zufrieden das Kalenderblatt vom heutigen Tag ab und hinterließ an vielen Kleinigkeiten ihre Spuren. Dann nahm sie den Schlüssel und ging zur Höhlenwohnung. Hier agierte sie ebenso.

‚Ich könnte doch auch hier wohnen', überlegte sie.

Die anheimelnde Atmosphäre der asymmetrischen Räume und die warmen Farben nahmen sie sofort wieder gefangen. Beim Schließen der Eingangstür sah sie noch einmal zurück. Sie hielt inne.

‚Was soll eigentlich der hässliche Vorhang am Ende des Flurs? Er ist viel zu groß und gehört nicht dorthin. Ach, dort war doch …'

Christiane steckte den Schlüssel wieder in die Hosentasche. Vorsichtig sah sie hinter den Wandbehang. Die Brettertür zu dem unbekannten Raum! Sie hatte das ganz vergessen! Nun konnte sie aber endlich nachforschen, um was es sich dabei handelte. Beim Öffnen schlug ihr feuchte, muffige Luft entgegen. Sie hielt den Atem an. Baumaterial und ausgemusterte Möbel waren wahllos in den Raum gestopft.

‚Hier könnte ein weiterer, wenn auch kleiner Schlafraum ausgebaut werden.'

Ihr stockte der Atem. Es rumorte in ihrem Hinterkopf. Wie ein Blitz entstand ein Bild und verschwand wieder.

„Schlafraum-Schlafzimmer", murmelte sie vor sich hin. „Quatsch, das ist hier überflüssig. Bis heute haben wir ja noch nicht einmal diese Ferienwohnung vermietet."

Sie nahm sich vor, diesen läppischen Vorhang auszutauschen. Es wurde Zeit, mit Bernhard über eine Vermietung nachzudenken. Ein wenig mehr Abwechslung auf der Finca würde ihr Leben bereichern. Oder sollte sie doch nicht mit ihm sprechen?

„Irgendwie passt das nicht", führte sie ihr Selbstgespräch fort. „Was war das bloß für eine Idee, die durch meinen Kopf gehuscht ist? Ach ja! Dann also besser nicht: keine Vermietung, denn wer weiß …"

Charly und Urmel unterbrachen Christianes Selbstgespräch. Laut bellend rasten sie zum Tor, vor dem gerade ein Auto ankam. Vor sich hinsingend, die Hüften wiegend, ging Christiane die breite Auffahrt entlang. Sie fühlte sich sauwohl. Jetzt konnte sie Besuch empfangen, so viel sie wollte, und das machen, worauf sie Lust hatte. Auf Bernhard brauchte sie keine Rücksicht zu nehmen. Sie war jetzt Herrin auf der Finca. Sie öffnete das Tor. Es war ihre Sprachlehrerin Susanne.

„Holá Susanne, cómo estás? Super, dass du kommen konntest. Dann lass uns mal einen kleinen Spaziergang über die Finca machen. Du kennst das hier ja noch nicht."

Fröhlich hakten sie sich ein und schlenderten über die schmalen Gartenpfade.

„Na, wie gefällt es dir hier? Das ist doch das reine Paradies."

Beeindruckt stimmte ihr Susanne zu.

„Und wo ist dein Freund?", fragte sie dann.

„Ach, der muss ein paar Sachen in Berlin regeln. Ich weiß noch nicht mal genau, wann er zurückkommt."

„Und du hast keine Angst, hier ganz allein zu sein? Ich würde mich schrecklich fürchten, vor allem nachts."

Christiane schüttelte lächelnd den Kopf. Nein, sie fürchtete sich nicht.

Die beiden Frauen setzten sich weit oberhalb des Hauses auf eine Bank. Hier hatten sie einen phänomenalen Ausblick: Wenn sie nach rechts blickten, lagen die Berge vor ihnen, und links konnten sie in weiter Ferne das Meer erkennen.

„Du hattest mich eben gefragt, ob ich hier Angst habe. Nein, überhaupt nicht. Manchmal träume ich sogar davon, hier ganz allein schalten und walten zu können." Christiane blickte verträumt in die Gegend. „Aber dann wäre man vielleicht zu einsam, außerdem ist das ja auch nicht realistisch. Manchmal fühle ich mich aber so eingeengt, obwohl Bernhard mir nichts verbietet. Und großzügig ist er ja auch. Aber … Ach, das sind alles Spinnereien." Sie starrte vor sich hin und nahm die sie umgebende Schönheit kaum noch wahr. „Vielleicht wäre ein geregeltes Leben bei Bernhard gar nicht das Schlechteste", seufzte sie.

Ihre laute Äußerung erschreckte sie. Sie dachte unwillkürlich, dass ihr Ziel doch ein ganz anderes gewesen war: Sie wollte reich sein! Vielleicht mit einem Mann leben, den sie wirklich liebte. Bernhard aber – er ekelte sie immer mehr an. Ständig wollte er mit ihr ins Bett.

„Susanne, guck nicht so erschrocken, alles hat seine Vor- und Nachteile. Ich darf mich wirklich nicht beschweren. Gehen wir auf die Terrasse und trinken einen Rotwein!"

Kurz vor dem Haus deutete Susanne auf den Eingang zur Höhle.

„Sag mal, ist das eine Höhlenwohnung? So was habe ich noch nie gesehen. Können wir da mal reingehen?"

Nach der Besichtigung stellten beide mit Bedauern fest, dass Susanne eilig zu einem Termin musste. Schnell verabschiedeten sie sich. Christiane aber blieb unschlüssig auf der Einfahrt stehen, nachdem Susanne davongebraust war. Ihre Freundin hatte sie an ihre Pläne erinnert, unfreiwillig zweifelsohne, aber eben doch: Christiane erschien mit einem Mal ihre neue Freiheit schal und unbedeutend, eine Ablenkung nur. In Gedanken versunken lief sie noch einmal über die Finca. Sie hatte viel nachzudenken, und je länger sie dies tat, desto erboster wurde sie.

‚Er glaubt wohl, mich mit seiner Großzügigkeit kaufen zu können. Aber da hat er sich geirrt! – Ach, was soll diese Selbstquälerei? Gedankensplitter reichen jetzt nicht mehr, konkrete Pläne müssen her! … Was wollte die Höhle mir vorhin nur sagen? Was war das, was mir in dem Abstellraum wie ein Blitz durch den Kopf schoss? Und als ich dann noch einmal mit Susanne drin war, rumorte es schon wieder in mir. – Ja, der richtige Zeitpunkt! Und schließlich die Entsorgung – das ist wichtig …‘

Sie lief zur Terrasse, holte sich Papier und Stift und wollte Notizen machen. Kurz überlegte sie, ob sie nicht den Computer für ihre Planung nehmen sollte, entschied sich aber dagegen. Sie nahm an, dass dann Spuren im Computerhimmel zurückbleiben könnten. Karteikarten ließen sich verbrennen.

Schon wieder näherte sich ein Auto. Schnell beschwerte sie das Papier mit ihrem vollen Rotweinglas und eilte, um das Tor zu öffnen. Fröhlich winkte ihr Adriane entgegen.

„Hab gehört, du bist Strohwitwe. Da wollte ich einfach mal reinschauen, wie es dir geht. Susanne war ja wohl auch schon hier. Toll, wenn man mal eine sturmfreie Bude hat, was?“

„Los, komm rein! Bin gerade beim ersten Rotwein des Tages.“

„Puh, du weißt doch, dass ich lieber Sekt schlürfe.“

„Na, dann steigen wir eben auf Sekt um.“

Christiane holte Sekt, gemeinsam ließen sie sich auf die Hollywoodschaukel plumpsen. Mit einem lauten Knall flog der Sektkorken in die Gegend.

„Sag mal, hast du gearbeitet?“ Adriane deutete auf das Schreibzeug.

„Quatsch! Susanne hatte mich vorhin gefragt, ob ich allein auf der Finca Angst hätte, und da wollte ich mal notieren, wovor man überhaupt hier Angst haben könnte.“

„Da fallen mir eine Menge Sachen ein! Ich würde das hier nie aushalten. Komm, gib mal das Papier! Ich schreib was auf und du musst raten – und ich sage immer nur Ja oder Nein. Du wirst dich wundern, was du plötzlich für Fantasien entwickelst."

Eifrig kritzelte Adriane ihre erste Idee auf eine Karteikarte und hielt sie verdeckt hoch. Bei jedem „Ja" prosteten sie sich vergnügt zu. Bald knallte der zweite Sektkorken.

„Adriane, das gefällt mir! Aber jetzt mal umgekehrt: Nicht wir haben Angst, sondern die anderen vor uns! Planen wir mal das perfekte Verbrechen. Aber das muss hier auf der Insel sein! Du verstehst schon: Etwas, was jemand, den jemand von uns kennt, widerfahren könnte."

Adriane schlug sich wild lachend auf die Oberschenkel.

„Ja, und dann probieren wir das aus!"

Der Abend schritt voran, und niemand, der von Weitem das Kichern und trunkene Lachen gehört haben könnte, hätte je geahnt, dass Adriane und Christiane sich absurde, makabre und selbst ihnen beiden gruselige Konstellationen einfallen ließen, die wunderbar logisch und zieloptimiert waren. Und bar jeder Moral. Ein Wanderer am Gartenzaun hätte eine übermütige, angeschäkerte Frauenrunde vermutet. Und das wäre auch nicht völlig falsch gewesen. Sie lagen sich immer wieder in den Armen. Zwischendrin sich vor Gruseln schüttelnd, wurden sie immer einfallsreicher. Mit leicht lallender Stimme übertrumpften sie sich mit ihren ersonnenen Gräueltaten.

„Das ist ja ein super Spiel! So viel Spaß habe ich ja lange nicht gehabt", fasste Christiane den Abend zusammen.

Leicht schwankend mühte sich Adriane aus der Hollywoodschaukel.

„Dann will ich jetzt mal nach Hause."

In bester Stimmung bestieg sie ihr Auto und verließ mehr als angeheitert die Finca.

Kaum entschwand Adriane Christianes Blickfeld, raffte sie die Karteikarten zusammen. Der Ideenreichtum von Adriane hatte ihre Vorstellungen beflügelt. ‚Es sind nur Ideen – vielleicht mach' ich daraus einen Krimi!', sagte sie sich wie zur eigenen Beruhigung. ‚Was hatte Adriane vorhin über die Polizei gesagt? Das perfekte Verbrechen wird vor allem dann gelingen, wenn man berücksichtigt, dass die Polizei immer nur in eng begrenzten Plausibilitätsmustern denkt. Sie musste das ja wissen: Ihr erster Mann war bei der Polizei in Deutschland gewesen. Und dann hatte sie noch hinzugefügt, dass ein Verbrechen einfach nicht wie ein Verbrechen aussehen dürfe.' Christiane nahm noch mal die Karteikarten in die Hand. So richtig passte kein Sterbefall auf ihre Situation, das Wort Mord mochte sie nicht mal denken. Sie nahm die Papiere und versteckte sie in ihrer Kulturtasche.

Fast schon wieder nüchtern griff sie zur deutschen Zeitung, dem Wochenblatt vom 22. Februar 2017, das alle 14 Tage erschien. Es lag schon seit Wochen in der Ecke des Kamins. Da sprang ihr ein kleiner Artikel in die Augen:

39 Vermisste

Kanarische Inseln – Der Verein Sosdesaparecidos (SOS-Vermisste) hat seine Statistik veröffentlicht. Nach Kenntnis der Organisation sind auf den Kanaren im vergangenen Jahr insgesamt 39 Menschen zunächst spurlos verschwunden, 26 Erwachsene, neun Senioren und vier Kinde bzw. Jugendliche. Der Verbleib von 32 Personen konnte im Laufe des Jahres geklärt werden, sieben bleiben weiterhin spurlos verschwunden. Die Vermisstenaufrufe auf der Facebook-Seite von Sosdesaparecidos stoßen in der Bevölkerung auf rege Anteilnahme und wurden im vergangenen Jahr 68,6 Millionen Mal geteilt.

„Das ist ja genial!" Erregt sprang Christiane auf.

Die Gedankenspiele des Abends ließen sie nicht mehr los. Von nun an ging sie bei ihren täglichen Spaziergängen mit den Hunden verschiedene Szenarien durch. Irgendwo gab es aber immer eine Schwachstelle. Einmal musste sie sogar laut lachen, als ihr eine Kurzgeschichte von Roald Dahl einfiel, in der eine Frau ihren Mann mit einer tief gefrorenen Lammkeule in der Küche von hinten erschlug. Und dann, als die Polizei kam, um die Tatwaffe zu suchen, tischte sie erst einmal eine wunderbar gebratene Lammkeule zum Verzehr und zur Stärkung der Polizisten auf. Natürlich konnte die Tatwaffe nicht mehr gefunden werden. Christiane erkannte aber bei ihren Kriminalfällen, dass das eigentliche Problem nicht so sehr die Tatwaffe, sondern die Leiche war.

„Charly, Urmel – kommt! Jetzt werden wir mal ganz besondere Ausflüge machen."

Die beiden sahen sie mit schräg gestelltem Kopf an.

„Los kommt!"

Den Befehl verstanden sie sofort und rasten zum Auto.

Von da an wanderten sie in abgelegenen *barrancos*, quälte sich durch die grüne *corona forestal*, den Waldgürtel um die Gebirgsregion, der inzwischen fast die ganze Insel umrundete. Sie blickte auch von hohen Klippen auf den Atlantik.

Je mehr Christiane sich mit dem Thema beschäftigte, desto schwieriger erschien es, jemanden ungesehen verschwinden zu lassen. Auf den üblichen Wegen begegneten ihr zahllose Touristen, und in abgelegenen Regionen tauchten wie aus dem Nichts Mountainbiker, Wanderer, Hundebesitzer oder sogar Jäger auf. Es war zum Verzweifeln. Gab es denn auf dieser Insel kein Örtchen, das auch mit dem Auto erreichbar war, aber nicht unter Beobachtung stand? Und wie sollte man am geschicktesten die Spuren verwischen?

Sie musste eine Pause einlegen und sich mit anderen Dingen beschäftigen. Außerdem würde Bernhard morgen von Berlin zurückkommen. Darauf wollte sie sich einstellen.

KAPITEL XXIII

Sich schüttelnd vor Lachen kommentierte Adriane ihren eigenen Witz. Die drei anderen Frauen grinsten sich mit gerunzelter Stirn und leicht zuckenden Schultern an. So war sie eben.

„Und habt ihr den schon gehört?"

„Hör auf, hör auf! Wir wollten doch überlegen, welche Abschlussfahrt wir mit Susanne machen können und was für ein Geschenk wir als Dankeschön für den Sprachkurs aussuchen sollen." Annemarie unterbrach nüchtern Adrianes Wortschwall.

„Na ja, mir hat es ja nicht so viel gebracht."

„Komm, Adriane, das stimmt doch gar nicht! Inzwischen kannst du doch sogar *garbanzas* bestellen", lachte Christiane laut los.

„Ja, und die Rechnung. *La cuenta, por favor!*", konterte die mollige Adriane begeistert zu der Bedienung.

Alle vier zückten ihre Geldbörsen und legten ihren Anteil auf den Tisch.

„Sagt mal, habt ihr die komische Frau mit der gelockten Mähne am Nebentisch gesehen? Die starrte immer so zu uns rüber, und wenn ich guckte, dann sah sie schnell weg." Ute, die Ruhigste von ihnen, drehte sich beim Verlassen des Terrassencafés noch einmal um.

„Wo saß die denn?" Christiane blieb stehen, sah aber niemanden. Utes Beobachtung beunruhigte sie, obgleich sie nicht sagen konnte, weshalb.

Als sie nach Hause fuhr, sah sie unsicher immer wieder in den Rückspiegel. War da nicht ein Auto mit einer blonden Frau? Spontan bog sie auf die Autobahn in Richtung

Flughafen, anstatt direkt nach La Sabinita zu fahren. Gleich die nächste Abfahrt, Nummer 19, war Tajao, wo sie schon öfter mit Bernhard zum Fischessen gewesen war. Übertrieben langsam nahm sie diese Ausfahrt, stellte sich in Tajao an den kleinen Hafen, stieg aus, öffnete den Kofferraum und sortierte, was sich dort angesammelt hatte. Dabei blickte sie aufmerksam in Richtung Autobahn. Es war nichts, aber auch gar nichts zu sehen.

„Alles nur Einbildung", murmelte sie vor sich hin.

Beruhigt stieg sie wieder in ihren Wagen und machte sich auf den Weg zur Finca, wo Bernhard sie schon sehnsüchtig erwartete. Eine Woche vorher war er aus Berlin zurückgekommen. Er hatte alles erledigt und fügte hinzu, dass es sogar mehr gewesen sei.

„Stell dir vor, gerade habe ich die Nachricht erhalten, dass meine Adi schon in drei Tagen herkommt! Damit sie beim Transport sofort Gesellschaft hat, habe ich noch ein anderes Pferd gekauft. Dann kannst du auch reiten lernen. Was glaubst du, wie toll es ist, gemeinsame Ausritte zu machen!"

Mit diesen Worten eilte er voller Tatendrang zum fast fertigen Stall, an dem er die letzten Tage unermüdlich herumgewerkelt hatte. Alles andere, was er in Berlin erlebt und gehört hatte, existierte für ihn nicht mehr. Er war so glücklich, dass er Adi jetzt für immer um sich haben konnte, ohne weiter mit Laura im Krieg zu liegen. Und Ulrike hatte er inzwischen völlig aus seinem Bewusstsein gestrichen.

Plötzlich hatte Christiane das Gefühl, dass sich seit seiner Reise nach Berlin alles geändert hatte und sie für ihn gar nicht mehr existiere.

„Stopp, warte mal! Seit einer Woche bist du wieder hier und hast nur den Bau des Stalls im Kopf. Hast du denn alles erledigt? Und wie war es beim Notar?"

„Ja, ja, er schickt mir einen Entwurf zu! Jetzt muss ich erst mal da hinten die Bretter annageln. Sonst schaffe ich das alles nicht mehr, bis die Pferde kommen. "

„Blöde Gäule! Und was soll ich tun? Unglaublich!", fluchte Christiane leise vor sich hin. Das hatte sie nicht erwartet. Bernhard, der ihr sonst fast jeden Wunsch von den Augen ablas und ständig um sie herumwieselte, ließ sie wegen seiner Pferde einfach stehen. „Wenn du so beschäftigt bist, fahre ich eben nach Abades zum Kaffeetrinken!", schrie sie hinter ihm her. „Sieh doch zu, wie du hier fertig wirst", setzte sie halblaut hinzu, sprang ins Auto und fuhr verärgert los.

In Abades setzte sie sich in der Bar an der Ecke zum Meer an ihren Lieblingstisch. Sie hätte jetzt so gern Gesellschaft gehabt. Aber vorhin war sie mit ihren Freundinnen gemeinsam aufgebrochen, und noch mal würden die bestimmt nicht hier auftauchen. Immer noch wütend über Bernhard bestellte sie sich einen Rotwein. Sie blickte auf das Meer, dessen Wellen heute Schaumkronen bildeten, und rückte mit ihrem Stuhl etwas näher an die Stufen bei der Mauer, um im Windschatten zu sitzen. Sie schloss die Augen und ließ sich die pralle Nachmittagssonne ins Gesicht scheinen.

„Au!", erschrocken riss Christiane ihre Augen auf.

„Entschuldigung, das wollte ich nicht!" Eine Frau beugte sich über Christianes Oberschenkel. „Tut mir Leid, ich wollte doch nur den Tisch wechseln, um mehr Sonne zu bekommen. Tut es weh? Warten Sie, ich habe eine Salbe bei mir."

„Nein, nein, das ist nicht so schlimm. Diese Stufen sind wirklich gefährlich. Gut, dass Ihr Kaffee nicht mehr so heiß war." Christiane wischte mit der Hand den Kaffee von ihrem Bein.

„Ich möchte doch vorsichtshalber Brandsalbe auftragen. Ich bin Apothekerin, so etwas habe ich immer bei mir."

Ohne abzuwarten, tupfte Ulrike mit einer Serviette den restlichen Kaffee von Christianes Oberschenkel, öffnete eine Tube und strich eine dünne Schicht der Brandsalbe auf die leicht gerötete Haut.

„Wenn Sie mich schon so nett verarzten, können Sie sich doch auch zu mir setzen. Das ist der beste Tisch hier." Christiane rückte ihren Stuhl leicht zur Seite. „Ich heiße Christiane. Und Sie?"

„Und ich bin U...", ein heftiger Husten schüttelte Ulrike. „Ich bin Ulli", schnaufte sie erschrocken.

Aber Christiane schien nichts gemerkt zu haben.

In kürzester Zeit waren beide Frauen in ein Gespräch über die Urlaubsinsel Teneriffa vertieft.

„Ich beneide Sie! Sie kennen sich so gut auf der Insel aus und dürfen hier für immer leben. Und ich mache hier nur Urlaub. Vielleicht sollte ich Ihnen nacheifern. Na ja, erst aber geht das Geldverdienen vor. Ich kann meine Apotheke leider nicht lange meiner Vertretung überlassen. Aber solange ich jetzt hier bin, sollten wir uns noch öfter treffen. Ich finde Sie sehr sympathisch."

Spontan sprang Christiane auf und umarmte Ulrike.

„Ja, manchmal gibt es Seelenverwandte, lass uns einfach Du sagen."

Mit Küsschen rechts und links besiegelten sie ihre neue Freundschaft.

„Weißt du, Ulli, wir sollten uns gleich morgen wiedersehen. Bestimmt kennst du die Pyramiden von Güímar noch nicht. Das ist eine Art Freilichtmuseum, in dem du sehr viel siehst, was hier vor Jahrhunderten los war. Und das Interessanteste für dich als Apothekerin wird dort der spezielle Garten mit den Giftpflanzen sein. Ich finde das irrsinnig spannend. Teilweise steht sogar an den Pflanzen, wer wen damit umgebracht hatte. Gruselig!" Lauernd wartete Christiane auf Ulrikes Reaktion. Sofort wollte sie die Gelegenheit beim Schopf fassen, die Bekanntschaft zu dieser Apothekerin zu vertiefen.

„Abgemacht!" Freudig stimmte Ulrike dem Vorschlag zu. Sie lächelte erleichtert.

Die nächste Zeit trafen sie sich immer öfter. Sie kamen wunderbar miteinander aus, und jede war für sich sicher, in der anderen sehr viel Vertrauen aufgebaut zu haben.

KAPITEL XXIV

Heute hatten sich Christiane und Ulrike in Santa Cruz verabredet. Ulrike lief inzwischen das vierte oder fünfte Mal um den großen künstlichen See an der Plaza de España. Viele Touristen bevölkerten den Platz, Kinder planschten in dem großen, flachen Gewässer, Jugendliche saßen auf der niedrigen Mauer. Ulrike blickte sich noch einmal um. Christiane war nirgends zu sehen.

‚Ach, was soll das Ganze? Was will ich eigentlich hier? Irgendwie komme ich an diese Frau nicht richtig heran. Ich werde überhaupt nicht klug aus der. Und ihr blödes Interesse an Tabletten und Medikamenten – als ob sie Apothekerin werden will. Das Zusammensein mit ihr bringt überhaupt nichts. Das Beobachten der Finca ist zwar auch nicht viel effektiver, aber ich kann Bernhard sehen.‘

Kurz entschlossen drehte sie sich um, ging in die Tiefgarage, zahlte ihren Parkschein, raste zum Auto und fuhr mit quietschenden Reifen los.

‚Ich fühl mich gleich besser‘, dachte sie erleichtert, während sie durch die hoch bebauten, schmalen Straßen der belebten Stadt lenkte, ein Gewirr aus Mietshäusern, kleinen Plätzen und zahllosen Autos. Sie musste sich konzentrieren. ‚Von jetzt an werd’ ich jeglichen Kontakt zu Christiane vermeiden. Irgendetwas stimmt mit dieser Frau nicht. – Ab und zu gerät man eben mal in eine Sackgasse‘, beruhigte sich Ulrike. ‚Gemerkt hat die bestimmt nichts.‘

Geduldig saß Christiane über eine Stunde im *Café Atlántico* an der Plaza de España und wusste langsam nicht mehr, was sie bestellen sollte.

‚Wo bleibt nur Ulli?'

Sie hatte sich alles zurechtgelegt, ihre Fragen über Vergiftungen, alles sollte ganz natürlich erscheinen.

Nach zwei Stunden vergeblichen Wartens verließ Christiane ihren Tisch. Verärgert ging sie die Einkaufsstraße Calle Castillo einmal hoch und wieder runter.

‚Warum ist Ulli nicht gekommen? Sie hat sich nicht einmal gemeldet! Gerade jetzt, wo es in die entscheidende Phase gehen soll! Solche Unzuverlässigkeit kann ich überhaupt nicht mehr vertragen. Dabei war Ulli sonst immer so pünktlich gewesen. Irgendetwas Wichtiges muss dazwischengekommen sein! So ein Mist!'

In der Zwischenzeit war Ulrike von Santa Cruz am Hafen entlang gefahren und hatte schnell San Andrés erreicht. Sie wollte noch nicht nach Hause. Auf dem großen Strandparkplatz griff sie ihr Badetuch, ließ die Schuhe im Auto und ging auf dem weichen Sand an die Playa de Las Teresitas. In den 1970er-Jahren wurden hier tausende Tonnen hellgelben Saharasandes angeschifft. Dadurch war das der einzige gelbe Strand auf Teneriffa. Ulrike war es egal, dass das kein Naturstrand war. Sie breitete ihr Tuch aus und legte sich umständlich unter eine Palme.

Inzwischen zweifelte sie an ihrem übereilten Entschluss, den Kontakt zu Christiane abzubrechen. In der kurzen Zeit waren sie sehr vertraut miteinander geworden.

Sie blickte sich um. Unmittelbar neben ihr zappelten die Schatten der Palmwedel auf dem hellen Sand. Sie schienen nach ihr greifen zu wollen, sie wachzurütteln. Eine kräftige Böe grub ihr aufwirbelnde Sandkörner schmerzhaft in die Haut.

Sie sprang auf, rannte zum Auto und zog ihr Handy aus dem Handschuhfach.

„Hallo Christiane."

„Ulli, was ist denn los? Du bist ja ganz außer Atem."

„Erzähle ich dir später. Ich konnte einfach nicht kommen. Und dann hatte ich auch noch mein Handy im Auto vergessen. In einer halben Stunde könnten wir uns in Candelaria treffen. Natürlich nur, wenn es dir dann noch passt."

Christiane machte am anderen Ende der Leitung einen Luftsprung. Sie war erleichtert. Dann konnte sie doch noch ihre Fragen zu der Wirkung von Schmerzmitteln an Ulrike loswerden. Jetzt war alles gut.

KAPITEL XXV

Christiane stand wenig begeistert neben Bernhard. „Na, meine Liebe, wie gefallen dir die Prachtstücke?"

Beide standen am Koppelzaun und betrachteten Adi und Gigant.

„Sind eben Pferde – ich kann darin nichts anderes als Pferde sehen", leicht genervt drehte sie sich um und ging zum Haus zurück.

„Warte, Christiane, wollen wir heute Abend nicht mal schick essen gehen? Ins Monasterio zum Beispiel." Bernhard spürte Christianes Aversion gegen sein Hobby und wollte sich wieder ein wenig mehr um sie kümmern.

„Ins Monasterio? Bei Puerto de la Cruz? Das ist ja super! Da war ich schon mal mit einer Freundin. War unglaublich gut und das Ambiente ist einmalig in dem ehemaligen Kloster. Da gibt es mindestens vier verschiedene Restaurants: Ich würde am liebsten in das gehen, wo es Gebratenes am Tisch vom Hotstone gibt. Oh, Bernhard! Das ist eine klasse Idee."

„Du kennst das schon? Ich dachte, ich könnte dir mal was Neues zeigen. Mit welcher deiner seltsamen Sprachfreundinnen warst du denn da? Irgendwie kommen wir ja nie zusammen – wohl nicht meine Welt?", fragend blickte er sie an.

„Na, mit Ulli. Ach, die kennst du nicht. Ich glaube, das kann so eine richtig gute Freundin werden. Sie ist nur etwas zurückhaltend und ein bisschen scheu. Ich glaub, sie hat Probleme mit Männern. Deshalb wollte sie mich hier noch nie besuchen. Wir treffen uns immer mal wieder woanders. Sie ist leider nur im Urlaub hier und kennt die Insel bisher kaum. Aber sie überlegt, ob sie nicht mal mehrere Monate hierbleibt.“ Während sie das sprach, dachte sie gleich wieder daran, dass sie neue Fragen über Gifte an Ulrike hatte.

„Hey, pass auf, das spritzt!“

Bernhard hatte ein Stück rohes Fleisch auf den heißen Grillstein gelegt. Christiane stieß sich mit ihrem Stuhl schnell vom Tisch ab, um nicht ihren neuen Sommeranzug zu gefährden.

„Hoppla, das wollte ich nicht.“

Christiane drehte sich um und entschuldigte sich bei den Gästen, die gerade hinter ihr vorbeigingen.

„Haben Sie vielleicht noch ein Plätzchen an ihrem Tisch? Leider hatten wir nicht reserviert. Ich weiß, dass das bei den Spaniern überhaupt nicht üblich ist, sich zu anderen an den Tisch zu setzen. Aber vielleicht macht Ihnen das nichts aus. Wir wollten doch so gern unseren Hochzeitstag gebührend begehen.“ Erwartungsvoll sah das Pärchen sie an.

„Gut, dass ich Sie angestoßen habe. Das war schon meine Aufforderung an Sie, sich zu uns zu setzen“, scherzte Christiane.

In kürzester Zeit waren die vier in ein unterhaltsames Gespräch vertieft. Sie lachten viel und amüsierten sich über Anekdoten, die sie abwechselnd zum Besten gaben.

„Und Sie, Herr Brogis, kommen aus Berlin? Eine wunderbare Stadt. Ich bin in Hamburg geboren und werde da wahrscheinlich auch sterben. Ich liebe meine Heimatstadt.“

„Christiane, warst du nicht auch mal eine Zeit lang in Hamburg?“ Bernhard meinte, dass sie das erwähnt hatte.

„Oh, erzählen Sie. Wo haben Sie denn da gewohnt? Wir kommen aus Blankenese.“

Christiane erstarrte. Vor wenigen Sekunden hatte sie diesen Abend noch genossen.

„Ja, ich habe da mal kurz gewohnt. Aber das ist nicht so wichtig.“

„Christiane, Mensch, hier sind auch Hamburger! Vielleicht seid ihr euch sogar schon mal begegnet. Nu zier' dich mal nicht so! Das muss doch wie Heimat für dich sein." Bernhard verstand Christiane mal wieder nicht.

Christiane sprang auf. „Ich muss mal aufs Klo!"

Am Tisch blieben drei verdutzte Gesichter zurück.

Wenig später verließen Bernhard und Christiane das Restaurant, Bernhard enttäuscht und Christiane wütend. Er hatte die netten Deutschen eingeladen, sie auf der Finca zu besuchen. Kaum hatte er das ausgesprochen, fiel Christiane ihm ausfallend ins Wort und blockte in einem unverschämten Ton die Einladung ab.

Die Rückfahrt zur Finca verlief schweigend. Christiane merkte, dass sie ungeschickt reagiert hatte. Vorsichtig glitt ihre Hand auf Bernhards Oberschenkel. Schweigend streichelte sie ihn. Sie merkte, dass sie etwas gutmachen musste.

In der Nacht verwöhnte Christiane ihren Bernhard besonders. Sie hatten Sex miteinander, und alles schien wieder in Ordnung zu sein.

Christiane rekelte sich auf ihrer Bettseite. Neben ihr schlief Bernhard nach der nächtlichen Verwöhnaktion tief und fest. Sie blinzelte, schloss die Augen und horchte auf die gleichmäßigen Atemzüge.

Leise stand sie auf. Jeden Tag wurde sie eher wach und konnte nicht mehr neben ihm liegen. Sie blickte auf den Kalender.

‚Unfassbar: knapp ein halbes Jahr! Es muss endlich vorangehen.'

Wenn sie ehrlich war, hatte sie es sich nach dem netten Empfang von Bernhard sehr bequem eingerichtet und ihr Ziel fast aus den Augen verloren. Ihre Distanz hatte sie aber immer aufrechterhalten. Doch sie merkte, dass es jetzt höchste Zeit war, ihren Plan umzusetzen. Bernhard machte ihr zwar großzügige Geschenke, aber das reichte nicht mehr. Auch das gemeinsam Ausgehen gestern hatte ihr bis auf das Ende der netten Gesprächsrunde mit der Einladung an die Tischnachbarn gefallen. Aber je mehr und je besser sie Leute auf der Insel kannten, desto schwieriger würde es werden, ihre Pläne zu verwirklichen. Da war ihr plötzlich klar geworden, dass es so nicht weiterging. Sie wollte endlich unabhängig von Bernhard sein. Und dazu brauchte sie, was er hatte! Sie fühlte sich wie in einem goldenen Käfig. Mit Bernhard konnte sie nicht reden. Er hatte nur seine Pferde im Kopf. Bei Fremden, wie gestern Abend, mussten sie immer auf Abstand bleiben. Dabei fand sie die beiden, die sich zu ihnen im Monasterio an den Tisch gesetzt hatten, eigentlich sehr nett. Aber keiner durfte sie und Bernhard genau kennenlernen. Das ging einfach nicht. Das war kein schönes Leben mehr.

Die Sonne schien bereits eine Weile. Es würde heute sehr warm werden. Der leichte Dunst, der über der Insel lag, verhieß *calima*. Dieser unerträgliche Wüstenwind brachte Hitze und feinen Sand aus der Sahara auf die Kanarischen Inseln. Viele Leute vertrugen ihn nicht und wurden krank, weil Bakterien und Keime mit aus Afrika herübergeweht wurden.

Wie inzwischen jeden Morgen machte sie mit den Hunden ihre Runde. Um flexibler sein zu können, hatte sie diese Aufgabe unter dem Deckmäntelchen, dass die Hunde rausmüssten, übernommen. Bei diesen Spaziergängen war sie ungestört. Noch immer hatte sie sich nicht an die doppelte Einzäunung des Grundstücks gewöhnt.

Als sie damals auf der Finca ankam, war gerade im Abstand von vielleicht zwanzig Metern zum Zaun an der Straße ein zweiter Zaun nach innen gesetzt worden, an dessen Abschluss nach oben sich ein Elektrodraht befand. Später wurde am Tor auch noch eine Kamera angebaut und auf den Weg ausgerichtet. Zwischen Tor und Haus, genau an der Biegung des Weges, installierte Marco, Bernhards Lieblingsunternehmer, eine Lichtschranke. Die löste Alarm aus, sobald jemand den Weg entlangkam. Sie befand sich in einem Meter Höhe, damit die Hunde sich darunter ungehindert bewegen konnten.

Mit dieser Fülle von Sicherheitsmaßnahmen fühlte Christiane sich ständig unter Beobachtung. Auf ihre Bitte hin schaltete Bernhard jetzt wenigstens tagsüber das System aus. Offensichtlich fühlte er sich zunehmend sicherer, da er inzwischen immer öfter vergaß, den Alarm und die Kamera abends wieder zu aktivieren.

Als Christiane mit den Hunden bei den Pferden vorbeikam, streifte sie sie mit einem kurzen Blick. ‚Ihr habt schon, was ihr wollt!'

Zurück vom Spaziergang, schlich sie ins Schlafzimmer. Von oben herab betrachtete sie Bernhard. Sein leises Röcheln verriet ihr, dass er noch tief schlief. Auf Zehenspitzen bewegte sie sich auf das Kopfende zu.

„Huch, was machst du denn hier?", erschrocken hob Bernhard den Kopf und blickte mit vom Schlaf verquollenen Augen auf Christiane.

Liebevoll streichelte sie ihm über die Wange.

„Ich wollte nur gucken, ob du noch schläfst. Draußen ist so ein tolles Wetter."

Mit festem Griff zog Bernhard sie zu sich runter.

„Lass doch das Wetter, fühl mal!"

Er nahm ihre Hand und führte sie an seinem Bauch nach unten. Mit leichtem Widerwillen nahm sie sein großes erigiertes Glied in die Hand. Dabei stöhnte sie auf.

„Nicht schon wieder", murmelte sie unhörbar vor sich hin.

Schnell hatte er ihre wenige Kleidung vom Körper gezerrt.

„Komm!"

Er erhöhte seinen Druck.

Wenig später schrie er auf und entlud sich mit voller Energie. Schon wieder schläfrig zog er sie an sich, küsste sie und begann sie zu streicheln.

„Du sollst auch etwas davon haben!"

Er zwickte ihre Brüste und knetete die Brustwarzen, bis sie steif emporstanden. Dann drehte er sie um, drang von hinten in sie ein und ergoss sich ein zweites Mal.

Christiane fragte sich immer wieder, wie dieser kleine, zierliche Mann die Stärke hatte, mit ihr im Bett so umzugehen. Jetzt lag er ausgelaugt und zufrieden neben ihr. Sie hatte mal wieder gar nichts gespürt. Sie hatte sogar zwischendrin an die Wäsche gedacht, die bereits einen Tag in der Waschmaschine lag und draußen aufgehängt werden musste. Heimlich sehnte sie sich inzwischen nach Thomas, der ein so geschickter und einfühlsamer Liebhaber gewesen war.

Bei diesem Gedanken kroch in ihr eine Wut hoch, wie sie sie noch nie gespürt hatte.

‚Das Ganze muss jetzt ein schnelles Ende haben!', dachte sie, sagte aber: „Bleib noch ein bisschen liegen."

Ihre Worte verhallten ungehört im Raum. Bernhard schlief bereits wieder entspannt, tief und fest. Sie sammelte ihre wenige Kleidung vom Boden und stürmte raus auf die Terrasse.

„Mein Gott, was tue ich mir hier eigentlich an!"

Sie raufte sich die Haare. Aggressiv zerrte sie sich ihren kurzen Jeansrock über, schlüpfte in das enge T-Shirt und stellte verärgert fest, dass sie ihren Tanga nicht finden konnte.

„Mist, der ist bestimmt noch im Schlafzimmer. Glaub ja nicht, dass ich da heute noch mal reingehe!", schnaubte sie vor sich hin, lief zur Wäscheleine, riss ihr Bikinihöschen runter und zog es mit Mühe unter ihren engen Rock. Es kochte in ihr. Sie stürmte zum Auto.

„Rein mit euch!", schrie sie die verblüfften Hunde an.

Fast hätte sie das Tor gerammt. ‚Warum bewegt es sich auch so langsam!' Mit völlig überhöhter Geschwindigkeit brauste sie die holprige Piste nach La Sabinita.

„Weg da!"

Die Katze hatte Glück gehabt, das Huhn nicht. Ein Schlag! Federn hüllten das Auto ein.

„Mist! – Nimm dich zusammen!", mahnte sie sich und atmete langsam ein und aus. Ein kurzer Blick in den Rückspiegel: Nirgends eine Reaktion. Kein Mensch zu sehen.

‚Nur weiter!'

Als sie Arico erreichte, wurde sie ruhiger. Ohne Ziel lenkte sie wie automatisch Richtung Abades.

‚Nein, bloß jetzt nicht auf Leute treffen. Sicherlich würden Adriane, Annemarie und Ute dort auftauchen. Und was ist mit Ulli? Die ist wieder in Deutschland und muss sich um ihre Apotheke kümmern. Dabei brauche ich sie – sie, die Apothekerin … Nein, ich will einfach niemanden sehen.'

Kurz entschlossen steuerte sie auf die Autobahn Richtung Santa Cruz, preschte an El Porís vorbei, ließ auch Puertito de Güímar hinter sich liegen und bog wenige Minuten später auf die Ausfahrt der Autobahn nach Candelaria ab. Hier kannte sie wenigstens niemand. Und zu dieser frühen Stunde befanden sich erst wenig Autos auf dem Parkplatz am Meer. Sie stellte ihren Wagen so weit wie möglich vom Wasser weg. Immer sprühten hier die Wellen das salzige Meerwasser so hoch, dass danach eine Salzkruste die Karosserie und die Fenster bedeckte.

Sie konnte jetzt wieder klarer denken. Trotzdem kochte sie noch. Sie schmiss die Autotür zu, riss sie wieder auf.

„Na los, kommt raus!"

Sie griff zu den Halsbändern und leinte die Hunde an.

„Beinahe hätte ich euch vergessen. Wäre euch wohl nicht gut bekommen. Ganz schön heiß heute. Blöde Köter, dass ich mich auch noch um euch kümmern muss", murrte sie vor sich hin. „Na ja, ein bisschen taugt ihr schon, sonst käme ich ja überhaupt nicht weg von der Finca." Dabei strich sie Charly über den Kopf.

Ihr Ziel war der *kiosco* am Hafen, wo es die allerbesten *churros* von Teneriffa gab.

Sie band die Hunde fest, setzte sich, sprang wieder auf und wechselte am gleichen Tisch auf den gegenüberliegenden Stuhl. Hier wurde sie nicht so von der Sonne geblendet. Unruhig rutschte sie auf ihrem Stuhl hin und her, presste die Ellbogen auf den Tisch und stützte ihren Kopf in die Hände.

„Mist, Mist, Mist!", zischte sie zwischen den Zähnen hervor. „So geht das nicht weiter!" Vor Wut und Ohnmacht hätte sie explodieren können. Tränen tropften auf den Tisch. Vorsichtig sah sie auf und wischte mit dem Handrücken über ihr Gesicht. Vor ihr stand die Bedienung und blickte sie fragend an.

„Diez churros y un barraquito con todo."

Erstaunt wurde ihre Bestellung aufgenommen. Zehn der leckeren, in Fett ausgebackenen Teigstangen waren eine Menge.

Wenig später erhielt sie auf einem ovalen Tablett ihre *churros* und den *cortado* mit einem Schwups Likör, süßer Kondensmilch, einem Stückchen Zimt und etwas Zitronenschale.

„Na, das ist ja viel! Lassen Sie es sich schmecken!"

Amüsiert blickte ein älterer Mann mit einer glänzenden Glatze vom Nachbartisch zu ihr herüber.

Christiane stöhnte leise auf. Abweisend starrte sie ihn an. ‚Wieso hat dieser Lackaffe mich denn auf Deutsch angesprochen?'

„Ich habe eben Hunger", knurrte sie leicht patzig in seine Richtung. Und im Stillen setzte sie hinzu, ‚wie konntest du Blödmann denn bloß merken, dass ich Deutsche bin?'

Wenig beeindruckt von ihrer Unfreundlichkeit nickte er ihr nett zu und setzte noch „Guten Appetit" hinzu.

Irritiert stopfte sie einen *churro* nach dem anderen ohne große Pause in ihren Mund. Nach dem sechsten goss sie, ohne abzusetzen, den *barraquito* hinterher. Dann streckte sie ihre Beine aus, lehnte sich zurück und starrte mit verschlossener Miene aufs Meer.

„Na, schon satt?"

Christiane hörte sofort wieder einen ironischen Ton heraus. Sie wollte doch nur in Ruhe gelassen werden und nachdenken! Plötzlich saß er neben ihr. So etwas war ihr hier auf der Insel noch nie passiert.

„Ich glaube, es geht Ihnen nicht gut. Kann ich Ihnen helfen?", weich und mitfühlend drang seine Stimme zu ihr durch.

„Ach, lassen Sie mich doch einfach in Ruhe! Heute ist eben ein beschissener Tag!" Dann heulte sie hemmungslos los.

„Komm, komm, das wird schon wieder!", tröstend legte er seinen Arm um Christiane.

‚Wie kann mir nur so etwas passieren?' Noch während sie ihr verweintes Gesicht an seine Schulter drückte, rasten ihre Gedanken. Ihre Nerven hatten einfach schlappgemacht. Sie schluckte mehrfach hörbar und setzte noch einige tiefe Schluchzer hinzu. Dann blickte sie mit verquollenem Gesicht zu ihm auf.

„Entschuldigung, im Augenblick ist einfach alles zu viel für mich!"

Mit ihrem rechten Ärmel wischte sie sich über die Augen. Mit der linken Hand streichelte sie den Kopf von Charly, der sich wie zum Schutz zwischen die beiden gedrängt hatte.

„Kann ich denn irgendwie helfen?"

„Ach, lassen Sie mal. Oh, jetzt habe ich Ihr ganzes Shirt nass gemacht und verschmiert." Mit einem Blick hatte sie erkannt, dass er ein elegantes teures Freizeithemd trug.

„Das macht doch gar nichts, das trocknet schon wieder! Darf ich mich vorstellen, ich heiße Ludwig Schwabe."

„Und ich heiße Christiane."

„Und? Kein Nachname?"

„Ach, hier reichen Vornamen, das ist hier so üblich", setzte sie hinzu. Nie im Leben hätte Christiane ihm ihren vollständigen Namen genannt, und ein anderer war ihr nicht so schnell eingefallen.

„Wenn Sie nicht reden wollen, erzähle ich Ihnen …" Er unterbrach sich plötzlich. „Oder wie macht man das hier? Sagt man dann so einfach du, wenn man sich schon mit dem Vornamen anredet?"

„Ja, das ist das Einfachste, und das machen hier eigentlich alle."

„Na gut! Also Christiane! Dann will ich mich auch erst einmal entschuldigen, dass ich dir so nah gekommen bin. Aber ich konnte einfach nicht mit ansehen, wie schlecht es dir ging."

„Ist schon gut!"

Sie blickte in sein gutmütiges, offenes Gesicht. Heimlich stellte sie fest, dass er richtig gut aussah. Klare, fast bernsteinfarbene Augen sahen sie aufmerksam an. Seine buschigen, dunklen Augenbrauen ließen das Gesicht sogar ein wenig verwegen aussehen. Dass er eine vollständige Glatze hatte, die in einem warmen Braun schimmerte, machte ihn interessant. Christiane schluckte. ‚Attraktiv!', war ihr Gedanke. Sie schätzte ihn auf sechzig Jahre. Er passte in ihr Beuteschema.

„Du wolltest mir etwas erzählen", lenkte sie von sich ab.

Christiane erfuhr, dass er ein viel beschäftigter Geschäftsmann war, der ein paar Tage auf Teneriffa ausspannen wollte. Er hatte in Cuevecitas oberhalb von Candelaria für drei Wochen eine Ferienwohnung gemietet. Die meiste Zeit berichtete er aber über seine Fische. Er war begeisterter Aquarianer. Erst konnte sie mit diesem Ausdruck nichts anfangen. Dann begriff sie, dass er Fische im Aquarium und das ganze Drumherum liebte. Er erklärte und sprach viel und begeistert über sein Hobby, aber sie schaltete zwischendurch einfach ab.

Erst als er sie fragte, berichtete Christiane kurz, dass sie auf einer Finca lebe. Von Bernhard sagte sie nichts.

„Glaubst du, wir können uns wiedersehen?", Ludwig sah sie fragend an.

„Überhaupt kein Problem! Wanderst du gern?"

„Gute Idee! Nimmst du dann deine Hunde wieder mit?"

„Klar, ohne die macht es keinen Spaß, und raus müssen die ja auch."

Sie verabredeten sich gleich für den nächsten Tag in Araya in der Nähe von Las Cuevecitas. Christiane war sicher, dort niemandem zu begegnen, der sie kannte.

Nachdenklich legte sie den Weg nach La Sabinita zurück. Irgendetwas hatte Ludwig gesagt, als es um seine Aquarien ging. Es hing mit dem Einleiten von Luft oder Gasen in das Wasser zusammen. Sie bohrte in ihren Gedanken, aber kam nicht darauf.

‚Ich muss aufmerksamer sein.'

Zufrieden merkte Christiane, dass Bernhard sie nicht vermisst hatte. Nachdem er wahrscheinlich recht spät aufgestanden war, hatte er sich sicherlich mit seinen Pferden beschäftigt. Es war für sie unverständlich, wie ein Mensch sich täglich mehrere Stunden mit diesen riesigen Rössern abgeben konnte. Auf dem inzwischen eingerichteten Reitplatz legte er eine Runde nach der anderen zurück. Hindernisse übersäten das Gelände, und er brachte den Pferden kleine Kunststücke bei. Er hatte einen neuen Zugang zu den Pferden gefunden. Es war ihm wichtig, die Pferde zu verstehen und mehr nach ihren Bedürfnissen zu handeln. Auch hatte er riesige Freude daran, wenn seine eintrainierten Kunststücke gelangen. Das letzte, was er Adi beigebracht hatte, war, auf kleine Hinweise hin rückwärtszugehen und sich dann langsam auf die Seite zu legen und sich tot zu stellen.

„Du kommst gerade richtig! Guck mal, was Gigant inzwischen kann!“ Bernhard schwang seine Arme und Gigant, der Apfelschimmel, stieg direkt vor ihm auf die Hinterhand. Dabei machte er auch noch zwei Schritte vorwärts, bevor er wieder mit allen vieren auf dem Boden stand. „Toll, was?“

Bernhard registrierte nicht, dass Christiane seinen Kunststücken zwar zusah, aber sich keineswegs dafür interessierte.

„Du, mir geht es heute nicht gut, ich lege mich erst einmal in den Schatten. Wenn du mit den Pferden fertig bist, können wir ja überlegen, was wir zum Essen machen wollen. Im Augenblick habe ich überhaupt keinen Appetit.“ Sie drehte sich um und verschwand hinter dem Haus.

Wenig später erschien Bernhard bei ihr und setzte sich auf den Rand der Liege.

„Seltsam, mir ist heute auch nicht so gut. Irgendetwas ist mit meinem Magen, und das auch schon seit einigen Tagen. Ich bin richtig kaputt und müde.“

Verblüfft sah Christiane auf. Fast wäre sie freudig aufgesprungen. Sie konnte sich gerade noch beherrschen.

Vom täglichen Rotwein waren sie auf Christianes Wunsch auf ein Mixgetränk übergegangen. Nach mehreren Tagen gelang es ihr sogar, ihren Sundowner fast perfekt wie einen Sonnenuntergang aussehen zu lassen. Vor langer Zeit hatte sie einmal in einer Bar gesehen, wie der Barmixer diesen Cocktail herstellte. Sofort hatte sie auch einen bestellt und war begeistert von dem leicht bitteren Geschmack gewesen. Bernhard hätte zwar lieber seinen Rotwein zur Einleitung des Abends getrunken, konnte aber Christianes Wunsch nach dem attraktiven Getränk nicht widerstehen.

Am nächsten Morgen blieb Bernhard wieder leicht angeschlagen im Bett, während Christiane mit den beiden Hunden aufbrach, um sich mit Ludwig zu treffen.

KAPITEL XXVI

Christiane und Ludwig wanderten von Araya am *barranco de las goteras* auf dem grün-weiß gekennzeichnetem Wanderweg *TF 294* nach Los Brezos. Sie unterhielten sich angeregt und bewunderten immer wieder den überwältigenden Ausblick. Wo die kanarischen Pinien die Sicht in das Tal versperrten, atmeten sie den würzigen Duft der Nadeln ein.

Ludwig flirtete mit ihr, und sie genoss es. Sie alberten herum, und er nahm jede Gelegenheit wahr, sie kurz zu berühren, um sie zum Beispiel auf einen alten Kraterrand hinzuweisen, eine prächtige Finca am Wegesrand oder die historischen *galerías* im *barranco del rincón* – zu oft, als dass es zufällig sein konnte, zu kurz, um zu bedrängen. Sie ließ es gerne geschehen.

Als ihnen zwei Reiter entgegenkamen, verflog Christianes gute Stimmung indes augenblicklich. Ludwig bemerkte es, sagte aber nichts, sodass beide schweigend eine Minute weitergingen.

„Du bist also keine Herrenreiterin?“

Christiane blieb stehen und sah Ludwig fassungslos an.

„Na, ich persönlich hab’s lieber auch feucht und glitschig“, grinste Ludwig.

„Was?“ Sie konnte nicht glauben, was Ludwig für Anzüglichkeiten da gerade von sich gegeben hatte. Wie konnte sie sich so getäuscht haben in ihm?

„Ich meine die Pferde: Du magst keine Pferde!“, lachte jetzt Ludwig über Christiane irritierte Gesichtszüge und erklärte weiter: „Ich auch nicht. Fische und Aquarien sind meine Welt.“

„Oh – nein!“, brach es aus Christiane heraus, die endlich verstand und kichernd mit gespielter Empörung ihm einen Knuff gegen die Schulter gab.

„Du dachtest doch nicht etwa …“, provozierte Ludwig spaßhaft weiter. „So etwas würde ich nie zu einer Frau von Welt sagen!“

„Filou!“ Sie hakte sich bei ihm unter und beide lachten sich an. „Aber Fische sind doch langweilig!“

„Was? Jetzt bin ich empört!“, alberte Ludwig weiter. „Das sind wilde Tiere! Aquaristik ist ein hochgefährliches Hobby!“

„Ach, mich kannst du nicht mehr narren! Ich glaub dir kein Wort mehr!“

„Doch, doch: Es gab sogar schon tödliche Unfälle – allein wegen des Kohlendioxids!“

„Jetzt verstehe ich nichts mehr“, wurde Christiane hellhörig.

„Na, man benutzt Kohlendioxid, um das Wachstum von Wasserpflanzen anzuregen. Aber das Gas ist giftig und vor allem geruchslos. Unvorsichtige haben es in geschlossenen Räumen ohne Belüftung genutzt: Ohnmacht, dann Atemstillstand und so weiter. Es ist wirklich gefährlich, aber dennoch kann man es überall frei kaufen, in jedem Aquaristik-Shop.“

„Das ist ja ein Ding!“

„Ja, da bist du beeindruckt, nicht wahr? Jetzt willst du doch meinen Fisch sehen.“

Christiane knuffte ihn nochmals gegen die Schulter, Ludwig jaulte mit einem gespielten „Au!“ auf und beide lachten.

„Danke, Ludwig, für diese wunderbare gemeinsame Wanderung. Das hat mir richtig gutgetan. Seit langer Zeit war ich nicht mehr so entspannt.“

Bei ihren Autos wieder angekommen, verabredeten sie sich sofort wieder.

Es war erst Mittag. Christiane hatte noch Zeit. Von der Autobahn bog sie an der Ausfahrt 20 ab, durchquerte das *Polígono Industrial de Güímar* und gelangte zu dem Naturschutzgebiet *Malpaís de Güímar.* Dort hatte sie noch eine wichtige Aufgabe zu erledigen.

Nass geschwitzt blickte sie auf. Niemand war zu sehen. Stöhnend rieb sie ihren Rücken. Sie griff zu den nächsten Steinen. Nie hatte sie geglaubt, dass diese kleinen, schwarzen Lavasteine auf Dauer so schwer sein konnten. Längst hatten ihre Hände Schwielen bekommen – trotz ihrer Arbeitshandschuhe.

‚Wenn es dann nun endlich mal so weit wäre!'

Was hatte sie nicht alles in den letzten Wochen überprüft? Ihre Exkursionen hatten fast schon den Charakter des Skurrilen angenommen.

Völlig verschwitzt blickte Christiane auf und warf den letzten Lavabrocken auf den inzwischen recht ansehnlichen Steinhaufen neben einer alten Bewässerungszisterne. Ein Pfiff, Urmel und Charly kamen. Nie blieb sie zu lange. Ab und zu sah sie in der Ferne Jogger oder Hundebesitzer. Dann unterbrach sie ihre Arbeit und beschäftigte sich mit den Hunden. Wie üblich war ihr heute in der Mittagszeit niemand begegnet. Es war einfach zu heiß. Beruhigt zog sie ihre Handschuhe aus und ging mit den beiden Hunden zum Auto. Heute hatte sie Bernhards Wagen genommen. Sie hatte es sich angewöhnt, die Autos zu wechseln und immer an unterschiedlichen Stellen zu parken.

Müde vom Wandern und Steineaufschichten fuhr Christiane zur Finca.

KAPITEL XXVII

Es war früher Abend. Bernhard und Christiane saßen friedlich auf der Terrasse. Die Sonne stand knapp über den Bergen und schickte im spitzen Winkel die letzten Strahlen unter das Terrassendach. Ein leichter Wind ließ die Blätter der Fächerpalme rascheln. Trotz Verbots lag Urmel zusammengerollt auf der Hollywoodschaukel und tat so, als ob er gar nicht existiere. Charly sackte entspannt in die liegende Position, streckte seine Beine weit von sich und schnaufte.

„Du siehst in den letzten Tagen manchmal so angespannt aus, Liebes." Bernhard fasste Christianes Hand, drückte sie leicht und blickte sie forschend an.

„Nein, nein. Ist schon alles gut."

„Vielleicht musst du hier einmal raus. Willst du mal wieder nach Deutschland?"

Irritiert schüttelte Christiane den Kopf: „Ich mache mir Sorgen um dich. Du isst so wenig und stocherst nur im Essen herum. Stimmt irgendwas nicht mit dem, was ich koche? Früher hat es dir doch immer so gut geschmeckt", lenkte sie schnell von sich ab.

„Nein, das Essen ist völlig in Ordnung. Seit Tagen fühle ich mich nicht mehr wohl. Der Magen rumort. Ich bin einfach nur müde."

„Warum gehen wir nicht zum Arzt?" Aufmerksam lauernd, beobachtete Christiane seine Reaktion.

„Quatsch, was soll ich denn da? So etwas gibt es eben mal." Heftig wehrte Bernhard Christianes Vorschlag ab. „Außerdem weiß ich gar nicht, was und wie ich einem spanischen Arzt überhaupt meinen Zustand erklären sollte."

„Ich kann doch mitkommen und übersetzen. Oder du gehst zu einem deutschen Arzt."

„Versprich mir, dass du mich nicht mehr mit einem Arzt nervst! Erstens habe ich nichts und zweitens finden die immer Sachen, die einen noch kranker machen. Du siehst doch, es geht mir gut."

Christiane beugte sich zu ihm, nahm seinen Kopf in beide Hände und küsste ihn erleichtert.

„In Ordnung, versprochen. Ich lass dich mit der Drängelei nach einem Arzt in Ruhe. Jetzt bringe ich das Geschirr in die Küche und mache unseren Sundowner."

Voll beladen mit dem kaum angetasteten Abendessen verdrückte sich Christiane ins Haus, leerte die Teller mit ihrem Lieblingsessen *conejo salmorejo* und *papas arrugadas* mit einem bedauernden Blick in die Futterschüsseln der Hunde und atmete mehrfach tief durch. Es lief alles bestens. Mit geübter Hand griff sie in die unterste Küchenschublade, schob die Geschirrtücher zur Seite und nahm eine Dose heraus. Fix ließ sie den Inhalt in den bereitgestellten Mörser gleiten und begann zu stampfen.

„Was machst du denn da?" Bernhards Arme umfingen sie von hinten.

Zu Tode erschrocken drückte sie ihm ihren breiten Rücken entgegen.

„Warte ab, bin gleich fertig."

Mit zittriger Hand griff sie eilig zum roten Granatapfelsaft und schwappte ihn in und neben den Mörser. Sie war froh, dass sie die Saftpackung bereits vorher geöffnet und neben den Mörser gestellt hatte. Auch die schon herausgepulten kleinen, roten Früchte des Granatapfels standen zum Zerstampfen bereit.

„Sieh mal, was du angerichtet hast!"

Christiane riss mehrere Lagen von der Küchenrolle ab. Dabei achtete sie darauf, dass der präparierte Inhalt des Mörsers bedeckt blieb.

„Ich komme gleich raus, fehlen nur noch Orangensaft, Campari und Bitter Angostura.“ Energisch schob sie Bernhard aus der Küche.

Verwundert verließ er sie, setzte sich auf die Hollywoodschaukel zu Urmel und streichelte ihn abwesend.

Mit farblich perfekt geschichtetem Cocktail betrat Christiane kurz darauf die Terrasse, drückte ein Glas in Bernhards Hand und schubste Urmel grob von der Hollywoodschaukel. Dann setzte sie sich dicht neben Bernhard und kuschelte sich eng an ihn.

Sie prosteten sich gegenseitig zu und schlürften ihren abendlichen Cocktail.

Die nächsten Tage verbrachte Christiane ausschließlich auf der Finca. Geschäftig lief sie zwischen Höhlenwohnung und Wohnhaus hin und her. Bernhard beobachtete sie und schüttelte nur den Kopf. Sie hatte ihn überredet, den verschlossenen Höhlenraum zu entrümpeln. Wegen seiner Müdigkeit und Magenbeschwerden bestärkte sie ihn, sich weiterhin zu schonen. Sie wollte alles allein machen. Um den Flur der Höhle größer erscheinen zu lassen, schlug sie vor, den maurischen Vorhang vor der verborgenen Brettertür durch einen Spiegel zu ersetzen. Damit wäre von der Brettertür nichts mehr zu sehen und der Flur würde optisch größer erscheinen. Fast apathisch stimmte Bernhard ihren Vorschlägen zu. Christiane machte sich sofort ans Werk. Sie schleppte die alten Baumaterialien aus dem Abstellraum, besorgte sich Farbe und begann zu streichen.

„Du hättest doch eine atmungsaktive Farbe nehmen müssen. Und bevor gestrichen wird, muss noch eine Lüftung eingebaut werden. Wir sollten besser Marco beauftragen“, kritisierte Bernhard. Kopfschüttelnd verließ er die Höhle. Er hatte keine Energie mehr, sich gegen Christiane zu stellen.

Am gleichen Tag wurde die Spiegeltür auf einer *camioneta*, einem Kleinlastwagen, angeliefert.

„Das ist doch nicht dein Ernst!“ Bernhard blickte Christiane entsetzt an. „Das ist ja ein Spiegel, der so groß wie eine Tür ist, wenn nicht sogar noch größer. Was sollen wir denn damit?“

„Das ist doch der Trick. Niemand wird sehen, dass hinter dem Spiegel noch ein Raum ist. Der Spiegel ist die Tür!“ Triumphierend blickte sie ihn an.

Bernhard schüttelte zum wiederholten Male nur den Kopf. Resigniert und achselzuckend wandte er sich ab.

‚Soll sie doch machen, was sie will.‘

Verstohlen blickte Christiane auf ihr Handy: Schon wieder eine Nachricht von Ludwig. In wenigen Tagen müsse er zurück nach Bremen reisen. Er wolle sie unbedingt noch einmal sehen. In der letzten Zeit hatte sie alle vernachlässigt. Weder ihren Mädeltrupp aus der Sprachschule noch Ludwig hatte sie sehen können. Bei Anrufen vertröstete sie immer. Es schien ihr nicht ratsam, Bernhard jetzt länger allein zu lassen. Sein Zustand besserte sich nicht, wurde aber auch nicht schlimmer. Zögernd griff sie zum Handy. Kurz entschlossen tippte sie den Vorschlag zu einem Treffen mit Ludwig am nächsten Morgen schon um Viertel vor zehn in Candelaria bei der *churrería* ein.

KAPITEL XXVIII

Im Dämmerschlaf registrierte Bernhard, dass die Schlafzimmertür sich leise öffnete. Dann Stille. Er blinzelte: ein Schatten. Schließlich schloss sich die Tür wieder. Er versuchte wach zu werden. Benommen richtete er sich auf. Ihm schwindelte. Er starrte auf einen Punkt an der Decke. Wenig später ließ er beide Beine von der Bettkante baumeln. Der Schwindel verebbte. Er griff zum Glas und nahm einen großen Schluck Wasser. Sein nächtlicher Durst wurde immer schlimmer.

„Vielleicht sollte ich doch einmal einen Arzt aufsuchen."

Er wollte später mit Christiane darüber reden. Da sah er gerade noch, wie sein Wagen in Richtung Tor verschwand. Verwundert strich er sich über die Augen. Warum nahm sie nicht ihren eigenen, den er ihr kurz nach ihrer Ankunft geschenkt hatte? Mühsam wankte er ins Bad. Wo war seine Sportlichkeit geblieben? Er machte sich frisch und putzte die Zähne. Jetzt ging es ihm ein wenig besser. Nur noch die kurze Hose anziehen und das frisch gebügelte Hemd überstreifen.

Bis heute konnte er nicht verstehen, warum Christiane meinte, jedes Hemd bügeln zu müssen. Vielleicht wollte sie ihm damit beweisen, dass sie eine gute Hausfrau war. Dabei hatte er auf so etwas noch nie Wert gelegt.

Als er nach draußen trat, umhüllte ihn Stille. Natürlich, er hatte Christiane ja wegfahren sehen. Auf dem Tisch lag eine Nachricht. Christiane war mit den Hunden gegangen. Warum sollte sie auch warten, bis er ausgeschlafen hatte? Aber das klärte für ihn immer noch nicht, warum sie nicht ihr eigenes Auto fuhr, sondern seins.

Langsam ging es seinem Magen etwas besser. Der Gedanke an Kaffee war ihm zuwider, aber einen Kräutertee und ein Scheibchen Weißbrot mit Orangenmarmelade, ja, darauf hatte er Appetit.

Seitdem Christiane im Haus war, betrat er nur noch selten die Küche. Er musste sich erst einmal zurechtfinden. Nach und nach öffnete er die Küchenschränke. Er wunderte sich über die Ordnung. Rotweingläser standen in Reih und Glied neben den Weißweingläsern, Wassergläser neben den Biertulpen. Kaum zu glauben. Auch die Schüsseln, Tassen und was es sonst so gab, wirkten wie geordnete Zinnsoldaten.

‚Bloß hier keine Unordnung rein bringen.'

Vorsichtig, als ob durch kräftiges Schließen der Schränke alles durcheinanderpurzeln könnte, drückte er die Türen zu. Beim Herausziehen der Schubladen staunte er nicht schlecht. Kein Krümel hatte sich zwischen die Messer, Gabeln und Löffel verirrt. Zu seiner Zeit, als er hier noch allein hauste, hatte man den Eindruck gewinnen können, dass hier ein Vorrat für Vogelfutter gesammelt wurde. Die nächste Schublade, seine Kramschublade sah richtig öde aus.

‚Wo sind nur all meine kleinen Schätze geblieben? Na, dann auch noch die letzte Schublade inspizieren.'

Sie klemmte etwas.

‚Wenn sie schon so ordentlich ist, sollte sie auch dafür sorgen, dass alle Schubladen leichtgängig sind', ging ihm durch den Kopf. Mit einem starken Ruck hatte er die Schublade in der Hand. Geschirrtücher und …

‚Was ist das denn? Medikamente? Ist Christiane krank? Warum hat sie mir nichts gesagt?'

Er bückte sich und nahm die beiden kleinen Metallkästchen, aus denen sich diverse Pillen auf dem Küchenfußboden verteilt hatten, in die Hand. Keine Beschriftung.

‚Ich muss heute Abend mit Christiane sprechen. Sie braucht doch kein Geheimnis vor mir zu haben.'

Mühsam jonglierte er herum, um die Schublade wieder einzuschieben. Er stopfte die Geschirrtücher hinein und legte die beiden leeren Metallkästchen auf die Küchenanrichte. Die Tabletten schichtete er daneben. In Gedanken versunken, strich er sich ein Brot mit Marmelade, nahm es in die Hand und ging kauend zu den Pferden.

„Na, wie geht es euch?"

Bernhard lehnte sich über den Koppelzaun und kraulte Adi zwischen den Ohren.

„Gigant, nicht so drängeln!"

Er stopfte das letzte Stück Brot in den Mund und streichelte mit der nun frei gewordenen Hand über das warme Fell seines neuen Pferdes. Ein heißes Ziehen durchschoss seinen Bauchraum.

‚Verdammter Mist! Hätte ich bloß nicht die ganze Brotscheibe auf einmal gegessen!'

Stöhnend und zusammengekrümmt hielt er sich den Bauch. Mit Mühe erreichte er die schattige Bank unter dem Feigenbaum. Vornübergebeugt ließ er Wellen des Schmerzes über sich ergehen. Er musste zum Arzt! Christiane sollte ihn begleiten und übersetzen. Erschöpft blieb er sitzen und betrachtete seine beiden Lieblinge. Selbst auf das Reiten verzichtete er seit Kurzem.

‚Nur ein bisschen auf die Bank legen', dachte er, dann sackte er weg …

Bernhard träumte. Er wollte wegrennen. Doch er kam keinen Schritt weiter. Er stand auf einer Koppel, ein Dutzend Pferde um ihn herum. Sie wollten ihn beschützen. Eine tief hängende, schwarze Wolke tauchte am Horizont auf. Blitze leuchteten hell am Himmel. Dann goss es in Strömen. Der Boden unter seinen Füßen wurde nass, rutschig, schlammig. Langsam versank er. Erst die Füße. Er zerrte verzweifelt an ihnen, er sackte tiefer. Er wollte laufen, weglaufen. Kein Muskel bewegte sich. Jetzt waren die Knie schon vom

Schlamm bedeckt. Unaufhaltsam sackte er weiter. Plötzlich ein strudelnder Sog aus der Mitte der Erde. Er begann sich zu drehen. Der Strudel wurde größer, nahm an Geschwindigkeit zu. Wo waren seine Lieblinge? Kein Pferd mehr zu sehen. Nur noch Hufe, die immer größer wurden, während er sank, sank. Jetzt stampften die Hufe im dröhnenden Rhythmus und der Strudel sog, zog stärker, tiefer, tiefer. Der nasse Schlamm benetzte seine Lippen, er schrie aus tiefster Kehle, er erstickte!

Schweißnass schlug er die Augen auf.

Christiane stand über ihn gebeugt, ihre feuchten, sinnlichen Lippen auf seinen.

„Hallo Bernhard, was machst du denn hier?“ Christiane rüttelte leicht an ihm. „Was hast du?“

Liebevoll tupfte sie Schweiß von seiner Stirn. Sein Herz raste. Zitternd fand er in die Realität zurück. Er musste eingeschlafen sein. Dieser Traum. Er war immer noch gefangen in seiner Angst. Verwundert erkannte er, dass die Sonne schon schräg stand und in sein Gesicht schien. Er musste den ganzen Tag verschlafen haben. Und dieser Traum, dieser Albtraum!

Christiane kniete neben ihm nieder und strich ihm über das heiße, verschwitzte Gesicht. Sie half ihm aufzustehen und stützte ihn den endlos erscheinenden Weg bis zur Terrasse. Als sie in die Küche ging, blickte sie entsetzt auf die beiden Pillendosen und die aufgeschichteten Tabletten. Sie sah sich um, raufte sich die Haare und griff den Wasserkrug und die beiden Gläser. Ihre Gedanken rasten durcheinander.

„Erzähl, wie war dein Tag heute?“, sagte Bernhard schwach. Er saß zusammengesunken auf der Hollywoodschaukel. „Du warst ja ganz schön lange mit den Hunden draußen.“

„Ich habe eine Wanderung gemacht, und dann bin ich noch eine Runde geschwommen, und, stell dir vor, dann bin ich auch noch am Strand in der prallen Sonne eingeschlafen.“ Hektisch alles aneinanderreihend, sprudelte es aus Christiane heraus. „Und, wie war es bei dir?“

„Mein dämlicher Magen macht mir Probleme, und müde bin ich auch.“

Besorgt nickend hörte Christiane zu.

„Irgendetwas scheint bei mir nicht zu stimmen. Ich glaube, du solltest doch mal einen Termin bei einem Arzt machen, meinetwegen auch bei so einem spanischen *médico*.“

„Jetzt ist es aber schon zu spät. Ich mach das morgen früh. Erst koche ich etwas Magenschonendes. Das verträgst du bestimmt.“

Mit diesen Worten verdrückte sie sich in die Küche.

Eine Stunde später saßen sie mit ihrem Sundowner auf der Hollywoodschaukel. Bernhard strich sich über den Bauch. Er hatte das Essen vertragen und wollte Christiane zuliebe nicht auf den abendlichen Cocktail verzichten. Kurz darauf ging er ins Bett, um sich gesundzuschlafen.

Christiane blieb auf der Hollywoodschaukel sitzen, schaukelte immer stärker und biss sich nervös auf die Lippen.

Langsam geriet sie unter Druck. Dabei war das Treffen mit Ludwig richtig gut verlaufen. Erst hatten sie die leckeren *churros* von dem Kiosk am Hafen gegessen, und dann hatten sie Touristen gespielt und sich Candelaria angesehen. Bernhard machte nie so etwas mit ihr. Immer wollte er sich nur mit den Pferden beschäftigen. Ihre Bedürfnisse konnte er damit nicht befriedigen. Da war Ludwig ganz anders. Erst hatten sie in der Fußgängerstraße gebummelt und sich den Kuriositätenladen *La Casa de las Imágenes* angesehen. Dann tranken sie im Terrassenrestaurant gleich neben der Mole gegenüber der Kathedrale einen Kaffee. Jetzt auf der Hollywoodschaukel ließ sie das Gespräch mit Ludwig noch einmal Revue passieren. Dieses Mal hatte sie sehr aufmerksam zugehört, als er von seinem Hobby berichtete.

Sie horchte. Bernhard schien zu schlafen. Wie eine Diebin schlich sie zurück ins Haus und holte ihren Laptop auf die Terrasse. Bis vier Uhr nachts saß sie und recherchierte. Endlich hatte sie es. Der nächste Tag würde viel Arbeit bringen. Sorgfältig löschte sie alles, was sie nachgesehen hatte. Fast fröhlich konnte sie jetzt zu dem fest schlafenden Bernhard ins Bett kriechen.

KAPITEL XXIX

„Bernhard, kannst du mir mal bitte helfen?" Christiane hatte beide Seiten der Haustür weit geöffnet und zerrte an der Tiefkühltruhe, die sie auf ein Möbeltransportbrett gewuchtet hatte.

„Was machst du denn da?" Erstaunt blickte Bernhard von der Hollywoodschaukel auf.

„Das Ding stört mich schon lange in der Küche. Das ist viel zu groß und nimmt nur Platz weg. Außerdem sind nur Vorräte und Hundefutter drin. Wir stellen sie einfach in den Abstellraum der Höhle. Durch die Abwärme wird die Luft dort auch trockener und es wird nicht mehr so muffig riechen."

Bernhard schüttelte resigniert den Kopf. Schwerfällig und lustlos stand er auf.

„Ich finde, dass es langsam ein bisschen viel wird mit deiner Umräumerei. Das ist eine Unruhe hier … Lass doch alles so, wie es ist."

„Jetzt habe ich das Ding schon geleert und bis hierher gebracht. Das war doch die meiste Arbeit. Du musst nur bei der Stufe festhalten, damit die Truhe nicht ins Rutschen kommt." Christiane ließ sich von Bernhards Einwurf nicht irritieren. „Dann mache ich allein weiter."

Widerwillig fasste Bernhard nur so wenig wie möglich mit an. Danach setzte er sich wieder demonstrativ hin und beobachtete, wie Christiane fast ohne Mühe das Rollbrett mit der sperrigen Last in Richtung Höhlenwohnung schob.

Beim Transport durch den engen Flur der Höhlenwohnung wollte sie auf keinen Fall die frisch gestrichenen Wände anstoßen. Doch dann:

„Verdammter Mist!“

Sie steckte mit dem unförmigen Gerät in der Öffnung der neuen Spiegeltür fest. Mühsam zog sie das Ungetüm in den Flur zurück.

‚Bloß nicht noch einmal Bernhard rufen.‘

Sie kantete die Truhe auf die Querseite, schob das Rollbrett mit dem Fuß darunter und gelangte so in den Abstellraum. Ganz langsam ließ sie sie in die normale Position gleiten. Sie öffnete den Deckel, damit der Rest der Vereisung abtauen konnte. Das war geschafft. Später wollte sie das Tauwasser aufnehmen, sie wieder anwerfen und auf höchste Stufe stellen.

Als sie aus der Höhlenwohnung trat, schüttelte Bernhard den Kopf. Er verstand das alles nicht.

„Komm, lass uns jetzt das Wetter genießen. Ein Spaziergang zu den Pferden wäre toll. Nun los, komm schon!“, setzte Bernhard hinzu, als er ein leichtes Zögern bei Christiane merkte. „Hast du inzwischen einen Arzt für mich angerufen?“ Bernhard sah sie fragend an.

„Ja, klar, habe nur vergessen, es dir zu sagen. Einen Termin gibt es erst in einer Woche. Wenn es schlimmer wird, will er dich zwischen andere Patienten schieben. Das hieße dann aber, eine lange Wartezeit in Kauf zu nehmen. Oder wir müssten ins Krankenhaus fahren“, erzählte sie.

Bernhard schüttelte sich. Er hasste Arztbesuche und dann dort noch stundenlang warten, nein, das wollte er nicht. Und ein Krankenhaus kam erst recht nicht infrage.

„Na gut, dann nächste Woche. Ich finde, es geht heute sowieso schon ein bisschen besser“, betrog er sich selbst.

„Sag mal, wenn es dir heute nicht mehr so schlecht geht, können wir dann nicht mal wieder zusammen zum Essen gehen!“

„Keine schlechte Idee, hast du einen Vorschlag?“

„Klar, nach Tajao, da gibt es immer so frischen Fisch. Du weißt doch, dass Enrique sich immer freut, wenn er uns sieht. Wenn ich an die leckeren Tiefseefische in seiner Auslage im Kühltresen denke, läuft mir das Wasser im Mund zusammen."

Es lief alles bestens. Christiane konnte ihre Freude kaum verbergen. Sie redete ungewöhnlich viel und schnell. Nur mit Mühe hatte sie sich ein Lächeln verkneifen können, als sie den Transport der Tiefkühltruhe durchgesetzt hatte. Jetzt stand das Monstrum in dem unbelüfteten Raum und wartete auf seine Bestimmung. Eine große Aufgabe lag vor ihr.

Bevor sie essen gingen, fuhr Christiane kurz nach Candelaria. Sie musste Propangas kaufen: Kohlendioxid ließ sich nur in kleinen Mengen leicht besorgen, Propangas war ein unauffälliger Ersatz. Neben der Tankstelle ließ sie sich vor dem Gasshop vier große Flaschen ins Auto hieven.

„Vier Gasflaschen, ist das richtig? Was haben Sie denn damit vor?" Erstaunt setzte der Verkäufer die letzte schwere Flasche auf der Ladefläche des Kombis ab. „Wollen Sie etwa Gibraltar für uns zurückerobern?", grinste er sie an.

„I wo! Ich muss damit eine große Höhle trockenlegen. Es ist darin wie in einer Tropfsteinhöhle. Da bilden sich schon Stalaktiten und Stalagmiten", ging sie auf seinen scherzhaften Ton ein, legte eine Decke über die Flaschen, warf die Heckklappe zu und steuerte zufrieden nach Puertito de Güímar, wo sie sich in der Eisdiele *El Sueño* genüsslich drei *bolas* bestellte.

„Das Leben kann ja so schön sein!", trällerte sie fröhlich vor sich hin, und sie dachte daran, dass sie vor einer Woche beim Saubermachen wie durch Zufall sein neues Testament gefunden hatte.

Abrupt wurde Christiane in ihrem Jubelgesang unterbrochen. Erschrocken griff sie in ihre Tasche. Fast hätte sie ihr Handy überhört.

„Wo bleibst du denn, wir wollten doch heute nach Tajao zum Fischessen gehen?", hörte sie Bernhards ungeduldige Stimme.

„Bin gleich da. 'hat etwas länger gedauert … Tut mir leid."

Wenig später war sie in La Sabinita. Sie betätigte den automatischen Türöffner. Das Tor zur Finca ging auf. Zügig passierte sie die Lichtschranke und öffnete im Heranrollen ans Haus das Autofenster.

„Bernhard, irgendetwas stimmt mit unserem Tor nicht. Ich glaube, es hat sich nicht wieder geschlossen!", rief sie ihm entgegen.

Bernhard eilte sofort zum Tor. Sie aber fuhr schnell an ihm vorbei, an den Eingang der Höhle, riss die Propangasflaschen hastig aus dem Wagen und zerrte die vier schweren Behälter ins Schlafzimmer der Höhle. Eilig verschloss sie die Tür, sprang wieder ins Auto und fuhr es zurück auf die übliche Stelle. Nach Atem ringend stand Christiane auf dem Gartenweg, versuchte ihr Herz zu beruhigen, während Bernhard wiederkam.

„Mit dem Tor ist alles in Ordnung. Es war verschlossen."

„Wir sollten das beobachten", betonte sie.

Bernhard beachtete Christiane nicht weiter. Ihm ging ein Anruf vom Nachmittag nicht aus dem Kopf.

„Du, vorhin habe ich einen seltsamen Anruf erhalten. Erst war gar nichts zu hören, dann gab es ein komisches Knacken und dann eine blecherne Stimme wie von einem Band oder eventuell einer Aufnahme von einem Handy. Verstanden habe ich auch nicht alles. Erst glaubte ich, dass dich jemand sprechen wollte, aber dann fiel mein Name. Da hieß es, ich sollte aufpassen, dass sie nur hinter meinem Geld her ist. Kannst du dir vorstellen, was damit gemeint ist und worum es da geht?"

Steif verharrte Christiane in ihrer Bewegung.

„Was sagst du da?" Sie hatte Mühe, ihren Schrecken nicht zu zeigen. „Äh, keine Ahnung. Hast du die Stimme nicht erkannt? Bist du überhaupt sicher, dass *du* gemeint warst? Wer soll denn so was machen, und warum bei dir?" Erregt schossen die Fragen nur so aus ihr heraus.

Bernhard stand völlig hilflos vor ihr. Er hatte wieder an eine Gemeinheit von Ulrike gedacht. Aber ein bisschen abwegig erschien es ihm doch.

„Komm, denk nicht mehr daran! Du warst damit bestimmt nicht gemeint. Wer sollte dir denn etwas Böses wollen?" Beruhigend streichelte Christiane seinen Rücken. „Ich bin doch bei dir. Vergiss das Ganze einfach."

Wenig später brachen beide in harmonischer Zweisamkeit nach Tajao zum Fischessen auf.

KAPITEL XXX

Mit geübten Schritten stieg Ulrike den Wanderweg oberhalb von La Sabinita hinauf. Anfangs hatte sie sich sehr abmühen müssen, heute war sie fit und konnte ohne Pause und großes Geschnaufe zügig bis zu ihrem Ausguck gelangen. Während ihres Aufstiegs machte sie sich unaufhaltsam Gedanken über Christiane. Diese Frau ließ sie nicht mehr los. Seitdem sie wusste, dass sie mit Bernhard zusammenlebte, versuchte sie in Christianes Vergangenheit herumzustochern; aber aus der war einfach nichts rauszubekommen. Deshalb hatte sie die Konkurrentin heimlich verfolgt, beobachtete Christiane fast Tag und Nacht. Aber auch dadurch hatte sie nicht mehr erfahren.

Weitaus ergiebiger war gewesen, dass sie inzwischen Tagebuch schrieb, akribisch, jede Kleinigkeit, mit Datum, Uhrzeit und selbst den Wetterbedingungen. Eigentlich sollte es sie nur beruhigen, ihre Gedanken sortieren helfen, aber inzwischen war dieses Tagebuch ihre wichtigste Quelle. Wieder und wieder las sie in ihren Aufzeichnungen, analysierte, stellte Hypothesen auf, versuchte Muster im Verhalten von Christiane und Bernhard zu erkennen. Und tatsächlich: Manchmal wusste sie schon im Voraus, was die beiden machen wollten.

Jetzt saß sie bereits seit dem frühen Morgen hier. Sie hatte erwartet, dass sich Christiane wenigstens mal zeigte. Die bewegte sich inzwischen mit einer Selbstverständlichkeit auf der Finca, die Ulrike mehr als verärgerte. Sie selbst gehörte da hin! Nicht diese Hamburgerin, die keine Vergangenheit zu haben schien. Bei diesem Gedanken stieg ihre Erregung immer bis ins Unermessliche. Sie kam sich wie eine Süchtige vor, die nicht von ihrer Droge lassen konnte. Nur, dass es hier nicht um einen Stoff ging, sondern um ihren Bernhard. Er hatte sie so tief verletzt, aber sie würde ihm alles verzeihen, wenn sie nur wieder bei ihm sein könnte. Sie brauchte ihn. Mit beiden Händen wischte Ulrike sich die Tränen aus dem Gesicht.

Sie schluckte mehrmals und starrte auf ihr Paradies da unten. Es regte sich mal wieder gar nichts. Klar, die Hunde liefen mal von einer Ecke zur anderen, hoben ihr Bein und machten sogar manchmal einen Haufen. Dann lagen sie wieder für Stunden an der einen oder anderen Stelle.

‚Was sind die faul! Mit den Pferden sieht es auch nicht besser aus.'

Die zottelten einsam hin und her. Aber das war es nicht, was sie sehen wollte! Und ihr Bernhard, wo blieb der? Ganz selten bekam sie ihn nur noch zu Gesicht. Die Zeit lief ihr davon. Sie konnte ihre Apotheke nicht ewig verpachten. Und Bernhard war sie die ganze Zeit über noch keinen Schritt näher gekommen.

Ulrike stand von ihrem Beobachtungsposten auf und reckte sich.

‚Ich werd' schon nichts verpassen, wenn ich jetzt eine kleine Wanderung unternehme.'

Fernglas, Getränke und ihren mitreißenden Schwedenkrimi *Tod in den Schären* packte sie in den Rucksack und verbarg ihn wenige Meter vom Weg entfernt in einem Busch. Dann machte sie sich auf den Weg in Richtung *El Contador.* Ob sie die zweieinhalb Stunden bis dorthin wirklich zurücklegen wollte, konnte sie noch nicht sagen. Je nach Lust würde sie vorzeitig den Rückweg antreten. Überprüfend sah sich Ulrike noch einmal nach ihrem Beobachtungsposten um. Sie hatte keine Spuren hinterlassen. Der Rucksack lag gut versteckt in einer Kuhle hinter ihrem großen Sitzstein. Zügig begann sie den Aufstieg in Richtung Contador.

Die Anstrengung erzeugte in ihr ein Gefühl der Befreiung, und sie stellte Überlegungen an, ihren Beobachtungsposten oberhalb der Finca ganz aufzugeben.

Zunehmend dachte sie darüber nach, ob es nicht andere Möglichkeiten gäbe, den Kontakt zu Bernhard wieder herzustellen. Oder Bernhard für immer ...

Aber sofort wusste sie, dass ihr das nicht gelingen würde. Sie gestand sich ein, dass sie tatsächlich wie eine Süchtige nach ihrer Droge Bernhard gierte. Reines Suchtverhalten, „das unabweisbare Verlangen nach einem bestimmten Erlebniszustand. Diesem Verlangen werden die Kräfte des Verstandes untergeordnet. Es beeinträchtigt die freie Entfaltung einer Persönlichkeit und beeinträchtigt die sozialen Chancen eines Individuums." Sie hatte es auf *Wikipedia* nachgelesen. Es stimmte. Alle Gefühle wie Liebe, Mitleid oder Freundschaft zählten nicht mehr. Sie wollte nur noch ihn. Selbst zu ihrer Freundin Leonore war sie auch auf Distanz gegangen. Sie sah in jedem Menschen nur die Möglichkeit, wie sie Nutzen aus ihm ziehen konnte, um Bernhard wieder an sich zu binden.

Während Ulrike in Gedanken vertieft ihren Anstieg verlangsamte, sog sie den Duft der Piniennadeln ein. Diese kanarischen Pinien waren ein Mirakel. Nach einem Waldbrand schossen neue Triebe aus den schwarz verkohlten Stämmen. Das Leben war ihnen wie durch ein Wunder erhalten geblieben. Im Gegensatz dazu verhielten sich die kanadischen Kiefern, die viel schneller wuchsen und eine Weile zum Aufforsten auf Teneriffa genommen worden waren, für diese Inseln als nicht tragbar. Bei einem Feuer verbrannten sie völlig, und es blieb eine zerstörte Vegetation zurück. Sie hatte sogar bei einer botanischen Wanderung gelernt, den leicht sichtbaren Unterschied zwischen diesen beiden Nadelbaumarten festzustellen: Bei der kanarischen Kiefer wuchsen drei lange Nadeln aus einer Stelle, während es bei der kanadischen nur zwei gab.

Der Duft des Harzes war für Ulrike so betörend, dass sie sich zu einer Pause entschloss. Sie wischte sich den Schweiß von der Stirn und genoss den Ausblick auf das Tal von Arico. Zum ersten Mal sah sie, dass sie auch von hier einen freien Blick auf Bernhards Finca hatte.

Sie kniff ihre Augen zusammen. Die Entfernung ließ sie nur ungenau erkennen, was da los war. Irgendetwas war anders. Dass ein Auto die Einfahrt zum Haus entlanggefahren war, konnte sie eindeutig feststellen. Aber warum bewegte sich eine Figur vom Haus weg und ging aufs geschlossene Tor zu? Zur gleichen Zeit fuhr das Auto viel zu schnell vor den Eingang der Höhle, der Fahrer sprang heraus und schleppte vier Mal einen schweren Gegenstand in das Innere. Dann sah Ulrike mit Erstaunen, dass diese Person auf die Fahrerseite rannte und das Auto rückwärts auf den überdachten Parkplatz von Christiane setzte.

‚Wahrscheinlich ist es sogar Christiane: Die Autofarbe scheint die gleiche zu sein wie die ihres Wagens …'

Aber sie verwarf diesen Gedanken wieder. Sie erlaubte sich keine Spekulationen. Kurz darauf kam die andere kleine Figur den Weg vom Tor zum Haus zurück. Beide verschwanden im Haus. Ulrike ärgerte sich, dass sie ihr Fernglas nicht mit auf ihren Abstecher genommen hatte. Da hätte sie alles genau sehen können und ihre Tagebucheintragungen würden endlich einmal Abweichungen von der Routine zeigen. Missgelaunt kehrte sie um. Trotzdem würde sie das alles aufschreiben, dann eben ohne Namensangabe.

Kaum näherte sie sich ihrem gewöhnlichen Aussichtspunkt, registrierte sie schon wieder Ungewohntes auf der Finca. Schnell zerrte sie ihr Fernglas aus dem Rucksack.

Christiane und Bernhard traten gemeinsam aus dem Haus. Von Weitem wirkten sie fröhlich und entspannt. Sie trugen nicht ihre üblichen kurzen Hosen, sondern hatten sich richtig fein herausgeputzt. Ulrike wusste, dass Bernhard sich gern schick anzog, wenn er ausging.

‚Was haben die beiden nur vor? Irgendwie scheint heut' alles anders zu sein. Das passt überhaupt nicht in das gewohnte Schema.'

So viele Aktivitäten hatte sie lange nicht beobachtet. Schade, dass sie für ihren Abstieg jetzt zu viel Zeit brauchte. Sie wäre den beiden gerne gefolgt. Sie wartete noch ab, bis sie die Finca verließen, dann machte sie sich auf den Weg zurück. Heute wollte sie in Candelaria mal richtig gut essen gehen.

Kurz vor Mitternacht betrat Ulrike wieder ihr Haus. Sie hatte nur Köstlichkeiten verspeist und dazu tatsächlich eine ganze Flasche Rotwein getrunken. Die Rechnung für dieses außergewöhnliche Mahl belief sich auf eine stattliche Summe, erschien ihr aber angemessen. Während sie durch das nächtlich stille Candelaria zu Fuß nach Hause ging, nahm sie sich vor, trotz der späten Stunde am nächsten Morgen früh aufzustehen.

‚Irgendwas Außergewöhnliches geschieht auf der Finca.'

KAPITEL XXXI

Bernhard und Christiane aßen in Tajao bei Enrique mit großem Genuss und fröhlich das köstliche Essen: *gambas al ajillo* mit Weißbrot, das sie immer wieder in das heiße, scharfe Öl tunkten, machten den Anfang. Dann wurde eine *sama a la espalda* mit extra viel Knoblauch serviert, begleitet von *papas arrugadas con mojo verde y mojo rojo.* Es schien so, als ob Bernhard wieder der Alte sei. Er klagte kein einziges Mal über Magenschmerzen. Ab und zu gähnte er. Schließlich drängte er zum Aufbruch.

„Oh Christiane, so ein schöner Abend!" Bernhard strahlte Christiane an.

„Noch einen kleinen Rotwein, bitte, dann zahlen wir und machen es uns zu Hause gemütlich." Sie sah Bernhard bettelnd an, winkte Enrique zu und deutete auf die leeren Gläser auf ihrem Tisch.

Mit der Flasche Rotwein in der Hand setzte sich Enrique zu ihnen. Sie waren die letzten Gäste. Christiane blickte ihn interessiert an.

„Tienes todavía tus podencos y sales con ellos de caza? La última vez que estuvimos aquí una hembra tuvo cachorros. Seis creo. Te los quedaste todos?"

Christiane wusste genau, welche Gespräche Enrique liebte. Die Jagd war sein Ein und Alles. Begeistert nahm er das Thema auf.

„No, me quedé solo con cuatro. Me los llevaré la próxima vez a cazar conejos para que los adultos les enseñen. Cuando son jóvenes y salen de caza en las montañas aprenden muchísimo."

„Was sagt er?", stupste Bernhard seine Christiane an.

Sofort übersetzte sie, dass sie nach seinen Hunden gefragt und er ihr gesagt habe, dass er nur zwei junge Hunde weggegeben hatte und die anderen jetzt mit den alten Hunden gemeinsam zur Jagd auf Kaninchen in die Wälder mitgenommen werden, um von denen zu lernen.

Das Gespräch drehte sich noch eine Weile um die Jagd, bis Enriques Frau Clara aus der Küche kam. Sie brachte Gläser und eine Flasche kanarischen Kräuterschnaps mit, setzte sich zu der fröhlichen Runde und schenkte jedem die kleinen Gläschen randvoll. Sofort war das Thema Jagd vergessen. Traurig berichtete Clara, dass ihre Mutter gerade verstorben war und wie lange sie sie pflegen musste.

Immer wieder streichelte Bernhard liebevoll Christianes Hand und wartete geduldig auf die Übersetzung. Er war stolz auf sie und bewunderte ihre Leichtigkeit beim Wechseln der Sprache. Er selbst hatte es aufgegeben, Spanisch zu lernen. Wozu hatte er denn Christiane?

Inzwischen waren sie bei dem Thema Gesundheit angelangt. Christiane sprach über Bernhards sportliche Laufbahn und dass er am nächsten Tag mal wieder allein eine lange Höhenwanderung unternehmen wollte.

Bernhard verfolgte das spanische Geplapper schon lange nicht mehr. Er hörte zwar seinen Namen, war aber inzwischen viel zu müde, um nach jedem Satz aus dem Gespräch nachzufragen.

Schließlich verabschiedeten sie sich herzlich von den Gastwirten und gingen eng umschlungen über den Parkplatz.

„Dass du das mit der Sprache so hinkriegst, ist einfach toll. Wenn ich dich nicht hätte!“ Bernhard nahm Christiane fest in den Arm und küsste sie.

Schmunzelnd guckten Enrique und Clara ihnen nach.

„*Que pareja tan encantadora y cariñosa. No es muy común entre alemanes.*“ Anerkennend drückte Enrique sein Erstaunen über dieses liebevolle deutsche Paar aus.

Obwohl es bei ihrer Ankunft auf der Finca schon lange Nacht war und die Sterne hell leuchteten, wollte Bernhard an diesem Abend nicht auf den Cocktail verzichten.

„Christiane, komm: Mach doch noch mal zum Ausklang des wunderschönen Abends mein Lieblingsgetränk!" Mit diesen Worten lehnte sich Bernhard entspannt auf der Hollywoodschaukel zurück und goss sich und Christiane Rotwein ein.

„Meinst du, dass das nach dem Rotwein noch gut ist?" Christiane sah ihn kritisch an.

„Na klar, mir geht es heute so gut wie lange nicht mehr. Und sei nicht zu geizig mit dem Campari oder dem Bitter Angostura!"

Ohne zu zögern, stand Christiane von der Hollywoodschaukel auf, streifte mit einem flüchtigen Kuss Bernhards Lippen und ging in die Küche. Sie lächelte.

Er sah ihr nach. Kurz erschien vor seinem inneren Auge die Batterie der Flaschen auf dem obersten Regal in der Küche. Er hatte nie darauf geachtet, was sie enthielten. Ihm sagten die Etiketten mit den seltsamen Namen gar nichts. Früher hatte er mal Whisky mit Eis getrunken. Von Mixgetränken hatte er keine Ahnung. Beim Gedanken an den Sundowner lief ihm schon das Wasser im Mund zusammen.

‚Wahrscheinlich trinke ich jetzt schon das vierte oder fünfte Glas Wein!', rechnete Bernhard nach. Angeheitert grinste er vor sich hin. ‚Das war ein schöner Tag gewesen.'

Christiane malträtierte währenddessen den Mörser. Heute wollte sie ein besonderes Getränk zubereiten.

„Puh, das ist aber ganz schön bitter!" Bernhard verzog den Mund. „Was hast du denn da zusammengemixt?"

„Du wolltest es heute Abend doch etwas stärker haben … Vielleicht ist ein bisschen viel vom Bitter-Angostura hineingeraten. Trink die Hälfte aus, dann gieße ich frischen Orangensaft nach. Ach ja, dann habe ich auch noch den Saft einer frischen Pampelmuse zugefügt. So viele bittere Sachen sind wahrscheinlich keine gute Idee gewesen."

Mit diesen Worten sprang sie auf, hastete in die Küche, griff eine Apfelsine und die Orangenpresse und war im Handumdrehen wieder bei Bernhard. Fürsorglich presste sie die pralle Apfelsine aus und schüttete Schluck für Schluck in Bernhards Cocktailglas nach.

Endlich hatte er ihre Spezialmischung komplett ausgetrunken.

„Mir dreht sich alles!" Bernhard griff neben sein Rotweinglas und stieß es um. „Komm, hilf mir ins Bett."

Christiane stützte ihn beim Aufstehen und leitete ihn Schritt für Schritt in Richtung Höhle.

„Wo willst du denn mit mir hin? Das ist nicht der richtige Weg!" Er sträubte sich mit nuschelnder Stimme. „Irgendetwas stimmt nicht." Er versuchte klar zu denken. ‚Was läuft bloß verkehrt?' Er konnte es einfach nicht erfassen. ‚Ich muss, nein, ich will … Aber was ist das? Nein! Warum gehorcht mein Körper nicht? Warum grinst Christiane? Oder bilde ich mir das jetzt ein?'

Er stolperte. Ein jäher Schmerz jagte durch seinen Fuß.

‚Die Tabletten in der Küche …'

Wehrlos wie ein kleines Kind war er, auch wenn er sich gegen sie stemmte. Erfolglos. Dann sackte er in sich zusammen.

„Nun komm, mach dich nicht so schwer!"

Christiane zerrte ihn über den nachtdunklen, rauen Kiesweg. Schmerzen wallten im Gleichklang mit seinem schwindenden Bewusstsein auf und ab. Dann wurde es dunkel um ihn.

KAPITEL XXXII

Endlich! Sie hatte es geschafft. Bernhard lag wie ein nasser Sack in der Höhle. Kurz horchte Christiane auf seinen flachen Atem. Dann verschloss sie die Spiegeltür. Die an den Seiten angebrachten Flügelschrauben zog sie fest an. Im Flur fuhr sie sich durchs Haar. Ihr Herz raste.

‚Oh Gott, was mache ich denn hier eigentlich? Noch kann ich …'

Ganz langsam wie in Zeitlupe bewegte sie ihren Kopf von rechts nach links, von links nach rechts.

‚Nein! Oder doch? Mensch, was soll ich denn jetzt tun? Meine Betrügereien … ja, aber hier? Warum ist Thomas denn nicht da? Ach, Thomas, ich vermisse dich so sehr! Du wusstest immer, was wir machen sollen.'

Der Alkohol und ihr schneller Atem ließen alles wie in Trance erscheinen, das Blut pochte hörbar in ihrem Kopf, ihre Bewegungen kamen ihr seltsam langsam und schwer vor. Selbst das Licht der Zimmerlampe schmerzte. Sie bewegte sich wie automatisch ins Schlafzimmer der Höhle, hob eine Propangasflasche auf die dafür vorgesehene Karre und setzte die dann vor der Spiegeltür ab. Es folgten die drei anderen. Langsam, mit geradezu zeitlupenartigen Bewegungen. Sie sah sich selbst zu und begann unwillkürlich aufzulachen. Dann zog sie mit zitternder Hand einen Gummischlauch über das Gasventil. Das andere Ende des Schlauches drückte sie flach und schob es zwischen Schwelle und Spiegeltür. Genauso verfuhr sie mit der nächsten Flasche. Den restlichen Zwischenraum verstopfte sie sorgfältig mit feuchten Lappen. Ihr Kopf pochte immer noch, als sie versuchte, an der Tür zu horchen. Von drinnen hörte sie keinen Laut.

Mit einem Mal wurde ihr kotzelend, ihr Magen spielte verrückt, sie stieß sauer auf und hatte plötzlich ein paar eklige Bröckchen des halb verdauten Fischs im Mund.

„Scheiße!"

Sie rannte ins Freie. Stolperte über Charly. Ein Schwall Erbrochenes ergoss sich in hohem Bogen in das Kakteenbeet. Schweißgebadet stützte sie sich am Stamm einer riesigen Yuccapalme ab.

„Verdammt! Ich kann das nicht!"

Sie hatte in Gedanken alles so oft durchgespielt. Was war nur mit ihr los?

Schließlich hastete sie zur Terrasse, nahm einen Schluck Wasser und spülte den ekligen Geschmack des Erbrochenen weg. Ein Knacken ließ sie aufschrecken. Sie sah sich um. Natürlich – es war nichts. Einfach nur die Spannung im Holz der Kiefern, die sich nach der Hitze des Tages entlud. Als würde sie beobachtet werden, schlich Christiane aufmerksam um sich blickend durch das kalte, helle Mondlicht zur Höhle zurück.

„Was sucht ihr denn hier?"

Verärgert sah Christiane Charly und Urmel vor der Höhlentür hocken.

„Haut ab! Ihr habt hier nichts zu suchen! Los, macht schon!"

Wie zwei Statuen versperrten die beiden den Eingang. Christiane griff Charly am Halsband. Ein tiefes Knurren entwich seiner Kehle. Erschrocken sprang sie zurück. Sie raufte sich die Haare. Die Hunde erlaubten ihr nicht mehr, die Höhle zu betreten! Zu allem Ärger begann Urmel jetzt auch noch wie ein Verrückter zu bellen, während Charly ihr immer aggressiver knurrend die Zähne zeigte.

„Das ist doch nicht … Futter!"

Sie drehte sich auf den Fersen um und rannte in die Küche, nahm eine Dose Hundefutter, öffnete sie mit einem leichten Klacken und füllte beide Näpfe bis zum Rand. Dann rannte sie wieder hinaus und näherte sich gurrend lockend damit den Hunden.

Urmel unterbrach sein Bellen und blickte ihr mit schräg gestelltem Kopf entgegen, während Charly weiter knurrte.

„Kommt, kommt!"

Nur zögernd bewegte sich Urmel auf sie zu. Langsam wich Christiane zurück. Schritt für Schritt näherte sie sich der Haustür. Kaum war sie im Haus, stellte sie den Fressnapf im Badezimmer ab und schlug die Tür von außen zu.

„Da bleibst du erst einmal, glaub ja nicht, dass du mich austricksen kannst."

Charly indes hatte sich inzwischen in voller Länge vor der Eingangstür der Höhle ausgestreckt. Ratlos blickte Christiane ihn an, ging in die Knie und beugte sich vorsichtig zu ihm herunter. Aufmerksam verfolgte der große Hund jede ihrer Bewegungen. Behutsam legte sie ihre Hand auf sein Fell und begann ihn zu kraulen. Kaum bewegte sie ihre Finger in Richtung Halsband hob Charly seinen Kopf und stieß dabei einen kurzen Knurrlaut aus.

Frustriert gab Christiane auf. Sie fühlte sich plötzlich so hilflos. Es konnte doch nicht sein, dass dieser blöde Hund ihr alles vermasselte. Die Zeit lief ihr davon.

„Na warte! Mit Menschenfutter kriege ich dich!"

Sie rannte zurück in die Küche, nahm alle Reste der letzten Tage aus dem Kühlschrank. Sie häufte Nudeln und den übrig gebliebenen Schweinekrustenbraten des Vortages auf einen tiefen Teller. Dann goss sie noch ein bisschen Hühnerfrikassee, das sie sowieso nicht mehr essen wollte, darauf und schob die Matsche in die Mikrowelle, damit es besser roch. Nun stellte sie den gefüllten Teller auf den Tisch der Terrasse und klapperte mit dem Besteck.

Wie von Geisterhand erschien Charly aus dem Dunkel.

„So, du Gangster: Jetzt habe ich dich!"

Vorsichtig brachte sie den Teller auf die Höhe der Hundeschnauze. Schrittweise ging sie rückwärts in Richtung der

Tür. Willig folgte ihr Charly. Kaum stellte sie die Futtermischung kurz hinter der Tür im Flur auf den Boden, vergrub er seine schwarze Nase darin und schlabberte alles gierig in sich hinein.

Erleichtert schloss Christiane die Tür des Hauses. Beim Blick zur Uhr überlief sie eine Gänsehaut. Es war vierzehn Minuten nach vier. Der Mond stand schon weit im Westen. Ihr eigener Schatten im Mondlicht wuchs bizarr. Je weiter die volle, runde Scheibe sich dem Horizont näherte, desto länger wurde ihre Silhouette. Der Mond machte aus ihr einen Riesen. Mit der zunehmenden Größe ihrer Konturen wuchs ihre innere Kraft. Sie musste sich beeilen. Es würde bald dämmern.

Endlich konnte sie die Höhle betreten, die nicht mehr von den Hunden bewacht wurde. Da drang ein leises Kratzen und Scharren durch den Flur.

„Christiaaane!"

Sie wollte das nicht hören.

„Christiaaane!"

Mit beiden Händen hielt sie sich die Ohren zu. Eilig zerriss sie ein Tempotaschentuch und stopfte kleine, zerknüllte Tampons in ihre Ohren. Aber dieser lang gezogene, dumpfe Laut ihres Namens hatte sich in ihr festgesetzt.

Sekundenlang zögerte sie, doch dann …

KAPITEL XXXIII

„Wo bin ich?“

Bernhard krümmte sich auf dem kalten, rauen Boden. Alles drehte sich. Erst tastete er nach rechts, dann nach links. Nichts. Nur Dunkelheit, absolute Schwärze. Und diese feuchte Kälte!

„Christiane! Christiaaane!“

Verzweifelt formulierte er ihren Namen.

‚Wo bleibt sie nur? Ist das ein Traum? Nein, die Schmerzen in den Beinen, die muffige, feuchtkalte Luft. Nein!‘

Bruchstückhaft, wie einzeln geworfene Steinchen eines riesigen bröckelnden Felsens, kullerten nicht zusammenhängende Gedankensplitter durch seinen schmerzenden Kopf. Nichts konnte er richtig fassen. Bilder tauchten wie Blitze auf und zerrannen in einem dunklen Brausen. Orientierungslos versuchte er, auf alle viere zu kommen. Noch nicht ganz aufgerichtet, brach er wieder zusammen.

„Christiane! Christiane! *Christiaaane!*“

Seine Stimme nahm an Lautstärke zu. Dann blieb er minutenlang liegen.

„Christiane, bitte, hilf mir!“

Stille, nur Stille.

‚Wo bin ich nur? Warum antwortet Christiane nicht? Kann sie mich nicht hören? Was ist mit ihr? Um Himmels willen, Christiane, dir darf doch nichts passiert sein!‘, war er entsetzt. Seine Christiane! Tränen rannen aus seinen Augen. Unter Mühen hob er den Kopf vom Boden. Er musste zu ihr, ihr helfen.

Mit übermenschlicher Kraft robbte er Zentimeter um Zentimeter vorwärts. Da, ein Hindernis! Sein Kopf stieß gegen eine Wand. Vorsichtig betaste er die raue Fläche. Seine Knie schmerzten unerträglich. Da, ein leises grummelndes Geräusch! Wie aus weiter Ferne hörte er ein dumpfes Knurren. Natürlich, das war sein Charly!

Bernhard bewegte sich wie in Zeitlupe in die Richtung, aus der das Geräusch kam. Noch etwas weiter nach rechts. Tastend mühte er sich kriechend an der Wand entlang. Die Dunkelheit machte ihn hilflos. Verzweifelt legte er sich lang auf den Boden. Er musste Kräfte sammeln. Tief ein- und ausatmen. Das war ein Albtraum – nur dass er sich jetzt sicher war, dass es Realität war. Er musste die Gedankensplitter festhalten, sie sortieren: das Fischessen mit Christiane, der Sundowner, das von ihm umgestoßene Rotweinglas, der extrem bittere Geschmack; vor Tagen die Tabletten in der Küche; seine Adi, die er kaum noch reiten konnte; seine Müdigkeit, seine ständige Benommenheit; sein langer Schlaf auf der Bank vor dem Stall; seine Magenbeschwerden. Christiane. Die Hollywoodschaukel. Seine Müdigkeit, immer wieder seine Müdigkeit. Die Gedankenrudimente schwirrten ihm nur so durch den Kopf. Nichts konnte er festhalten. Verzweifelt schlug er sich an die Stirn, hämmerte schließlich mit dem Kopf auf den Boden. Schmerz breitete sich aus. Ohnmächtig brach er zusammen.

Er wusste nicht, wie lange er so dagelegen hatte. Er atmete schwer. Ein Geräusch riss ihn aus seiner Bewusstlosigkeit.

‚Die Höhlentür. Schon vor Wochen wollte ich sie ölen.‘

Langsam dämmerte es ihm: Er befand sich in der Höhle, in dem neuen Raum, natürlich, der ohne Licht. Aber hatte Christiane nicht von Strom gesprochen, den sie selbst verlegt hatte? Er musste einen Schalter finden.

Immer wieder von starkem Schwindel unterbrochen, richtete er sich unter Aufbietung seiner letzten Kräfte bis auf die Knie an der Wand auf. Plötzlich tastete er ins Leere, dann Holz.

‚Die Tür! Die mit dem verflixt großen Spiegel verkleidete Brettertür!‘

Er fühlte die Maserung des groben, fast rohen Holzes. Mit den Fingern versuchte er, kratzend einen Spalt zu tasten. Aussichtslos, nur Dunkelheit. Wo war denn nur der Lichtschalter? Er richtete sich auf. Laut polternd fiel er zur Seite.

‚Ich muss es schaffen …‘

Endlich stand er wackelig auf den Beinen. Systematisch tastete er neben dem Rahmen der Tür die Wand ab. Nach wenigen Versuchen berührte er den Schalter. Ein Druck, grell geblendet schloss er die Augen. Vorsichtig zwinkernd ließ er langsam Licht in seine Pupillen einsickern. Kaum zu glauben: Knapp einen Meter von ihm entfernt stand die Gefriertruhe, dieses Monster, das fast den ganzen Raum einnahm. Er hätte sich nur wenige Zentimeter zur anderen Seite bewegen müssen, dann wäre er auf sie gestoßen. Doch was hätte ihm das genützt?

Langsam sah er klarer. Er konnte es nur noch nicht erfassen, realisieren.

‚Nein, das darf nicht wahr sein!‘

Er wollte den Gedanken nicht zulassen.

„Christiane? Christiane, was soll das?“, brüllte er. ‚Da, ein leises Zischen – wie von einer Schlange!‘ „Gas!“, murmelte er ungläubig. „Nein! Nicht aufgeben!“, presste er zwischen seinen aufgebissenen Lippen hindurch. ‚Es gibt immer eine Lösung.‘

Er hatte plötzlich das Gefühl, hellwach zu sein, aber sein Körper wollte einfach nicht gehorchen. Es hämmerte hinter seiner Stirn. Schrille Melodien, sanfte Lieder. Wäre er ein Komponist, würde er die Kompositionen seines Lebens kreieren. Plötzlich streiften verrückt schreiende Elemente aus dem Stück *The Wall* seine Gehirnwindungen. Es war wie ein Schlüssel. Sein Überlebenswille erwachte, und die Wut auf Christiane gab ihm Kraft.

‚Ich muss die Gaszufuhr unterbrechen!‘

Noch im Aufstehen riss er an den Knöpfen seines Hemdes, das er extra für das romantische Fischessen in Tajao angezogen hatte, streifte es ab, beugte sich an der Tür hinunter. Das Zischen kam von hier. Deutlich spürte er den Zustrom faulig riechender Luft, nein: eintretenden Gases! Hektisch knüllte er sein Hemd zu einer Wurst zusammen und stopfte es in den schmalen, kaum erkennbaren Zwischenraum zwischen Tür und Boden. Das Zischen wurde schwächer. Erleichtert breitete sich eine wüstenähnliche Leere in ihm aus. Er war unendlich erschöpft.

‚Nur nicht einschlafen, nur nicht auf den Boden legen!'

Er torkelte auf die Tiefkühltruhe zu. Unter großer Anstrengung gelang es ihm, die Truhe zu besteigen. Er war in Sicherheit. Er hatte die Gaszufuhr unterbrochen. Bis hier hoch würde das Gas nicht kommen.

KAPITEL XXXIV

'Eigentlich müsste ich ein Stündchen schlafen, mich zumindest ausruhen.' Aber das funktionierte nicht. Christiane fand keine Ruhe. Stattdessen tigerte sie im Dämmerlicht nervös zwischen Höhle und der Terrasse des Hauses hin und her. 'Ich muss auf das Gas aufpassen. Die beiden anderen Flaschen müssen noch angeschlossen werden.'

Es war kurz nach sechs Uhr. Vom östlichen Horizont schossen die ersten Strahlen der Sonne wie scharfe Speerspitzen auf sie zu. Unruhig sah sie sich um. Das Gefühl, dass die Helligkeit alles aufdecken könnte, verstärkte sich von Minute zu Minute.

„So ein Quatsch, bilde dir nur ja nichts ein!"

Wütend schimpfte sie vor sich hin. Ihr Handy meldete sich, sie zuckte zusammen. Der Schreck zog wie ein scharfer Schmerz durch ihren Körper und ließ das Herz rasend schlagen. Sie riss das Telefon aus der Tasche.

'Nur der Wecker!'

Sie musste die nächsten Gasflaschen anschließen. Gehetzt lief sie auf die Höhlenwohnung zu, blieb stehen, sah sich um. Fast gehemmt öffnete sie die leicht quietschende Eingangstür. Stille. Sie hielt den Atem an. Kaum auszuhalten! Sie rannte ins Freie, sog tief die frische Luft ein und eilte, das Atmen erneut anhaltend, zur Spiegeltür zurück. Sie riss die Schläuche von den leeren Flaschen, presste ihren Schal vor die Nase, stülpte jetzt mit einer Hand nacheinander die beiden Schläuche auf die vollen Gasbehälter, drehte die Ventile auf und raste nach draußen in die grelle Helligkeit. Tief füllte sie ihre Lungen mit köstlicher, nach Orangenblüten duftender Luft. Erleichtert wischte sie sich den Schweiß von der

Stirn. Das war geschafft. Aber wie sollte sie nur die nächsten anderthalb Stunden hier auf dem Gelände aushalten?

Sie ging auf den Stall von Adi und Gigant zu.

‚Und die Pferde? Was soll ich denn bloß mit denen machen?' Daran hatte sie bisher keine Gedanken verschwendet. Vorsichtig tätschelte sie die warmen Nüstern der beiden. Immer wieder sah sie auf die digitale Zeitanzeige ihres Handys. Sie musste ihren Zeitplan einhalten. Davon hing das Gelingen ab.

Zurück auf der Terrasse setzte sie sich auf die Hollywoodschaukel und wippte immer schneller auf und ab. Sie hatte Hunger und Durst. Ein Kaffee schien in unerreichbarer Ferne zu liegen. Nachdem sie die Hunde im Haus eingesperrt hatte, weil sie sich immer in die Ferienwohnung drängen wollten, traute sie sich nicht mehr, sie dort rauszulassen. Zum wiederholten Male blieb ihr Blick an dem Höhleneingang hängen und streifte die mit geblümten Gardinen und Kunstblumen dekorierten Fenster. Sie wollte sich nicht vorstellen, was sich hinter dieser Fassade abspielte. Sie wandte ihren Kopf zur Seite. Sprang auf. Wie ein Raubtier im Käfig lief sie an der Begrenzung der Terrasse auf und ab. Wieder blickte sie zur Uhr.

‚Noch Zeit.'

Sie verließ die Terrasse. Mit abgewandtem Blick eilte sie an der Höhlenwohnung vorbei. Sie wollte zur Grotte oberhalb des Barranco. Hier stand immer eine Flasche Wasser. Als sie die Wasserflasche fand, zitterte beim Füllen des Glases ihre Hand so stark, dass ein Teil des Wassers überschwappte. Schnell stellte sie die Flasche ab und presste ihre Fäuste auf die Oberschenkel. Sie musste das Zittern abstellen.

Sie schloss die Augen, zwang sich, langsam und tief zu atmen. Wenig später kam eine betäubende Ruhe über sie. Sie spürte eine leichte Traurigkeit. Erstaunt nahm sie dieses Gefühl wahr. Damit hatte sie nicht gerechnet.

‚Was soll das? Jetzt keine emotionalen Eskapaden!'

Verärgert lief sie wieder zum Haus.

Nach mehrfachen Wiederholungen ihres Rundlaufs sah sie fast erleichtert zur Uhr. Jetzt konnte sie wieder aktiv werden und ihrem Plan folgen. Da konnte sie sich keine Sentimentalitäten leisten. Den minutiös geplanten Ablauf musste sie einhalten. Vorsichtig öffnete sie die Tür zum Haus, wo sie vor Stunden die Hunde eingesperrt hatte. Schon stürmte Charly an ihr vorbei, riss sie fast um, hob schnell das Bein am Zitronenbaum und schmiss sich dann vor die Tür der Höhlenwohnung, die Schnauze auf den Eingang gerichtet. Nicht viel anders verhielt sich Urmel, der noch zusätzlich in den höchsten Tönen jiffelte. Sie kümmerte sich nicht um die Hunde. Sie nahm Bernhards dickes Schlüsselbund. Vom Garderobenständer griff sie seine Jockey-Mütze, presste ihr fülliges Haar mit Mühe unter die Kappe und zerrte solange, bis sie nicht mehr vom Kopf rutschen konnte. Dann warf sie noch einen Blick auf die Höhle mit den beiden Hunden davor. Sie zog sich Handschuhe an und stieg in Bernhards Auto. Bevor sie es anließ, überprüfte sie sein Handy. Es war geladen.

„Genug Saft, ja, und auch angestellt."

Zufrieden nickte sie. Ihr eigenes Handy hatte sie auf dem Terrassentisch liegen gelassen. Dann verließ sie die Finca.

Durch den schrillen Ton ihres Weckers geweckt, war Ulrike bereits seit fünf Uhr an diesem Morgen in Candelaria auf den Beinen. Sie war erpicht darauf, was der heutige Tag bringen würde: Sie wollte die Finca *Vista Teide* nicht aus den Augen lassen, denn irgendetwas ging da vor sich. Dabei hatte sie vor wenigen Tagen ja sogar mit dem Gedanken gespielt, das Beobachten dort aufzugeben. Es war so langweilig geworden! Jetzt aber: Gut gelaunt musste Ulrike vor sich hin lachen. Vielleicht gelang es ihr ja heute schon. Zum ersten Mal seit langer Zeit sah sie dem Tag mit Spannung entgegen. Heute musste etwas passieren. Sie konnte sich nur nicht vorstellen, was. Das machte es umso spannender. Das frühe Aufstehen störte sie trotz der Zecherei am Vorabend nicht. Der Tag würde wunderschön werden. Es war hier auf Meereshöhe schon so warm, dass sie leicht bekleidet auf ihrer Dachterrasse saß und in der Dunkelheit ihren Tee schlürfte. Gut gelaunt, mit ihrem Tagebuch bewaffnet, machte sie sich so früh wie noch nie auf den Weg zur Finca. Es dämmerte gerade erst.

Candelaria lag noch im Schlaf. Es begegneten ihr kaum Autos. Da fiel ihr ein, dass es Sonntag war.

„Früher wäre ich an einem Sonntag nie so früh unterwegs gewesen!“, lachte sie leise vor sich hin. Da schlief sie normalerweise lange und huschte dann wieder mit einem Becher Tee ins Bett, um stundenlang zu lesen. Diese Tradition hatte sie auf Teneriffa völlig aufgegeben. Meist war das Wetter zu schön, da musste sie raus in die Sonne, und dann hatte sie ja auch schon einmal etwas von seniler Bettflucht gehört. „Vielleicht habe ich das Alter dafür schon erreicht“, knurrte sie humorvoll vor sich hin.

Wenig später erreichte Ulrike La Sabinita. Auch hier strahlte alles sonntägliche Ruhe aus. Sie kannte den Weg inzwischen in- und auswendig.

Plötzlich schoss in der engen, scharfen Kurve ein Auto direkt auf sie zu! Sie machte eine Vollbremsung, die Autos kamen Stoßstange an Stoßstange zum Stehen.

„Was soll das denn, du Idiot!“, brüllte Ulrike. Dann traute sie ihren Augen nicht: Es war Bernhards Auto. „Verflixt!“

Christiane riss Bernhards Kappe vom Kopf. Mit zitternden Knien stieg sie vor Ulrikes Wagen aus, die verblüfft ihren Kopf aus dem offenen Seitenfenster stecke.

„Was machst du denn hier? Ich dachte, du bist in Deutschland. Wolltest du nicht erst nächste Woche wieder zurück nach Teneriffa kommen?“, entgeistert trat sie auf Ulrikes kleinen Seat zu.

Beide Frauen starrten sich sekundenlang an.

Ulrike, genauso erschrocken, fasste sich als Erste.

„Das war ja knapp! – Bin erst seit gestern wieder hier. Hätte dich nachher auch angerufen, aber erst einmal wollte ich in dieser Region wandern gehen. Und? Was machst du schon so früh am Morgen? Du stehst doch sonst nicht gern früh auf."

Christiane wand sich wie ein Aal.

„Ich, ich, ich gehe ab und zu sehr gern schon bei Tagesanbruch schwimmen", stotterte sie verlegen und spürte, wie sie rot wurde.

„Mensch, davon wusste ich ja noch gar nichts. Dann können wir das ja mal gemeinsam machen! Schade, dass ich mein Badezeug nicht bei mir habe. Du siehst, ich bin heute nur auf Wandern eingestellt." Demonstrativ blickte Ulrike an sich herunter. Zur Bestätigung griff sie noch nach rechts und hob ihre Wanderschuhe vom Beifahrersitz Christiane entgegen. Ein arglistiger Zug spielte um Ulrikes Lippen. Sie spürte, dass sie Christiane bei einer Lüge erwischt hatte. Das würde sie zu nutzen wissen.

„Na, gut, dann jedem heute das Seine. Lass uns später mal telefonieren." Scheinbar gelassen reagierte Christiane und ging zu Bernhards Auto zurück. Sie setzte sich hinein, startete aber nicht den Motor. Als Ulrike ihren Wagen an dem Engpass der Straße und an Bernhards Auto vorbeilavierte, winkte sie kurz.

Ulrike winkte zurück und setzte nachdenklich ihre Fahrt fort. Sie kannte den Tagesablauf der beiden zu gut. Es war offensichtlich, dass Christiane gelogen hatte. Und warum fuhr sie nicht ihr eigenes Auto? Und das schlechte Gewissen, nein, sogar Furcht war ihr deutlich anzusehen gewesen! Ein Siegerlächeln breitete sich auf Ulrikes Gesicht aus. Jetzt hatte sie etwas gegen Christiane in der Hand.

„Mist, Mist, Mist!!!"

Christiane konnte sich kaum beruhigen.

‚Warum muss Ulrike auch gerade heute hier so früh zum Wandern gehen! Jetzt nützt Bernhard Kappe auch nicht mehr als Verkleidung.'

Ihr Kopf dröhnte, die Gedanken rasten, sie ging alle Szenarien durch … Konnte Ulrike etwas gemerkt haben? Was machte sie hier überhaupt? Eigentlich dürfte sie nicht wissen, wo sie mit Bernhard wohnte. Als sie vor Längerem Ulrike eingeladen hatte, mit ihr mal auf die Finca zu kommen, um Bernhard kennenzulernen, hatte sie so harsch abgelehnt, dass Christiane ihr vor Schreck nicht einmal die Adresse mitteilen konnte. Da ging Christiane auf, dass Ulrike nicht erstaunt gewesen war, sie hier zu treffen …

Christiane fasste sich langsam, ließ das Auto an und sagte sich, dass die neue Situation kein Drama sein musste. Sie fühlte sich mit einem Mal stark und überlegen, beschleunigte den Wagen. Bei El Porís de Abona nahm sie die Autobahnauffahrt Nummer 39 in Richtung Santa Cruz. Nach knapp zehn Minuten verließ sie die Autobahn in Richtung Arafo. Als sie in Arafo an der letzten Tankstelle vor dem Teide vorbeifuhr, blickte sie noch schnell auf die Benzinanzeige. Ja, der Tank war gefüllt. Auf der noch ruhigen Straße zum Teide, der TF 523, drosselte sie ihre Geschwindigkeit und achtete darauf, die Kurven gut auszufahren. Vor nicht allzu langer Zeit wäre sie fast mit einem Motorrad kollidiert. Sie hoffte, dass die verrückten Motorradfahrer heute noch etwas länger schliefen.

Mit Genugtuung merkte sie, dass sie minutenlang nicht an Bernhard gedacht hatte.

Im Vorbeifahren betrachtete sie den orangefarbenen Kalifornischen Mohn, der gerade seine Blütenblätter öffnete und sich der Sonne entgegenstreckte. Wenn es regnete oder eine dunkle Wolke das Sonnenlicht nicht durchließ, verschlossen sich die Blüten, und diese hübschen Farbtupfer schrumpften auf Erbsengröße.

Bei Kilometer zwölf musste sie unfreiwillig anhalten: Eine Ziegenherde kreuzte die Straße. Sie erinnerte sich, dass sie bei ihrem ersten Ausflug zum Teide mit Bernhard auch diesen Weg genommen hatten. Dabei war ihr ein Straßenschild aufgefallen, das einen springenden Hirsch abbildete. Ungläubig hatte sie es betrachtet und sich gewundert, dass es hier Wildwechsel geben sollte, wusste sie doch, dass es kaum größere Wildtiere als Kaninchen gab. Natürlich hatte sie schon vom Muffelwild gehört, das vor Jahrzehnten auf Teneriffa ausgesetzt worden war. Diese Wildtiere waren aber so scheu, dass sie nie in die Nähe von Straßen kamen. Sie hielten sich nur in abgelegenen Gebieten auf. All das ging ihr durch den Kopf, während sie die Ziegenherde betrachtete. Jetzt erschien auch der alte Ziegenhirt mit seinem Stock, begleitet von seinen zwei großen Hunden. Auf Pfiff trieben sie die Ziegen zu schnellerem Tempo an, und alle verschwanden hinter der Leitplanke den Berg hinunter.

Wenige Minuten später erreichte sie die TF-24. Christiane bog an der Kreuzung zügig nach links und freute sich, dass sie bisher noch kein anderes Auto gesehen hatte. Vor ihr stieg der Teide wie ein riesiges Monument auf. Der Blick auf diesen höchsten Berg Spaniens hatte sie jedes Mal verzaubert. Jetzt nicht. Ihre Augen schweiften über das grüne Orotavatal bis zur Küstenlinie. Dort erahnte sie die von César Manrique gestaltete Badelandschaft in Puerto de La Cruz direkt am Atlantik. Fast vergaß sie für einen Augenblick den Zweck ihrer morgendlichen Fahrt. Aber dann musste sie doch wieder an das unerwartete Treffen mit Ulrike denken, und das beunruhigte sie mehr, als sie wahrhaben wollte.

Als sie bei El Portillo ankam, sah sie nur wenige Autos parken. Ein, zwei Stunden später würde es hier nur so vor Leuten, Motorrädern und Bussen wimmeln. Hinter der Kreuzung *El Portillo* fuhr sie nach links bis zum Besucherzentrum und blickte sich zufrieden um. Auch hier standen nur wenige Autos. Geschickt parkte sie Bernhards Wagen zwischen einen kleinen roten Golf und einen großen weißen Toyota. So stand sie in einer Reihe mit den Autos der frühen Wanderer.

Erleichtert betrat sie den Wanderweg Nummer 1 in Richtung der Fortaleza. Sie musste jetzt Zeit totschlagen. Nach wenigen Metern zückte sie Bernhards Handy, blickte auf das Display und überprüfte den Empfang. Alles stimmte. Mit dem Rücken stellte sie sich zur Sonne, suchte die Nummer ihrer Finca und tippte auf die Kurzwahltaste. Nach dem sechsten Klingeln sprang der Anrufbeantworter im Haus an. Sie wartete die Ansage ab, zählte lautlos bis drei und drückte hastig auf die Abbruchtaste. Dann wählte sie erneut. Diesmal ihre eigene Handynummer. Wie erwartet, gab es keine Verbindung, auch hier meldete sich die Mailbox. Sofort legte sie auf. Bernhard hasste es, auf diese Quatschapparate zu sprechen. Das machte sie sich jetzt zunutze. Schnell tippte sie eine SMS von seinem Handy für ihr Handy ein.

Guten Morgen Liebling. Wollte dich vorhin nicht wecken. Bin jetzt am Start zu meiner Wanderung. Bis heute Abend. Dicken Kuss Bernhard.

Sie drückte auf die Taste „senden“.

‚Das müsste geklappt haben!‘

Fröstelnd schob sie Bernhards Handy in ihre Jackentasche, wand den Schal bis über den Mund und zog sich eine unförmige Strickmütze tief über die Stirn. Über ihren bunten, dicken Wollpullover hatte sie sich eine Windjacke gezogen. Ihre Jeans vervollständigte die unauffällige Kleidung. Dann stapfte sie los. Die Schönheit um sich herum nahm sie nicht wahr, auch der Blick zum Teide konnte sie von ihren Gedanken nicht mehr ablenken. Immer wieder fragte sie sich, was sich jetzt in der Höhlenwohnung wohl abspielte. Eigentlich hätte er schon lange tot sein müssen, aber sicher war sie sich nicht. Eine unerklärliche Angst beschlich sie. Das seltsame Zusammentreffen mit Ulrike irritierte sie immer mehr. Und jetzt hier nichtsnutzig herumzulaufen, machte sie nervös.

‚Na ja, unnütz ist es nicht', wie sie sich wieder ihren Plan in Erinnerung rief, ‚aber ganz schön an den Nerven zehrend.'

Sie schritt schneller aus. In der Wanderinformation war der Weg als „leicht" gekennzeichnet, aber die ungewohnte Höhenluft ließ sie kurzatmig werden.

Eine Stunde später erreichte sie ihr Ziel. Die Fortaleza erschien urplötzlich direkt nach einer kleinen Anhöhe vor ihr. Dieses gigantische Bergmassiv ragte aus einer gelbsandigen Ebene in den Himmel. Die noch schräg stehende Sonne beleuchtete das rötliche Gestein, das in Farbschattierungen von hellem Orangerot bis zu einem dunklen Weinrot erstrahlte. Zwei Falken schwebten nahe der Felskante in den Aufwinden, blieben dann rüttelnd in der Luft stehen. Große, in Rot blühende *tajinasten* wuchsen am Fuß der Erhebung. Die Natur zeigte sich von ihrer schönsten Seite.

Christiane hatte dafür kein Auge. Schnell brachte sie den letzten Anstieg zu der kleinen Kapelle auf dem Kamm der Fortaleza hinter sich. Sie schaute sich um. Auch hier noch keine Menschenseele. Sie griff Bernhards Handy und entnahm den Akku. Noch ein kurzer Blick: In der Ferne erschien eine erste Wandergruppe. Weit holte sie mit der Rechten aus und schleuderte das Handy in den Abgrund. Leise polternd machte es einige Hopser, dann war es verschwunden.

Jetzt musste sie zurück zur Finca.

Auf dem Wanderweg kamen ihr inzwischen viele Menschen entgegen. Ohne Verzögerung erreichte sie ihren Ausgangspunkt bei der Information. Sie sah auf ihre alte Armbanduhr mit dem roten Lederarmband. Ein Geschenk von Thomas vor langer Zeit. Sie hatte sie seit einer Ewigkeit nicht mehr getragen. Noch musste sie sich 26 Minuten unauffällig in der Nähe des Portillos herumdrücken, um den Bus zu nehmen. Ihr Handy lag friedlich auf der Finca. Niemand durfte wissen, dass sie heute am Vormittag in den Cañadas gewesen war. Sie schlenderte im botanischen Garten neben der Information herum und blickte auf die Beschriftungen der meist endemischen Pflanzen. Sie bildete sich ein, dass sie dadurch wie eine an der Flora Teneriffas interessierte Botanikerin wirken würde. Dabei tobte es in ihrem Inneren vor Anspannung. Trotzdem war sie sicher, dass kein Fremder Rückschlüsse auf ihre Tätigkeiten Stunden zuvor schließen konnte.

Wieder beruhigt, entschied sie sich, mit einem Kaffee ihre Nervosität aus den Knochen zu vertreiben. Wer sollte sie hier auch schon erkennen?

„Un cortado natural con sacarina, por favor!“, bestellte sie an dem halbdunklen Tresen im Restaurant am El Portillo. Ihre Sonnenbrille behielt sie auf.

Die Bedienung hinter dem Tresen sah sie kaum an.

Mit dem Kaffee in der Hand ging Christiane nach draußen in die jetzt schon senkrecht stehende gleißende Sonne. Erschrocken sah sie, dass der Bus gerade um die Ecke bog. Schnell schlürfte sie einen großen Schluck des heißen Getränks, stellte die Tasse auf den nächstbesten Tisch, lief über die Straße und sprang in den Bus. Hier fummelte sie hektisch in ihrer Tasche herum, um die Bonuskarte herauszuholen. Mit diesem Mehrfahrtenticket konnte man viel günstiger fahren, als wenn man jedes Mal extra eine Fahrkarte löste. In solchen Dingen hatte sie sich mit Bernhard bestens verstanden.

Nervös setzte sie sich im hinteren Teil des fast leeren Busses nach Puerto de la Cruz auf einen Fensterplatz. So untätig, überfielen sie die Gedanken an Bernhard mit Macht.

‚Habe ich alles richtig gemacht? Wenn was in der Zwischenzeit passiert ist! – Aber was denn? Du machst dich nur verrückt, Christiane! Hoffentlich ist niemand zur Finca gekommen und hat festgestellt, dass ich nicht da war … Und Bernhards Auto: Ich hatte es ja oft benutzt – und dass mit den Handschuhen heute, ja, das war sehr gut! Meine Fingerabdrücke werden seine nicht überlagern. Aber Ulli, das mit Ulli hätte nicht sein dürfen. Was wollte sie nur dort?'

Unruhig betrachtete Christiane die anderen Mitfahrer. Gleich vorn in der ersten Reihe saß ein blondes Pärchen mit leichten T-Shirts, kurzen Hosen und Gesundheitssandalen. Das war ihr gleich beim Einsteigen aufgefallen. Trotz ihrer Eile hatte sie die grobe Gänsehaut auf den Beinen der beiden mit einer gewissen Befriedigung registriert.

‚Wie kann man nur so dumm sein, in den Bergen mit Strandsachen aufzutauchen? Kein Wunder, dass die beiden so schnell wie möglich wieder in die Wärme wollen.'

Dann war da noch ein zweites Pärchen: Er mit einem gezwirbelten Schnauzbart und einem Safarihut – albern, fand Christiane. Seine Begleiterin hatte weißgraues, halblanges Haar, das unter einer Baseballkappe hervorlugte. Beide schienen Rentner zu sein und sich schon lange zu kennen. Ab und zu wandte sich die Frau mit einer Anmerkung an ihn. Er schien nichts wahrzunehmen und reagierte nicht. Stumpfsinnig guckte er vor sich hin und war nach kurzer Zeit eingeschlafen.

‚Das kann mir mit Bernhard nicht mehr passieren', dachte sie. Ein kurzes Grinsen zuckte über ihren Mund.

An der Bushaltestelle in Aguamansa stieg eine Horde spanischer Jugendlicher laut lachend in den Bus. Aus den Wortfetzen schloss Christiane, dass sie eine Zweitageswanderung hinter sich hatten. Als Abschluss hatten sie sich noch die Forellenfarm in Aguamansa angesehen. Dort durften sie die dicken Forellen mit Weißbrotresten füttern. Nun ging es für sie wieder zurück nach Santa Cruz.

Ihre Gedanken schweiften wieder zu Bernhard.

‚Ob er es jetzt überstanden hat?'

Wieder erfasste sie die starke Unruhe, die heute mehrfach wellenförmig aufgetaucht war. Jetzt spürte sie den Zwang, so schnell wie möglich zur Finca zurückzukehren.

Als der Bus in Puerto de la Cruz alle Mitreisenden ausspuckte, entschied sie sich, für die nächste Etappe nach La Laguna ein Taxi zu nehmen. Sie stieg in den ersten der wartenden Wagen. Das Taxameter wurde angestellt, und sie lehnte sich auf der Rückbank zurück. Dem Fahrer machte sie deutlich, dass sie an keinem Gespräch interessiert sei. Daraufhin legte er eine CD mit südamerikanischer Panflötenmusik ein und stellte die Lautstärke so hoch, dass sowieso jedes Gespräch unmöglich gewesen wäre. Ab und zu streifte er sie mit einem Blick durch den Rückspiegel.

In La Laguna wechselte sie wieder ihr Transportmittel. Diesmal nahm sie die erst seit wenigen Jahren existierende Straßenbahn nach Santa Cruz. Sie war erstaunt, wie voll sie war. Zwar hatte sie schon gelesen, dass die Bevölkerung diese Bahn sehr gut annahm, aber auf so einen Ansturm war sie nicht vorbereitet. Mit Mühe ergatterte sie einen Sitzplatz. Inzwischen hatte sich der Himmel bedeckt und, wie hier oben in La Laguna fast immer, sprühte leichter Regen aus den fast schwarzen Wolken.

Am Busbahnhof in Santa Cruz bestieg sie den Bus nach Candelaria, wo sie ihr eigenes Auto tags zuvor hatte stehen lassen. Bernhard hatte das gar nicht gefallen. Als sie ihm vorlog, dass sie mit ihren Freundinnen beim Eisessen noch zwei große Cognacs getrunken hatte, schüttelte er nur den Kopf. So kannte er Christiane nicht. Sonst machte es ihr nichts aus, selbst nach einer vollen Flasche Rotwein noch das Steuer zu übernehmen. Das war bereits Anlass zu Streit gewesen. Seinen Wunsch, das Auto noch am gleichen Tag wieder zurück auf die Finca zu holen, hatte Christiane so lange hinausgezögert, dass es nicht mehr möglich gewesen war. Zähneknirschend hatte er sich gefügt.

Christiane stieg aus dem Bus und eilte zu ihrem Wagen. Aufgeregt fuhr sie zur Finca.

Als Antonio ihr mit seiner *camioneta* auf der Straße entgegenkam und fröhlich winkte, zuckte sie erschrocken zusammen. Nur mit Mühe gelang es ihr, ein fröhliches Gesicht aufzusetzen und die Hand zu einem schnellen Gruß zu heben.

Gott sei Dank hatte sie Bernhards Jockeykappe schon lange vorher auf dem Wanderweg weggeworfen. Sollte sie gefunden werden, konnte sie bestätigen, dass es Bernhards Kappe war, ohne die er niemals sein Haus verließ.

Kurz darauf öffnete Christiane das Tor zur Finca. Sie blickte auf ihre Armbanduhr. Es war 3:15 nachmittags. Idyllisch lag die Finca im Sonnenschein. Im Gegensatz zu La Laguna entdeckte sie kein Wölkchen. Alles schien unverändert. Beim Passieren der Sicherheitsschleuse, über deren Existenz sie zum ersten Mal richtig froh war, fiel ihr auf, dass die beiden Hunde nicht laut und freudig bellend auf das Auto zuliefen. Sie hatte immer Angst gehabt, mal einen anzufahren. Bernhard hatte aber nur gelacht und die Klugheit seiner geschickten Hunde gepriesen. Jetzt erschreckte sie die Stille. Das fehlende Gebell machte ihr Angst. Vorsichtig, nach allen Seiten sich umsehend, fuhr sie im Schritttempo um die letzte Kurve vor dem Haus.

Charly und Urmel lagen wie vor Stunden zwei Statuen gleich vor der Höhle.

Das hatte sie nicht erwartet.

‚Was soll das? Ich hab' jetzt ganz was anderes zu tun, als mich um diese Mistköter zu kümmern!'

Der Ärger über die Hunde verdrängte ihre Aufregung. Schon wieder musste sie zu dem Trick mit dem Futter greifen. Nach wenigen Minuten aber hatte sie schon freie Bahn. Schnell überprüfte sie ihr zurückgelassenes Handy. Sie sah den nicht angenommenen Anruf, den sie von Bernhards Handy getätigt hatte, und war zufrieden. Dann öffnete sie die SMS, die sie gleich danach geschickt hatte, und freute sich über den Nachweis, dass Bernhard sich vom Wandern noch einmal gemeldet hatte.

‚Es hat geklappt!'

KAPITEL XXXV

Unentschlossen starrte Christiane die Tür der Höhlenwohnung an. Ihre Anspannung stieg. Plötzlich hatte sie es nicht mehr eilig.

„Nimm dich zusammen!“, rief sie sich zur Raison.

Energisch öffnete sie die Tür zur Höhlenwohnung. Ein fauliger Gasgeruch strömte ihr entgegen. Angewidert sprang zurück. Sie musste erst lüften. Ihr Zeitplan geriet weiter ins Wanken.

Sie hetzte zum Haus. Beim Öffnen der Tür entwischten ihr Charly und Urmel wieder. Wie durch ein Wunder rasten sie nicht in die offen stehende Tür der Höhle, sondern bremsten davor ab und wichen zurück. Urmel hatte jegliches Interesse an der Belagerung verloren und trollte davon. Charly dagegen ließ sich leise winselnd in angemessener Entfernung zur Höhle nieder. Seine Augen und Nase waren unvermindert auf den Eingang gerichtet.

Im Haus griff Christiane den Ventilator, brachte ihn zur Höhle und stellte ihn an. Den Atem anhaltend öffnete sie alle Türen und Fenster der Höhle und stürzte nach Luft ringend wieder nach draußen. Die Spiegeltür rührte sie nicht an.

Jetzt musste sie abwarten, bis sich das Gas verzogen hatte.

Die Verzögerungen machten sie nervös. Sie setzte sich in die Nähe von Charly. Ab und zu sah sie auf. Charly registrierte jede ihrer Bewegungen.

‚Was glotzt du so! Mistköter! – Oh, Gott, Christiane! Beruhige dich! Es geht alles gut. Alles gut.‘

Sie wartete noch zehn Minuten. Jetzt musste sie herausfinden, was mit Bernhard los war. Ihr Magen rebellierte. Schnell hockte sie sich hinter den roten Oleanderbusch. Sie hatte das Gefühl, dass die Därme sich nach außen stülpten. Leicht schwankend bewegte sie sich auf die Höhle zu. Immer noch nahm sie einen leicht modrigen Geruch wahr. Doch jetzt gab es kein Zurück mehr. Entschlossen zog sie die leeren Gasbehälter aus dem Flur in den Schlafraum. So als ob die Spiegeltür zum Abstellraum unter Strom stünde, näherten sich ihre Finger vorsichtig der oberen rechten Flügelschraube. Ein Stoß von hinten, sie fiel auf die Knie und konnte sich gerade noch an der Wand abstützen.

„Verflixter Hund, was soll das denn jetzt!“, blaffte sie Charly an. Schwanzwedelnd stand er neben ihr und blickte sie herausfordernd an. „Kannst du mich denn nicht in Ruhe lassen! Du schaufelst dir noch dein eigenes Grab. Wenn du so weitermachst, bist du als Nächstes dran!“ Resolut griff sie in sein Halsband, schleifte den verblüfften Hund in den nächsten Raum und knallte die Tür zu. „So, jetzt kannst du Theater machen, soviel du willst. Das mit dir werde ich nachher regeln.“

Die wiederholte Unterbrechung machte sie wütend. Jetzt gab es für sie keine Hemmungen mehr, die Spiegeltür zu öffnen. Das entweichende Gasgemisch raubte ihr für Sekunden die Luft, sie hielt krampfhaft den Atem an. Mit ihrem Halstuch bedeckte sie Mund und Nase.

Bernhard lag in Embryonalstellung auf dem Deckel der Tiefkühltruhe. Ein Arm hing zur Seite herab.

Vorsichtig näherte sie sich ihm. Sprungbereit tickte sie ihn kurz an. Keine Reaktion. Vorsichtig legte sie ihre Hand in seinen Nacken. Er fühlte sich kühl an. Mit Überwindung beugte sie sich über ihn und betrachtete das zur Wand gerichtete Gesicht. Die Augen waren halb geschlossen. Der Mund stand wie zu einem entsetzten Schrei weit offen. Es sah grässlich aus. Zitternd legte sie ihre Fingerspitzen auf die Halsschlagader. Kein Pulsieren, gar nichts. Eine erneute Schmerzwelle überflutete sie, stieg mit Macht nach oben in die Speiseröhre. Sie rannte raus. Hinter ihr ein dumpfes Poltern. Eklig sauer quoll es aus Mund und Nase und platschte auf den Weg. Ihre Beine waren von rötlich-braunen, stinkenden Spritzern übersät. Sie würgte. Tränen liefen ihr die Wangen herab. Sie war am Ende.

‚Ich darf jetzt nicht schlappmachen! Reiß dich zusammen, Christiane!'

Wieder betrat sie die Höhle. Mit verquollenen Augen blickte sie bestürzt auf die leere Kühltruhe. Dort hatte er eben doch noch gelegen! Entsetzen packte sie. Vorsichtig ging sie einen Schritt näher: Durch ihren Tränenschleier sah sie die Leiche Bernhards auf dem Boden. Er war von der Tiefkühltruhe gerutscht.

„Alles hat seine Richtigkeit", murmelte sie. „Ich habe es geschafft!"

Mit Interesse betrachtete sie den toten Körper. Gesicht, Hals und Nacken hatten sich nach dem Sturz nicht verändert. Der aufgesperrte Mund klagte sie weiterhin lautlos an. Der rechte Arm lag nun angewinkelt unter seinem Körper. Bernhards Leiche lag ausgestreckt vor ihr. Die Totenstarre fing an, sich auszubreiten. Sie musste sich beeilen. Sie hätte gern den offenstehenden Mund geschlossen, aber sein Gesicht konnte sie nicht anfassen. Sie schüttelte sich.

Mühsam drehte sie ihn auf den Rücken und öffnete den Knopf und den Reißverschluss der Hose. Um das Hemd musste sie sich nicht mehr kümmern. Zusammengeknüllt lag es neben der Tür.

Trotz aller Bemühungen sperrte sich sein ganzer Körper gegen das Entkleiden.

„Dann eben nicht!"

Verbissen holte sie eine Schere aus der Höhlenküche. Sie schnitt vom Hals über die Brust und den Bauch bis zum Schritt alles in einem Zuge durch. An seinem schlaffen Glied stoppte sie. Beinahe amüsiert betrachtete sie das verhutzelte kleine Etwas, mit dem sie nun nie wieder Kontakt haben musste. Sie wiederholte das Aufschneiden bei den Ärmeln und den Hosenbeinen. Nur die Strümpfe verschonte sie und zog sie einfach von den Füßen. Angewidert schmiss sie die Klamotten zum zusammengeknüllten Hemd. Ihr kurzes Stimmungshoch war wie eine Seifenblase zerplatzt. Jetzt war sie nur noch darauf bedacht, eine spätere Identifizierung der Leiche zu erschweren. Kurz dachte sie an das Herausbrechen der Zähne, aber das brachte sie nicht über sich. Angestrengt rollte sie eine Plastikplane in dem kleinen Raum aus. Die Leiche war verflixt schwer. Sie zog und zerrte. Endlich lag er auf der knisternden Plane. Sie nahm Maß. Er war zu lang. Sie musste ihn falten, bevor die Totenstarre einsetzte. Sie winkelte seine Beine an. Sofort fielen sie wieder in ihre alte Position. Sie nahm ein Paketband und fixierte sie. Jetzt lag er wie ein handliches Paket vor ihr. Wie einen Rollbraten umwickelte sie ihn mit der Plane und einem weiteren Band. Dann öffnete sie die Tiefkühltruhe. Schwaden eisiger Luft stiegen auf.

„Verflixt! Warum machst du dich jetzt noch so schwer? Das nützt doch nichts“, knurrte sie vor sich hin.

Erst nach mehreren Versuchen hatte sie die Leiche bis zur Öffnung des kalten Sarges hochgehievt. Vor Anstrengung zitternd, griff sie erneut das Seil, zog den Körper auf Hüfthöhe, ging in die Knie und presste ihn an die Außenwand der Truhe. Nun griff sie unter seinen Körper, stemmte ihn bis zur Öffnung. Ein Schubs, und mit einem Plumps verschwand er.

Erleichtert schloss sie den Deckel. Ihr strähniges, vom Schweiß nasses Haar hing ihr wirr um den Kopf. Plötzlich fröstelnd zog sie ihre Jacke fester um sich. Sie griff Bernhards Kleidung, stopfte sie in eine Plastiktüte von *Mercadona* und verließ rückwärtsgehend den Raum. Wie in Trance verschloss sie die Spiegeltür.

KAPITEL XXXVI

Taumelnd stand Christiane auf. Sie hatte sich auf dem Sofa nur ein wenig ausruhen wollen und war dann doch eingeschlafen. Quälende Albträume hatten sie heimgesucht. Aber irgendwas war wichtig gewesen. Sie konnte es verschwommen sehen, doch je mehr sie versuchte, es zu fassen, desto schneller entglitt es ihr.

Während sie sich im Bad frisch machte, murmelte sie die erinnerten Worte wie ein Mantra vor sich hin. Aber es nützte alles nichts.

Noch befangen vom Traum, fiel ihr erst in der Küche ein, dass sie jetzt dringend die Polizei über Bernhards Verschwinden informieren musste. Es war kurz vor sieben Uhr abends. Nervös lief sie nach draußen. Die Sonne näherte sich dem hochgelegenen Horizont über den Bergen. In knapp einer halben Stunde würden die ersten langen Schatten das Tal von Arico treffen. Der Traum ließ sie immer noch nicht los. Ihr Kopf war dumpf. Wie sollte sie in so einem Zustand mit der Polizei sprechen?

Ziellos strich sie über die Finca. Im großen Abstand, mal mehr seitlich oder auch hinter ihr, aber nie vor ihr, begleiteten sie Charly und Urmel.

Sie gab sich einen Ruck. Zuerst wollte sie Bernhards Bekannte informieren und dann erst die Polizei. Das erschien ihr die bessere Reihenfolge.

„Hallo Carlos, wie geht es?“ Christiane wusste, dass ohne diese Formel kein Spanier ein Telefongespräch begann. „Ist Bernhard nach seiner Wanderung vielleicht bei euch in der Bar zu einem Wein hereingeschneit?“ Lauernd wartete sie auf eine Antwort.

„Nein, er war den ganzen Tag über noch nicht hier, aber ich kann ja noch Carmen fragen." Eine Weile blieb es ruhig in der Leitung. „Hörst du, Christiane? Auch Carmen hat ihn heute noch nicht gesehen." Carlos schien erstaunt über Christianes Frage.

„Ach Carlos, irgendetwas stimmt nicht." Christiane schluchzte laut auf. „Heute früh ist er zu einer Wanderung aufgebrochen. Oh Carlos, es ist ja alles so schrecklich, ich glaube, es ist etwas passiert."

„Beruhige dich doch erst mal, was ist denn los?"

Unter Mühe konnte sie am Telefon vermitteln, dass Bernhard von seiner Wanderung noch nicht zurückgekommen sei. Sofort versprach Carlos, mit Carmen zu ihr zu kommen, um gemeinsam zu überlegen, was zu tun sei.

Nachdem das Gespräch so gut verlaufen war, telefonierte Christiane mit ähnlichem Wortlaut, begleitet von lauten Schluchzern, mit den wenigen Bekannten, die sie hatten. Alle wollten sofort kommen, um zu beraten, wie man vorgehen und bei der Suche nach Bernhard helfen könnte.

Wenig später trafen Esther und Manuel als Erste ein.

„Erzähl noch mal, was genau passiert ist", forderte Manuel sie auf.

„Heute früh, so gegen sieben Uhr, ist Bernhard mit seinem Auto losgefahren. Er wollte eine lange Wanderung unternehmen. Ich hatte ihm abends Butterbrote geschmiert. Als er aufbrach, schlief ich noch. Natürlich trug er seine Wanderschuhe und hatte seine dicke Windjacke dabei. Und jetzt, jetzt ist er einfach noch nicht zurück." Wieder heulte Christiane laut los. „Ich kann das nicht verstehen, er ist doch so zuverlässig. Wenn er sich verspätet, ruft er immer an." Christiane nahm ein Taschentuch, schnäuzte laut hinein und rieb sich die roten, verweinten Augen.

Tröstend nahm Esther sie in den Arm.

„Es wird schon alles gut werden, mach dir keine Sorgen. Wahrscheinlich kann er dich nicht erreichen."

„Trotzdem sollten wir jetzt die Polizei informieren. Vielleicht wissen die ja etwas", setzte Manuel ernst hinzu.

Bernhards wenige Bekannte standen hilflos herum. Es erschien niemandem ratsam, bei der hereinbrechenden Dunkelheit ziellos mit einer Suche zu beginnen.

„Weißt du, in welcher Gegend er wandern wollte?" Carlos fing sich als Erster. Als junger Mann hatte er beim *medioambiente* viel Zeit in den Bergen verbracht.

Christiane schüttelte stumm den Kopf.

Wenig später trafen eine zierliche, rothaarige Polizistin und ein etwas älterer, leicht korpulenter Kollege ein. Kaum hatten sie die Tür ihres Polizeiwagens geöffnet, redeten alle durcheinander.

„Nun erst einmal ganz ruhig. Worum geht es hier eigentlich?"

Gelassen schaute sich der mollige Polizist um. Sein Blick blieb an Christiane haften. Ängstlich machte sie einen Schritt auf ihn zu.

„Können wir uns irgendwo ungestört unterhalten? Ich heiße Claudio und meine Kollegin heißt Magda."

Beklommen führte Christiane die Polizisten ins Wohnzimmer. Vorsichtig ließen sich die beiden Beamten auf der Kante der eleganten Ledersessel nieder. Sie selbst setzte sich aufs Sofa, sprang wieder auf, lief zur Küche und holte Gläser und Wasser. Sie brauchte Luft, um sich die spanischen Worte zurechtzulegen.

Nach wenigen Minuten konnten die Polizisten sich zusammenzureimen, worum es ging. Christiane hatte ihren Bericht über Bernhard inzwischen so oft wiederholt, dass ihr alles flüssig über die Lippen kam. Wie schon bei den Telefonaten unterbrach sie ihren Redefluss mit tiefen Schluchzern. Sie musste sich kaum noch Mühe geben, dass ihre Tränen rannen. Sie war in der Rolle, glaubte beinahe selbst an das, was sie sagte.

„Und immer mal wieder wollte er allein in den Bergen wandern. Das Schlimme ist, dass er vorher nie sagte, wohin er fahren wollte. Er entschied sich erst unterwegs. Er wollte das vom Aussehen der Wolken abhängig machen. Das war normal bei ihm. Vor Einbruch der Dämmerung war er aber immer zurück."

„Machen Sie sich nicht zu viele Gedanken", versuchte die rothaarige Polizistin Christiane zu beruhigen. „Wir wurden schon oft wegen des Verschwindens von Menschen gerufen. In den meisten Fällen tauchten die dann schnell wieder auf. Ich habe noch zwei Fragen."

Claudio sah Christiane ernst an. Christiane spürte seinen kritischen Blick auf sich ruhen. Sie begann leicht zu zittern. Verzweifelt versuchte sie, es zu verbergen. Sie musste den sich schnell ansammelnden Speichel in ihrem Mund schlucken. Hatte sie einen Fehler gemacht? Warum sah er sie so an?

„Kann es sein, dass er sich selbst etwas antun wollte?"

Schockiert blickte Christiane Claudio an. Sie konnte ihre Erleichterung über diese Frage kaum verbergen. Damit hatte sie nicht gerechnet.

„Nie und nimmer! Er war ausgeglichen, gesund, und wir verstanden uns prima. Nächstes Jahr wollten wir heiraten. Da bringt man sich doch nicht um!"

„Gut, gut. Dann halten Sie es auch für unwahrscheinlich, dass er sich einfach abgesetzt hat."

Wie vom Donner gerührt sah Christiane ihn mit tränennassen Augen an. Es verschlug ihr die Sprache. Dass solche Fragen kommen könnten, hatte sie nicht erwartet.

„Was sollen diese idiotischen Fragen? Versuchen Sie lieber, Bernhard zu finden!" Wütend stand sie auf.

„Wir verstehen Ihre Besorgnis. Aber täglich werden vermisste Personen gemeldet. Nach wenigen Stunden oder nach einer Nacht tauchen fast alle wieder auf. Im Augenblick können wir nichts tun", übernahm Magda das Gespräch wieder. „Es ist schon dunkel und Suchmannschaften und Helikopter schicken wir da nicht mehr raus. Denken Sie noch einmal nach, ob er nicht doch erwähnt hat, wohin er wollte. Wenn es sicher ist, dass er zum Teide aufgebrochen ist, können wir uns darauf konzentrieren. Sonst haben wir ein Problem."

Christiane schüttelte resigniert ihren Kopf. Tränen liefen ihr über die Wangen.

„Beruhigen Sie sich doch, vielleicht hat er ja auch nur eine Autopanne."

„So ein Quatsch, dann hätte er doch angerufen! Da fällt mir noch etwas ein." Sie wischte ihre Tränen mit dem Handrücken ab. „Hier." Sie zeigte auf ihr Handy. „Er hat mich doch heute früh noch erreicht. Das Klingeln hatte ich wohl nicht gehört, aber dann hat er eine SMS geschickt."

Sie hielt ihr Handy mit geöffnetem Display mit der Nachricht von Bernhards Mobiltelefon den Polizisten hin. Beide sahen verständnislos auf die Schrift. Mit Deutsch konnten sie nichts anfangen. Mit sich überstürzenden Worten erklärte Christiane, dass diese Nachricht gekommen sei, nachdem er seine Wanderung begonnen haben musste, aber nicht zu erkennen war, wohin er wollte.

„Aber man muss doch feststellen können, woher ein Handy gesendet hat! Das kann man bestimmt sofort machen." Christiane brach wieder in Tränen aus. „Ich weiß, er ist noch da oben." Mit diffusen Bewegungen deutete sie in Richtung der Berge. „Er hätte sich bestimmt gemeldet. Ich glaube, dass er auch auf dem Festnetz angerufen hatte. Bloß er spricht ja nie auf die Anrufbeantworter."

Das Letzte ging in einem Strom von Tränen unter.

Magda stand auf. Sie ging auf Christiane zu, fasste sie an beiden Oberarmen und sah ihr in die Augen.

„Wir werden alles tun, um ihn zu finden. Morgen früh sprechen wir uns wieder. Claudio gibt gleich eine interne Meldung heraus, dass wir Ihren Lebensgefährten Bernhard

Brogis suchen. So heißt er doch? Können Sie es mir hier aufschreiben?" Sie reichte Christiane ihr kleines Notizheft, in das sie immer mal wieder geschrieben hatte. „Sowie wir wieder auf dem Revier sind, werden wir alle Krankenhäuser informieren. Und natürlich überprüfen wir auch sein Handy. Die Nummer können Sie gleich noch hinter seinen Namen setzen."

Die körperliche Nähe zur Polizistin rief in Christiane ein ungutes Gefühl hervor. Sie nickte nur still und schrieb schnell die Daten ins Heft. Angespannt drehte sie sich von Magda weg und ließ die beiden Polizisten im Wohnzimmer zurück.

Auf der Terrasse umringten sie gleich alle Anwesenden. Unter der Anleitung von Carlos hatten sie einen Plan entworfen. Aber an diesem Abend konnte nichts mehr unternommen werden.

Die beiden Polizisten kamen aus dem Haus. Magda blickte zu der Ansammlung von knapp zehn Spaniern.

„Kann heute Nacht jemand hier bleiben?"

Erschrocken hob Christiane ihren Kopf.

„Nein, nein, das ist nicht nötig. Ich komme schon allein zurecht. Wenn es mir schlechter geht, rufe ich meine deutschen Freundinnen an. Ich muss erst einmal allein sein. – Könnt ihr das verstehen?"

Allgemeines Nicken. Jeder war froh, sich aus dieser bedrückenden Atmosphäre herausziehen zu können. Für den nächsten Morgen hatten sich alle, die abkömmlich waren, schon kurz vor Sonnenaufgang verabredet. Sie wollten sich bei Carmen und Carlos in der Bar treffen und dann die Arbeit der Polizei unterstützen.

„Christiane, melden Sie sich bei uns, wenn Sie eine Nachricht von Bernhard Brogis bekommen, egal was und wann es ist. Wir sind jederzeit für Sie da." Mit diesen eindringlichen Worten drückte ihr Claudio eine Karte mit mehreren Telefonnummern in die Hand.

„Nachts nehmen Sie die zweite Mobilnummer, da bin ich dann sofort am Telefon. – Versuchen Sie erst einmal zu schlafen."

Ohne Eile verließen die beiden Beamten die Finca.

Christiane holte unmerklich tief Luft.

Keine halbe Stunde später sah sie dem letzten Auto der hilfsbereiten spanischen Freunde nach. Sie war froh, endlich allein zu sein, hatte schon das Gefühl gehabt, das Heft nicht mehr in der Hand zu haben. Schon der Gedanke an ein Entgleiten der Situation ließ ihren Magen revoltieren.

‚Es gibt wohl keine bessere Diät! Vielleicht erreiche ich jetzt mein Ziel, acht bis zehn Kilo abzunehmen.' Bitter lachte sie auf.

In Gedanken ging Christiane dann noch einmal den Tag durch. Sie hatte keinen Fehler gemacht.

Erleichtert ging sie in die Küche und schenkte sich ein Glas Rotwein ein, das sie zufrieden genoss.

‚Es sollte heute das Einzige sein', ermahnte sie sich.

Vom Himmel leuchteten die Sterne hell zu ihr herunter. Plötzlich fiel ihr auf, dass sie seit dem frühen Abend Urmel und Charly nicht mehr gesehen hatte. Besorgt rief sie nach ihnen. Kein Hund ließ sich blicken. Sie griff zur Taschenlampe und leuchtete zur Höhle.

In trauter Zweisamkeit lagen die beiden direkt vor dem Eingang.

„Ihr seid die Schwachstelle", murmelte sie mit zusammengekniffenen Augen vor sich hin. „Wie kann ich euch nur auf Dauer von hier fortlotsen?"

Die Hunde bewegten sich keinen Millimeter. Frustriert und ratlos sah sie auf die Hunde herab.

„Dann bleibt eben da. Bis morgen weiß ich eine Lösung für euch."

Kurz ließ sie den Strahl der Taschenlampe über die Höhlentür gleiten. Alles war unverändert.

KAPITEL XXXVII

Ulrike stand auf. Dunkelheit umfing sie. Ohne es zu merken, hatte sie den richtigen Zeitpunkt zum Abstieg verpasst. Jetzt, da alles ruhig auf der Finca *Vista Teide* war und nur noch ein kleines Licht auf der Terrasse leuchtete, merkte sie, welches Risiko sie eingegangen war. Es war stockdunkel, noch nicht einmal der Mond beschien den Weg. Sie erinnerte sich, dass der volle Mond gestern erst um Mitternacht auf ihrem Rückweg vom Restaurant gerade über dem Horizont erschienen war. Nervös kramte Ulrike in ihrem Rucksack. Sie überlegte krampfhaft, wo sie ihre Taschenlampe zum letzten Mal gesehen hatte. Natürlich, sie lag im Auto. Und neue Batterien gleich daneben. Bei ihrem überstürzten Aufbruch hatte sie alles schnell zusammengerafft, aber in der Eile die Taschenlampe übersehen.

„Lass dich nicht hängen! Du hast diesen Weg schon einmal geschafft, und jetzt kennst du ihn ja viel besser. Was soll schon passieren?“, redete sie beruhigend auf sich ein.

Vorsichtig jeden Schritt ertastend, machte sie sich an den mühsamen, steilen Abstieg.

Endlich erreichte sie unverletzt ihr Auto. Sie zuckte zusammen. Direkt neben ihr ein Geräusch! Starr verharrte sie. Wieder ein Rascheln. Sie war wie gelähmt. Mit schreckgeweiteten Augen nahm sie eine Bewegung war. Dann ein Aufprall. Etwas berührte ihren Unterschenkel. Zu Tode erschrocken sprang sie zur Seite.

Eine Katze, nur eine Katze!

Maunzend strich das Tier um ihre Beine. Tränen der Erleichterung sprangen aus Ulrikes Augen. Zitternd hielt sie sich am Auto fest. Nur mit Mühe gelang es ihr, sich in den Wagen zu setzen. Minutenlang saß sie so, ohne sich zu bewegen. Ihr Herz klopfte bis zum Hals. Sie glaubte, noch nie solch eine Angst gehabt zu haben. Zitternd startete sie den Motor.

An der Bar in Arico hielt sie. Es gelang ihr kaum, dort einzutreten. Auf der Straße standen Leute, die heftig diskutierten. Sie schnappte einige Worte auf. Eine vermisste Person! Für den nächsten Tag wurde ein Suchtrupp zusammengestellt.

‚Kann das Bernhard sein? Mein Bernhard verschwunden? Unvorstellbar!' Ohne die Bar zu betreten, schlich sie zurück zu ihrem Auto. ‚Nein, nein, das kann nicht sein! Nicht Bernhard! … Aber wenn Christiane …!'

In ihrer Ferienwohnung öffnete sie eine Flasche Rotwein, trank den ersten Schluck direkt aus der Flasche und füllte sich dann ein Glas randvoll. Sie kippte den Inhalt ihres Rucksacks auf den flachen Couchtisch, griff ihr Tagebuch. Fieberhaft schlug sie es auf, griff zum Stift: Sie musste ihre Notizen ergänzen: So viel und so viel Seltsames wie heute war noch nie auf der Finca passiert!

Da war der Beinahe-Zusammenstoß früh morgens mit Christiane in La Sabinita: Er hatte Ulrike aufgewühlt – sie konnte nicht glauben, dass Christiane nur zum Schwimmen wollte. ‚Das war eindeutig gelogen. Auch hatte sie viel zu warme Klamotten angehabt. So fährt man nicht mal nur eben zum Schwimmen. Aber was hatte sie dann vor?'

Bernhard hatte auch nicht im Auto gesessen. Selbst wenn er sich geduckt hätte, müsste sie ihn bemerkt haben.

‚Außerdem: Wie hätte denn Christiane reagiert, wenn er einfach zwischen den Sitzen auf dem Boden verschwunden wäre? Nein, Christiane war mit Sicherheit allein gewesen.'

Ulrike erinnerte sich genau: Danach hatte sie ihren Wagen geparkt und sich geschwind auf den Weg zu ihrem

Ausguck gemacht. Sie hatte gehofft, Bernhard jetzt allein beobachten zu können. Dann hätte sich eventuell eine Möglichkeit ergeben, ihm doch ihre Zuneigung zu zeigen und ihm klarzumachen, dass Christiane eine verschlagene Person sei. Irgendwie müsste sie zwischen die beiden einen Keil treiben können …

Vier Stunden hatte Ulrike dort auf ihrem Aussichtsposten gesessen. Nichts hatte sich bewegt. Auf der Finca war es ruhig geblieben. Die Hunde lagen träge im Schatten direkt vor der Höhlenwohnung. Christiane war von ihrem angeblichen Bad im Meer auch noch nicht zurückgekommen.

‚Ob Christiane fremdgeht?', schoss Ulrike nun durch den Kopf. Fast wünschte sie es, dann wäre es ein Leichtes, Bernhard wieder für sich zu gewinnen. ‚Aber wo ist er geblieben? Dass er im Laufe eines Vormittags gar nicht mehr auftaucht und nach seinen Pferden sieht, hat es noch nicht gegeben. Nichts passt zusammen. Vielleicht ist wirklich etwas passiert und er ist doch die vermisste Person?! Ich muss das herausfinden! Soll ich versuchen, auf das Grundstück zu kommen?'

Aber schnell schloss sie das aus. Erst die hohe Einzäunung und dahinter die Hunde. Das ging nicht. Sie fand keine Lösung. Stattdessen schrieb sie fieberhaft ihre Erinnerungen an den Tag weiter in ihr Büchlein:

Es war heiß gewesen, sie war in den Schatten gerückt, der Rücken und die Schultern hatten geschmerzt. Sie musste ihre Beobachtung unterbrechen, hatte einen Kaffee gebraucht. Kurz entschlossen hatte sie sich an den Abstieg gemacht. Die Pause in Abades tat gut. Ohne dass sich das dringende Gefühl einstellte, schnell wieder auf ihren Beobachtungsposten zu müssen, hatte sie den Kaffee in aller Ruhe genossen. Danach war sie an der Meeresküste Richtung Süden gewandert, später dann wieder zur Finca gefahren.

Als sie an Bernhards Grundstück vorbeigefahren war, hatte sie mit Verwunderung das offene Tor erblickt, gerade noch die Rücklichter von Christianes Auto in Richtung Haus verschwinden gesehen.

‚Auch das hat es noch nie gegeben! Aber dann ging das automatische Tor ja auch schon wieder zu. Wegen der verfluchten Schlaglöcher hier dauerte es so lange, bis ich das Auto am Ende des Weges abstellen konnte.'

Schnell hatte sie ihre Sachen zusammengeklaubt, die sie wie üblich einfach ins Auto geschmissen hatte und die wahllos überall verteilt lagen. Ohne nach rechts und links zu sehen, war sie losgehastet. Außer Atem und völlig verschwitzt hatte sie in deutlich kürzerer Zeit als sonst ihren gewohnten Platz erreicht.

Noch immer ungläubig erinnerte sie jetzt die seltsame Szene weit unter ihr, die sich ihr geboten hatte: Christiane schien die Hunde füttern zu wollen, tat es aber nicht. Schritt für Schritt bewegte sie sich mit einer Schüssel rückwärts zum Haus. Die Hunde folgten ihr. Dann schloss sie die Tür, die sonst immer offen stand, von innen. Es dauerte keine fünf Sekunden, da trat sie eilig vor die Tür und schmiss sie hinter sich zu. Sie hatte die Hunde eingesperrt!

Dergleichen hatte Ulrike noch nie beobachtet.

Inzwischen war Christiane an den Tisch auf der Terrasse getreten und hatte einen Gegenstand in die Hand genommen. Leider war nicht auszumachen, worum es sich dabei handelte. Dann steckte sie diesen Gegenstand in ihre Tasche.

‚Vielleicht ihr Handy.'

Mit dem Fernglas hatte Ulrike den kurzen Weg, den Christiane zur Höhle zurücklegte, verfolgt.

‚Warum blieb sie so lange davor stehen?', fragte sie sich jetzt. Ulrike rekapitulierte ihre Beobachtungen: Christiane hatte die Tür zur Höhlenwohnung geöffnet. Fast im gleichen Moment war sie wieder zurück auf den Gartenweg gesprungen, sich mit der Hand über das Gesicht gefahren und dann hektisch zum Haus gelaufen. Dort hatte sie die Tür geöffnet, beide Hunde stürzten wie auf Kommando heraus und rasten zur Höhle.

‚Aber auch die Tiere … Es war völlig unnormal! Der große Hund legte sich direkt vor die Tür. Der Kleine trollte sich. Warum wollten weder Christiane noch die Hunde da hineingehen? Und dann trug Christiane doch irgendeinen Gegenstand aus dem Haus zur Höhle. So ein Mist, dass ich nicht richtig sehen konnte, was sie da schleppte!‘

Danach war Christiane in der Höhle verschwunden, hatte erst ein Höhlenfenster weit geöffnet, dann das andere.

‚Und danach stürzte sie schon wieder aus der Höhlenwohnung. Seltsam! Was kann denn da nur drin gewesen sein, dass sie sich so verhielt?‘, sinnierte Ulrike vor sich hin. ‚Na, und dann saß diese Person nur da auf dem großen Stein und starrte auf die Tür der Höhle.‘

Ulrike trank das Glas leer und füllte sich nach. Randvoll.

„Da war heute ja richtig was los! Was machte die dann? Ach ja, unfassbar: Die hat sich hingehockt und, glaub' ich, geschissen! Und später stand sie gebückt vor der Höhle. Es sah aus, als ob sie kotzen würde. Das kann doch alles nicht wahr sein! Etwas stimmte überhaupt nicht!“

Ulrike ging auf, was sie die ganze Zeit irritiert hatte: Bernhard fehlte völlig! Meist bewegte er nachmittags seine Pferde und machte einen Spaziergang mit den Hunden – und natürlich auch mit der schrecklichen Christiane. Manchmal gingen sie auch aufgeputzt und Händchen haltend durch das Dorf. Heute war alles anders gewesen.

„Und die Hunde verhielten sich auch seltsam: Als ich um 18 Uhr gerade meine Sachen zusammenpacken wollte, da sah ich Christiane schon wieder. Fast schlich diese Frau aus dem Haus, beide Hunde begleiteten sie im gleichbleibenden Abstand. Kaum waren sie bei den Pferden angelangt, kehrten sie zum Haus zurück, Christiane setzte sich auf die Hollywoodschaukel. Aber die Hunde legten sich nicht wie sonst zu ihr, sondern wandten sich ab, liefen die wenigen Meter bis zur Höhlenwohnung und legten sich in unmittelbarer Nähe hin. Sie schienen ständig den Eingang im Auge zu haben. Was gibt es bloß da drinnen?“, sprach Ulrike halblaut vor sich hin.

Dann hatte Christiane telefoniert. Das Handy am Ohr war unverkennbar.

‚Es musste etwas Lustiges gewesen sein, was sie da austauschte, denn ihre Schultern zuckten und der ganze Körper schien zu vibrieren. Bestimmt wenigstens drei Gespräche, und ihr Verhalten lief wie in Wellen ab: Erst ganz ruhig, dann schüttelte sie sich. Und wenn das kein Lachen war, sondern Christiane geweint hat?‘

Kaum hatte Christiane ihre Telefongespräche beendet, waren auf der Piste erst ein massiver, dunkelgrüner Geländewagen, dann ein weiteres Fahrzeug aufgetaucht. Die Insassen waren ausgestiegen und hatten Christiane nach den zwei obligatorischen Begrüßungsküsschen in den Arm genommen. Ulrike erkannte die Leute: Carmen und Carlos aus der Bar! Und auch ihre ersten Vermieter Esther und Manuel! Und dann war die Polizei gekommen.

Obgleich es ihr schon auf ihrem Beobachtungsposten gedämmert hatte, stand erst jetzt zweifellos für Ulrike fest: Christiane war getröstet worden.

‚Dann *muss* es um Bernhard gehen!‘

Ulrike las ihre Notizen durch, wieder und wieder. Erschöpft schloss sie ihr Notizbuch.

„Oh, mein Gott!“

KAPITEL XXXVIII

Christiane schlief schlecht. Immer wieder war sie aufgeschreckt und hatte sich versichert, dass sie allein war. In der Nacht hatte sie noch den Wecker gestellt – aus Angst, wegen ihrer totalen Erschöpfung am Morgen zu verschlafen. Aber diese Vorsichtsmaßnahme war überflüssig gewesen. Jetzt war sie schon seit mehr als einer Stunde wach und wartete unsicher auf den angekündigten Besuch der Polizei. Sie hatte einen Kaffee vorbereitet. Noch war es beinahe dunkel, aber ungewohnt warm.

Als sie auf die Terrasse trat, umfing sie undurchdringlicher Dunst. Obwohl es gerade erst dämmerte, erkannte sie den heraufziehenden *calima*. Ihre Stimmung war auf einem Tiefpunkt angelangt. Sie hasste diesen heißen Wüstenwind, der sie unruhig machte und ihr das Atmen erschwerte.

Wenig später hörte sie einen Wagen. Es waren wieder die beiden Polizisten Magda und Claudio. Auch sie sahen nicht besonders frisch aus. Dankbar nahmen sie das Angebot an, einen Kaffee zu trinken.

Auf einem silbernen Tablett brachte Christiane drei Tassen und die Kaffeekanne auf die Terrasse. Eine Dose mit braunem Rohrzucker, ein Kännchen mit Milch und Kekse vervollständigten das Gedeck. Vorsichtig goss sie Kaffee in die Espressotassen. Sie gab sich alle Mühe, ihre unruhige Hand zu beherrschen.

Mit Interesse beobachtete sie, wie Magda und Claudio Unmengen vom Zucker in ihren Kaffee gleiten ließen. Dann rührten sie das süße, schwarze Gesöff mit dem Mokkalöffel klirrend um. Auf Milch verzichteten sie.

Forschend sah die rothaarige Polizistin Christiane an.

„Ich gehe mal davon aus, dass Sie heute Nacht nichts von Ihrem Lebensgefährten gehört haben."

Mit einem stummen Nicken bestätigte Christiane die Annahme.

„Nun, immerhin können wir Ihnen berichten, dass wir sein Auto gefunden haben: Es stand heute Nacht als Einziges auf dem Parkplatz des Besucherzentrums oben bei El Portillo. Wir nehmen an, dass er von dort aus gewandert ist und aus irgendeinem Grund nicht zu seinem Auto zurückkommen konnte."

„Oh!" Christiane wusste nicht, was sie sagen sollte.

„Wir haben uns gestern Abend auch noch mit allen Krankenhäusern in Verbindung gesetzt. Wir können ausschließen, dass er dort ist", ergänzte Claudio in die Stille. „Auch das Mobiltelefon wurde überprüft. In der Tat kam die Nachricht, die Sie uns gezeigt haben, auch aus dieser Region. Leider ist kurz danach der Standort des Handys nicht mehr zu orten gewesen."

Es entstand eine unangenehme Pause.

„Hatte Herr Bernhard Brogis im Nationalpark einen Weg, den er besonders bevorzugte? Von der Stelle, wo wir das Auto gefunden haben, gehen Wanderwege in viele Richtungen."

Hilflos zuckte Christiane mit den Schultern.

„Gut, dann setzen wir jetzt das volle Programm in Gang. Die Hubschrauberpiloten sind bereits verständigt, und die Suchtrupps werden gerade zusammengestellt. Ihre spanischen Freunde sind seit Sonnenaufgang auch schon unterwegs."

„Für mich ist es unverständlich, dass immer wieder Leute allein zum Wandern gehen. Es ist verflixt noch mal gefährlich, einfach so loszulaufen, und dann noch nicht einmal Bescheid zu sagen, wohin es geht! Es wird doch genug davor gewarnt. Ich verstehe diese Ignoranz einfach nicht. Wetterumschwünge sind hier an der Tagesordnung, und dass es über Nacht in den Bergen auch Frost geben kann, ist allgemein bekannt."

„Das sehe ich ja genauso", bestätigte Christiane die verärgerte Ausführung Magdas. „Aber jetzt müssen wir doch erst einmal Bernhard finden, auch wenn Sie mit allem Recht haben." Christiane gefiel es, sich den Klischees der Polizistin anzuschließen.

„Gut, wir legen jetzt los. Bleiben Sie zu Hause! Wenn Sie von Bernhard irgendetwas hören, melden Sie sich."

Mit diesen knappen Worten stiegen Magda und Claudio in den Wagen.

Christiane hatte das Gefühl, dass die beiden leicht verärgert waren. Woher dieser Umschwung kam, konnte sie sich nicht erklären. Trotzdem strich sie sich erleichtert das wirre Haar aus dem Gesicht. Sie konnte sich genau vorstellen, was für eine Maschinerie in Gang gesetzt wurde: Bei jedem Verschwundenen hatte sie alles genauestens verfolgt. Bernhard hatte sich sogar über sie lustig gemacht, dass sie wohl nichts anderes im Kopf habe. Heimlich hatte sie ihm recht gegeben. Gesagt hatte sie aber, dass das alles nur der Festigung ihrer spanischen Kenntnisse dienen würde.

Schnell brachte Christiane das schmutzige Kaffeegeschirr in die Küche. Sie nahm aus der Werkzeugkiste den Vierkantschlüssel. Jetzt musste sie nach der Leiche sehen. Ob die Hunde immer noch vor der Höhle lagen? Mit der linken Hand griff sie die Hundekekse. Nach einem Tag ohne Futter mussten sie einen Bärenhunger haben.

Charly und Urmel lagen tatsächlich noch immer in der Nähe der Höhle, aber nicht mehr direkt davor. Ihr Interesse schien langsam zu erlahmen. Als Christiane mit einer Handvoll der Leckerlis in die Hocke ging, erhoben sie sich und trotteten auf sie zu. Fast gnädig nahmen sie das Futter. Dann blickten sie Christiane auffordernd an. Sie wollten ihren Spaziergang machen.

„Das geht nicht, ich muss doch hier bleiben.“

Charly ließ sich wieder kraulen und legte sich dann in den Schatten des Avocadobaumes. Urmel trollte davon, und sie sah von Weitem, wie er sich hinhockte und sein großes Geschäft nahe der Pferdekoppel verrichtete.

Eine trübe Helligkeit hatte die Dämmerung vertrieben, die aufgehende Sonne war durch den Dunst des *calima* nur verschwommen wahrzunehmen. Schon nach den ersten Schritten brach Christiane der Schweiß aus. Die Luft war drückend warm. Aufmerksam lief sie bis zu den Pferden und bis an das Tor. Alles war ruhig.

Eine viertel Stunde später stand sie wieder vor der Höhlentür. Noch hielt sie sich in angemessener Entfernung davor auf. Sie starrte darauf und versuchte festzustellen, ob alles noch so geblieben war wie in der Nacht zuvor. Sie kam sich vor wie eine kluge Ratte, die um das Futter herumschleicht, das man ihr in der Falle anbietet. Zuerst hieß es, herauszufinden, ob man dem Ganzen trauen könnte. Dann gab sie sich einen Ruck, nahm den Schlüssel und ging mutig auf die Tür zu. Beim Öffnen umfing sie ein leichter Gasgeruch. Doch alles wirkte so friedlich und irgendwie gemütlich. Es überlief sie eine Gänsehaut.

‚Wie kann der Schein nur so trügen!‘

Sie musste sich zusammennehmen, um die Spiegeltür zu öffnen. Der muffige Geruch wurde stärker. Sie sah sich um. Nirgends war etwas von ihrer Tat zu erkennen. Es kostete sie Überwindung, die Klappe der Tiefkühltruhe anzuheben. Durch den halb geöffneten Spalt sah sie die von Eiskristallen bedeckten Konturen des zusammengeschnürten Pakets. Sie war beruhigt. Jetzt musste sie warten, bis es die Möglichkeit zur Entsorgung dieser Last gab. Im Augenblick konnte sie sicherlich keinen unbeobachteten Schritt tun.

Plötzlich nahm sie das Geräusch eines sich aus der Ferne nähernden Wagens wahr. Inzwischen konnte sie die Entfernung sehr gut abschätzen. Wo die Asphaltstraße in die von Löchern übersäte staubige Piste zu ihrer Finca überging, schalteten die meisten Fahrer in einen niedrigeren Gang und verlangsamten die Fahrt.

‚Nichts wie raus hier!'

Hektisch drückte sie die Tür zu. Es blieb ihr keine Zeit, die Schrauben der Spiegeltür zu schließen. Sie schlüpfte aus der Höhle. Schnell schloss sie die Eingangstür und ließ den Schlüssel in ihre Hosentasche gleiten. Da hörte sie auch schon ungeduldiges Hupen vor dem Tor.

„Voy, ich komme!", rief sie mit lauter Stimme.

Abgehetzt erschien sie auf der Innenseite des Tores. Ihre dichten Haare hingen ungekämmt und strähnig herab und bedeckten einen Teil ihres Gesichts. Ihre Kleidung war zerknittert. Mit Absicht hatte sie keine frische Garderobe angezogen, sondern sich sogar mit der gestrigen Hose und Tunika ins Bett gelegt. Ebenso hatte sie ihre Morgentoilette vernachlässigt. Sie wollte authentisch wirken. Jeder sollte ihr ansehen, dass sie vor Sorgen fast umkam. Leicht ungehalten blickte sie auf das Auto.

‚Was wollen denn Adriane, Annemarie und Ute hier?'

Sie drückte auf die Fernbedienung. Langsam öffnete sich das Tor. Die drei Frauen fuhren auf das Grundstück. Christiane trat vor das Tor und blickte den Weg hoch und runter. Alles war ruhig. Wie suchend, schweifte ihr Blick über die voll erblühten Oleanderbüsche zu beiden Seiten des Tores. Nichts hatte sich verändert. Nachdem sich das Tor geschlossen hatte, folgte sie dem Fahrzeug, das inzwischen vor dem Haus parkte. Die Freundinnen waren ausgestiegen. Christiane hörte sie aufgeregt schnattern. Kaum war sie in Sichtweite, stürzten sie auf sie zu.

„Ach, Christiane, was ist denn bei dir los, was macht ihr denn für Sachen? Hast du schon etwas von Bernhard gehört?" Wie ein Maschinengewehr ratterten die neugierigen Fragen auf sie ein.

„Können wir dir helfen?"

„Woher wisst ihr denn schon, dass Bernhard gestern Abend von seiner Wanderung nicht zurückgekommen ist?“

Ausführlich berichtete Adriane, dass Bernhards Verschwinden *das* Gesprächsthema war: Bereits seit dem frühen Morgen brachten alle Radiosender zu den Nachrichten einen kurzen, nichtssagenden Bericht darüber. Auch die Tagespresse musste knapp vor Redaktionsschluss noch einen Hinweis erhalten haben. Bei *Diario de Avisos* und *El Día* prangte in großen Lettern auf der ersten Seite, dass wieder ein Deutscher beim Wandern verschwunden sei.

„Das ist doch sonst nicht Bernhards Art, sich nicht mehr zu melden. Da muss bestimmt etwas passiert sein. Wo wollte er denn überhaupt hin? Hatte er nicht letztens erwähnt, dass er das Tenogebirge kaum kennt und dass es ihn reizen würde, sich da mal genauer umzusehen? Bloß ist da alles so schroff und man kann leicht Ziegenpfade mit Wanderwegen verwechseln, wenn man nicht sehr genau aufpasst. Und Bernhards Orientierungssinn ist ja wohl auch nicht der beste. Oh, wie schrecklich!“

„Ute, jetzt halt doch mal die Klappe! Was soll denn dein blödes Geschwätz? Das sind doch alles nur Spekulationen.“ Annemarie guckte ihre unsensible Freundin böse an und drehte sich zu Christiane. „Hast du denn schon gefrühstückt? Komm, du musst jetzt bei Kräften bleiben.“

Adriane zog aus einem Stoffbeutel eine Stange duftendes Weißbrot. Dann zauberte sie Käse, Schinken, den fein geschnittenen *jamón serrano*, und selbst gemachte Feigenmarmelade aus der Tiefe. „So, Ute, du gehst jetzt in die Küche und machst Kaffee!“, ordnete sie an.

Nachdem der frische Kaffee auf dem Frühstückstisch stand, trat eine bedrückende Ruhe ein. Keine der Frauen wusste so recht, was sie sagen sollte. Still kauten sie vor sich hin.

„Wisst ihr noch: Vor nicht mal einem Monat ist doch da im Anagagebirge eine Frau ebenfalls beim Wandern verschwunden. In dem Zusammenhang hatte ich auch gelesen, dass das gar nicht so selten ist. Und stellt euch einmal vor: Bis heute wurde sie noch nicht gefunden! Das soll viel öfter vorkommen, als wir glauben.“ Ute konnte es einfach nicht lassen.

„Da siehst du, was du angerichtet hast.“ Erschrocken sah Annemarie auf Christiane, die sich abrupt erhob und laut weinend im Haus verschwand.

Im selben Moment klingelte das Telefon.

Alle drei saßen wie angewachsen da. Keiner mochte zum Hörer greifen. Als der Anrufbeantworter ansprang, wurde aufgelegt.

Verweint und ein Bild des Elends erschien Christiane wenige Minuten später in der Tür. Sie hatte ihr Handy in der Hand.

„Die nehmen mich überhaupt nicht ernst, jetzt wollen sie den Zweitschlüssel von Bernhards Auto, das oben bei der Information am Portillo steht. Die gehen davon aus, dass er sich etwas angetan hat. Die kennen ihn einfach nicht, das würde er nie und nimmer tun. Die sollen ihn lieber suchen!“ Laut heulte sie los.

Erstaunt über diese Äußerung blickte Ute zum Horizont. Da kreisten seit Stunden zwei Hubschrauber in unregelmäßigen Abständen über der Kuppe der Cañadas. Auch hatte sie Suchtrupps ausrücken sehen. Christiane musste schon sehr durcheinander sein.

„Und diese dämliche Polizei kriegt auch nichts auf die Reihe“, presste Christiane kaum verständlich unter Schluchzen hervor.

Erschrocken blickten die Freundinnen auf Christiane.

„Nun seht mich nicht so an! Ständig tauchen die hier auf und wollen etwas wissen. Ich brauche einfach nur Ruhe, versteht ihr das nicht? Und ihr könnt auch gleich gehen!“, setzte sie in einem Zug hinterher. Sie musste endlich ihre Gesellschafterinnen loswerden. Deren Neugier war unerträglich.

Irritiert zog Ute die Brauen hoch. Ihr extrem kurzes, stoppeliges Haar schien sich wie von selbst aufzurichten.

„Entschuldigung, so war das nicht gemeint. Ich bin so fertig, dass ich gar nicht mehr weiß, was ich sage." Christiane merkte, dass sie sich im Ton vergriffen hatte.

„Na ja, wenn du meinst." Leicht pikiert erhob Ute sich. „Aber du kannst uns jederzeit rufen, wenn dir danach ist", setzte sie etwas versöhnlicher hinzu.

Kaum war Christiane allein, hörte sie wieder ein Auto.

„Oh, nein!"

Langsam wurde ihr das zu viel.

KAPITEL XXXIX

An diesem Tag ging es auf der Finca wie in einem Taubenschlag zu. Nachbarn, Bekannte und selbst ernannte Freunde erschienen. Sie gaben sich die Klinke in die Hand.

Gerade als Christiane wieder in der Höhle war, noch nicht einmal die Spiegeltür erreicht hatte, näherte sich wieder ein Auto. Sie stürzte hinaus und lief zum Tor. Kurz nahm sie eine Bewegung unter dem üppigen Avocadobaum wahr.

„Was? Was war das?"

Aber da sah sie, dass bereits am Tor zwei Männer aus dem Auto ausstiegen und neugierig über das Tor blickten. Schnell war sie abgelenkt. Die beiden stellten sich als José und Sergio von der Kripo vor. Christiane fand sie unsympathisch. In ihren Bewegungen drückte sich eine Überheblichkeit aus, die sie verabscheute. Der lange, hagere José trug eine lässige Jeans und eine schwarze Lederjacke. Er wirkte sehr sportlich. Sergio war deutlich kleiner, sehr muskulös und mit einem grauen Anzug und einem am Kragen offen stehenden hellblauen Hemd mit einer gelockerten Krawatte gekleidet. Ein silbernes Kettchen blinkte an seinem Hals. In diesem Aufzug sah er wie ein Angestellter aus, der nach Büroschluss seinen Wein in einer Bar zu sich nimmt. Beide trugen schwarze, glänzende Schuhe, die überhaupt nicht für den Besuch einer Finca geeignet waren.

„Buenos días, como está?", wurde Christiane mit der üblichen Floskel begrüßt. Freundlich, aber verhalten grüßte Christiane ebenfalls.

„Wir sind von der Kripo. Können wir uns hier mal etwas umsehen? Wir suchen Anhaltspunkte, was mit Ihrem Lebensgefährten geschehen ist."

„Was wollen Sie denn sehen? Er ist doch nicht da! Sie sollten lieber Ihre Suche verstärken.“ Laut aufweinend griff Christiane zu ihrer bewährten Strategie.

„Bleiben Sie mal ruhig. Es wird schon alles getan. Hubschrauberpiloten fliegen mit Wärmekameras die Gegend ab. Leider ist das ein sehr großes, unübersichtliches Gebiet.“

„Und wir haben auch Suchmannschaften rausgeschickt, die das Gelände durchkämmen“, ergänzte Sergio die Ausführungen von José.

„Öffnen Sie uns doch erst einmal das Tor, dann können wir uns in Ruhe unterhalten.“

Genervt und mit einem unüberhörbaren Stöhnen reagierte Christiane auf das Ansinnen der ihr nicht besonders gewogen erscheinenden Männer. Sie wusste, dass sie die beiden Kripobeamten weder auf das Grundstück noch in das Haus lassen musste, aber sie wollte sich kooperativ zeigen. Christiane öffnete das Tor.

„Fahren Sie durch bis zum Haus.“

Sie eilte hinter dem Auto her. Als sie abgehetzt die Terrasse erreichte, hatten die Beamten bereits das Fahrzeug verlassen und sahen sich interessiert um.

„Können wir nicht einfach mal ins Haus gehen? Wir wollen uns ja nur einen Überblick verschaffen, was für ein Mensch der Vermisste ist.“

„Na, das können Sie viel besser draußen finden. Er ist ein Pferdenarr.“

Widerwillig öffnete Christiane die Tür.

Die beiden blieben nicht lange im Haus. Sie richteten noch einige belanglose Worte an Christiane und verabschiedeten sich.

Überrascht bemerkte sie, dass sie an ihrem Wagen vorbeigingen und sich der Höhle näherten. Christiane folgte ihnen verunsichert. Plötzlich wurde ihr bewusst, dass sie wieder die Initiative übernehmen musste, und sprach sie von hinten an.

„Soll ich Ihnen zeigen, wo seine Pferde stehen? Ich kann Sie gern hier herumführen. Wir können auch in den Stall gehen. Da hat er sich ein kleines Büro eingerichtet."

Beide drehten sich zu ihr um.

„Hier entlang!" Selbstbewusst betrat Christiane den schmalen Weg zu den Pferden. Sie hoffte inständig, dass sie José und Sergio von der Höhlenwohnung ablenken konnte.

„Und das hier?" Sergio deutete hinter sich.

„Das ist eine Ferienwohnung, die in eine Höhle eingebaut wurde. Kommen Sie erst einmal mit zu den Pferden."

„Nun los, komm schon." José stupste Sergio an. Er hatte sich bereits in Richtung der Pferdekoppel gewandt und folgte Christiane.

Mit den Schultern zuckend schloss Sergio sich ihnen an.

Charly und Urmel folgten munter. Solch einen Betrieb auf der Finca kannten sie überhaupt nicht. Fast jeder sprach sie an, streichelte sie und fragte mitfühlend nach Charlys fehlendem Ohr, was er natürlich nicht verstand. Aber die Zuneigung, die spürten beide Hunde, und das tat ihnen gut. Sie kamen gar nicht auf die Idee, sich als Wachhunde zu zeigen. Im Gegenteil: Inzwischen stupsten sie herunterhängende Hände auffordernd an – in der Hoffnung, dass sie wieder ein paar Streicheleinheiten einheimsen konnten.

Wenig später fanden sich alle wieder an dem Auto der Kripobeamten ein. Die Besichtigung der Pferde und des Stalls, wo Bernhard sich einen kleinen Schreibtisch hingestellt hatte, brachte den Beamten keine neuen Erkenntnisse. Hier befanden sich Papiere über seine Pferde, die ungeordnet auf dem Tisch verteilt lagen. Die wenigen Ordner waren zwar beschriftet, enthielten aber noch keine Unterlagen. Alles machte den Eindruck, dass hier erst noch sortiert werden musste, fast so, als ob die Arbeit unterbrochen worden war.

Rauchend und sichtlich entspannt lehnte Sergio an der Karosserie des schwarzen Toyotas. Plötzlich schien er zu einem kleinen Schwätzchen aufgelegt zu sein. Christiane überlegte krampfhaft, wie sie die beiden möglichst schnell loswerden könnte.

„Mir fällt gerade ein: Haben Sie überhaupt ein Foto von Bernhard oder brauchen Sie das nicht?“

„Ist eine gute Idee.“ Sergio zertrat mit dem Absatz die nicht zu Ende gerauchte Zigarette auf dem Boden.

Christiane ärgerte sich darüber, ließ sich aber nichts anmerken. Sie würde den Stummel später wieder aufheben müssen. Solche Ferkel, die überall ihre Zigarettenkippen in der Umwelt verteilten, konnte sie nicht ausstehen. Sie griff in ihre Bauchtasche. Seitdem sie auf der Finca wohnte, schnallte sie sie gleich morgens um. Hier trug sie ihr Handy, die Geldbörse und andere Utensilien. Sie zog ein Dutzend Fotos heraus. Sie übergab ein Bild, auf dem Bernhard mit seiner Jockeymütze liebevoll zwischen seinen Pferden stand.

Mit der Fotografie in der Hand stiegen Sergio und José ins Auto und fuhren von der Finca.

Erleichtert atmete Christiane auf: Ihr fiel ein Stein vom Herzen. Sie war sich sicher, bis jetzt keinen Fehler begangen zu haben.

‚Nun wird es höchste Zeit, die Spiegeltür wieder so zu sichern, dass sie als Tür nicht mehr identifiziert werden kann!‘

Nach wenigen Minuten war sie damit bereits fertig.

Es war heiß und schwül geworden. Der Himmel hatte sich bedrohlich verfinstert. Noch stahl sich die Sonne zwischen den grau-schwarzen Wolken hervor. In leuchtenden Farben erschien ein Regenbogen und hob sich von dem Dunkel über ihr ab. Beim Betrachten dieses Naturschauspiels spürte sie eine unendliche Müdigkeit. In den letzten Tagen hatte sie kaum geschlafen. Wenn sie einmal kurz einnickte, wurde sie von Albträumen geplagt. Sie hoffte, irgendwann wieder richtig schlafen zu können, nicht mehr denken, nicht mehr planen zu müssen. Die Gespräche mit ihren Besuchern hatten sie bis zur Grenze ihrer Belastbarkeit strapaziert.

Sie wollte nur noch Ruhe haben. Ermattet sank sie auf die Hollywoodschaukel. Sie sehnte sich danach, allein zu sein, nicht jede Minute eine Störung zu erwarten. Sie wollte von der Terrasse nur noch auf die Berge starren, den Tag an sich vorüberziehen lassen. Nichts tun. Sie wollte in der Glotze irgendeinen Schrott ansehen. Sie wollte die Musik aufdrehen – bis zur Schmerzgrenze in den Ohren. Aber nichts war möglich. Sie musste sich auf das nächste Zusammentreffen mit der Guardia civil oder der Kripo vorbereiten. Sie wusste nicht, was auf sie zukommen würde. Noch lief alles nach Plan. Die kleinen Abweichungen, die erforderlich gewesen waren, hatte sie klug gemeistert.

Voller Unruhe ging sie ins Haus. Zuerst schaltete sie den Fernseher an.

‚Vielleicht wird über Bernhards Verschwinden berichtet werden.'

Aber es wurde nur Werbung ausgestrahlt. Auch die nervtötenden Quizshows konnten sie weder fesseln noch ablenken. Eigentlich wusste sie überhaupt nicht, was sie wollte. Hilflos schaltete sie das Gerät aus.

‚Ich muss mich bewegen, vielleicht auch einmal etwas Vernünftiges essen.'

Sie lief nach draußen, rief die Hunde, die erstaunlicherweise sofort kamen, und begann ihre Rundwanderung über die Finca.

‚Ein Tiger würde sich genauso in seinem Käfig verhalten – nur dass meine unsichtbaren Gitter weiter gespannt sind', dachte sie.

Nach ungezählten Runden, wobei sie den Weg vor der Höhle mied, trat eine deutliche Entkrampfung ein. Jetzt wollte sie sich Essen zubereiten und etwas trinken.

Gerade als sie den ersten Schluck Wasser zu sich nahm, klingelte ihr Handy.

„Magda hier. Wie geht es Ihnen?"

„Haben Sie eine Spur von Bernhard?“ Christiane ließ die Polizistin gar nicht erst ausreden.

„Nein, das ist es eben. Nirgends ist ein Hinweis zu finden. Entschuldigung, dass ich das jetzt so am Telefon frage: Kann es nicht doch sein, dass er mit voller Absicht sein Verschwinden inszeniert hat? Es gibt so kleine Anzeichen, die wir aber noch nicht deuten können.“

Erschrocken hörte Christiane ihr zu. Was hatte sie nur verkehrt gemacht, wieso kamen die denn auf solche Ideen?

„Was für Anzeichen denn? Sagen sie mir das doch!“ Schon wieder glaubte Christiane mit ihrer weinerlichen Stimme, ihre Verzweiflung signalisieren zu können.

„Da sprechen wir später drüber. Und bei Ihnen hat er sich mit Sicherheit noch nicht gemeldet?“, fragte Magda zweifelnd nach.

Christiane verneinte diese provozierende Frage. Dann war das Telefongespräch beendet.

„Das kann doch nicht wahr sein! Wie kommen die denn auf solche Ideen? Das ist doch das Letzte!“, murmelte sie vor sich hin. „Ich darf nicht nachlässig werden!“

Aber der Ansturm der vielen Leute und das zusätzliche Auftauchen der Kripo hatten ihre letzten Reserven gefordert.

KAPITEL XL

Christiane ahnte nicht, dass eine ungewollte, bedrohliche Dopplung über allem lag, was sie erlebte. Doch auch Ulrike hatte vor Unruhe und Sorge über Bernhard gestern nicht schlafen können. Noch im Dunkeln war sie aufgestanden. Trotz des kurzen Schlafes hatte sie sich frisch gefühlt.

Eine halbe Stunde später hatte sie bereits wieder auf ihrem gewohnten Platz geparkt. Aber statt den Wanderweg hochzulaufen, war sie mit ihrer Taschenlampe zur Finca geschlichen. Dann stand sie vor dem verschlossenen Tor. Sie hatte geglaubt, dass Licht aus dem Haus schien. Alles war still gewesen.

‚Da, das Geräusch eines Motors!'

Scheinwerferlicht streifte über den Weg.

Mit einem Satz sprang Ulrike ins hohe Gras am Wegrand und warf sich flach hin. Sie fluchte. Spitze Lavasteine bohrten sich in ihre Haut. Der Sprung war aber nicht umsonst gewesen: Tatsächlich öffnete sich wie von Geisterhand das Tor und ein Polizeiwagen fuhr langsam hindurch.

Ohne nachzudenken, sprang Ulrike auf, erreichte das sich wieder schließende Tor, quetschte sich im letzten Moment zwischen Pfosten und Tor hindurch und stand auf der Finca *Vista Teide*.

Klackend rastete das Schloss hinter ihr ein.

Sie war atemlos. Plötzlich wusste sie nicht mehr, weiter. Der Morgen begann bereits zu dämmern.

‚Oh Gott, Ulrike! Wie kannst du nur, ohne nachzudenken, hier eindringen! Was willst du denn hier? Idiotin!'

Sie musste sich verstecken und nachdenken. Halb gebückt kroch sie zwischen Sträuchern durch. Erste Konturen von Bäumen und Bergen zeichneten sich im gelb-grauen Dunst ab.

‚Calima!‘

Sie hatte sich schon über die Wärme gewundert. Die Sonne schien diffus durch einen dicken Feinstaubschleier. Kein Luftzug versprach Erleichterung. Ulrike erhob sich vorsichtig und spähte in Richtung Haus.

‚Wo sind die Hunde? – Was mach ich hier bloß! Was das für ein Unsinn ist, sich hier auf dem Gelände zu verstecken! Ich bin Apothekerin, habe eine Approbation … Ich muss sofort verschwinden.‘

Sie wusste, dass es ihr mit ein wenig Mühe gelingen würde, über das Tor zu klettern. Der Gedanken war noch nicht zu Ende gebracht, da kam das Polizeifahrzeug vom Haus zurück auf das Tor zu. Ulrike war auf dem Sprung. Das Tor öffnete sich. Der Wagen fuhr langsam auf die Piste. Dann hielt er. Was sollte das denn? Eine Polizistin stieg aus und betrachtete die Umzäunung und das sich schließende Tor. Dann rief sie ihrem Kollegen etwas zu. Mit einem hörbaren Schnappen rastete das Tor wieder ein.

Resigniert zog Ulrike sich in die dichten Oleanderbüsche zurück. Unruhig sah sie sich um.

‚Wenn ich am Zaun entlangschleiche, könnte ich den Pferdestall erreichen. Da bin ich sicherer und hätte eine freie Sicht zum Haus.‘

Vorsichtig huschte sie, fast kriechend, zum Stall. Von dort konnte sie Christiane ausmachen, die den Hunden mit der Hand einzelne Häppchen reichte. Plötzlich drehte Urmel sich um.

‚Oh Gott, der kleine Hund: Er trottet direkt auf mich zu!‘

Hilflos sah Ulrike sich um. Sie durfte nicht entdeckt werden! Zitternd drückte sie sich tiefer in einen mit dicken Früchten beladenen Avocadobaum. Die tief hängenden Äste verbargen sie vollständig. Durch das dichte Blätterwerk beobachtete sie, wie sich der Hund nicht weit von ihr entfernt mehrfach drehte und dann hinhockte. Er machte seinen Haufen. Kaum hatte er sein Geschäft erledigt, lief er zu Christiane zurück.

Schnell huschte Ulrike hinter die Stallungen. Hier fühlte sie sich sicherer. Sie presste sich dicht an die Stallwand, linste um die Ecke und verfolgte Christiane beim Gang über die Finca.

‚Jetzt schnell das Gelände verlassen!'

Ulrike machte zwei Schritte vorwärts. Fast wäre sie in Christianes Blickfeld geraten, aber die strebte zielgerichtet auf den Eingang der Höhlenwohnung zu, öffnete die Tür und verschwand. Ulrike verharrte. Lange. Unschlüssig. Jedes Mal, wenn sie sich für eine Fluchtmöglichkeit entschieden hatte, kam ein Hindernis auf, sodass die nicht funktionieren würde: Christiane, die Hunde, ein Hubschrauber, die Pferde … Dann verließ sie unsicher dennoch ihre Deckung und huschte einen Baum weiter.

„Um Himmels willen, schon wieder ein Auto!"

Jetzt hatte Ulrike die Nase voll. Sie wollte nur noch weg von der Finca *Vista Teide*. Vorsichtig trat sie den Rückzug an. Da sah sie aus dem Augenwinkel, wie Christiane aus der Höhle geschossen kam, sich hektisch umblickte, die Tür verschloss und zum Tor lief. Ulrike warf sich abermals auf den ausgetrockneten Boden und robbte zurück. Keine fünf Meter von ihr entfernt rannte Christiane an ihr vorbei. Dabei sah sie genau in ihre Richtung.

War sie entdeckt worden? Ulrike war sich sicher, dass Christiane ihre Bewegung gesehen haben musste. Dessen ungeachtet rannte sie weiter zum Auto vor dem Tor.

‚Warum schließt Christiane die Höhle ab? Die Tür des Hauses blieb doch auch immer offen … Hier wurde doch nie etwas verriegelt und verrammelt. Die Höhle! Ich muss da rein – aber erst mal verschwinden! Solch ein Einbruch muss sorgfältig geplant sein. – Nein! Hat sich denn alles gegen mich verschworen?'

Ulrike warf sich zum wiederholten Mal flach hin und fluchte. Christiane winkte das Auto durch das Tor und stellte sich mitten auf die Auffahrt. Ulrike stöhnte. So würde sie hier nie ungesehen wegkommen. Und wieder das hässliche Zuschnappen des Tores. Erst danach drehte Christiane sich um und ging den Weg zum Haus zurück.

Resigniert kroch Ulrike wieder zurück zum Stall.

‚Dann muss ich eben weiter warten und beobachten. Oh, die drei Frauen, die gerade dem Auto steigen, die kenn ich doch! Das sind doch die komischen Schnepfen aus dem Spanischkurs.'

Nach fast einer Stunde verließen auch die endlich die Finca. Aber es gab kein Fortkommen für Ulrike, denn schon tauchte das nächste Fahrzeug auf. Frustriert entschloss sie sich, bis zur Dunkelheit zu warten. Das mit zwei Männern besetzte Auto fuhr vor das Haus und die beiden verschwanden mit Christiane darin.

Ulrike saß derweilen an den Stall angelehnt. Ihre Gedanken kreisten um die Höhle.

‚Irgendetwas stimmt dort nicht. Wenn ich nicht so Durst und Hunger hätte, dann …'

Laute Stimmen! Sie näherten sich. Eng an die Mauer gepresst, machte Ulrike sich auf eine Konfrontation gefasst. Kurz vor der Mauerecke blieb Christiane mit den beiden Männern stehen. Sie öffneten die Tür zu den Stallungen. Leises Gemurmel. Wenig später traten alle drei wieder heraus. Ulrike lauschte. Den wenigen Worten entnahm sie, dass es sich bei den Männern um zivile Polizisten handelte. Alle suchten Bernhard.

‚Oh, diese verfluchte Frau! Sieht denn keiner, dass sie Dreck am Stecken hat? Offensichtlich lassen sich die Polizisten von ihr bequatschen, vielleicht sogar bestechen! Wozu sind die denn eigentlich hier? Gehen hier einfach mit Christiane gemütlich über das Grundstück. Plaudern, als ob nichts wäre, und kommen noch nicht einmal auf die Idee, die Höhle unter die Lupe zu nehmen. Was für Stümper! Bin ich denn die Einzige, die die Wahrheit ergründen kann? Ich muss mit der Polizei reden, sie auf die Höhle hinweisen. So ein Unsinn, nein, ich muss erst selbst herausfinden, was los ist! Ich mach mich ja nur lächerlich, wenn ich einen vagen Verdacht äußere.'

Kaum hatte das Polizeifahrzeug das Tor passiert, beobachtete Ulrike, wie Christiane wieder zur Höhle eilte.

„Na, warte, dir komme ich auf die Schliche!"

Aber jetzt musste sie sich hier erst einmal zurückziehen, sie starb fast vor Hunger und Durst. Aber so einfach war das immer noch nicht: Es dauerte quälend lange, bis es auf der Finca endlich ruhig war. Dann machte sich Ulrike auf den Weg zum Tor. Sie hatte eine Aluminiumleiter aus dem Stall entwendet. Erleichtert stieg sie über das Tor und zog die Leiter hinter sich her. Sie hoffte, dass Christiane das Fehlen nicht bemerken würde.

KAPITEL XLI

Christiane fuhr aus dem Schlaf hoch. Wieder einmal hatte sie den schrecklichen, wiederkehrenden Traum überlebt. Der Schlaf musste sie ganz plötzlich übermannt haben, denn sie war noch vollständig angezogen und lag halb hingestreckt auf der Hollywoodschaukel. Es war dunkel geworden. Die Sterne funkelten zu ihr herab. Der Mond zeichnete gespenstisch tanzende Schatten der sich im aufkommenden Sturm windenden Bäume und Sträucher. Sie strich sich über die Stirn. Der Traum hielt sie noch gefangen.

Es war immer das Gleiche: Sie lief durch den Grunewald in Berlin, einen abgelegenen, schmalen Weg entlang. Hinter ihr ein leises, von Minute zu Minute zunehmendes Rauschen. Der Wind wirbelte das Laub durch die Luft. Es polterte. Sie lief schneller. Der erste Baum fiel knapp hinter ihr krachend über den Weg. Sie rannte und rannte. Die Bäume bogen sich und ächzten. Die Hölle brach los. Ein Baum nach dem anderen stürzte wenige Zentimeter hinter ihr auf den Waldboden. Sie lief um ihr Leben. Die vor ihr stehenden Bäume beugten sich zu ihr herab und bildeten einen Tunnel. Vor ihr wollten die Äste nach ihr greifen, hinter ihr brach der Wald zusammen. Da vorne Licht, aber mit jedem Schritt entfernte es sich.

Genau in diesem Moment wurde sie immer wach.

Christiane streckte sich. Sie versuchte, den Traum abzuschütteln. Es war ruhig um sie geworden. Sie hatte sich zurückgezogen und war froh, dass sie die kritischen Tage nach Bernhards Verschwinden überstanden hatte. Nachdem die Presse zuerst täglich über das Verschwinden eines Deutschen beim Wandern berichtet hatte, schrieben sie nach einer Woche ganz lapidar in einer Kurzmeldung, dass kaum zu erwarten sei, dass die vermisste Person noch lebend gefunden werden könnte. In der ersten Woche hatten Hubschrauber und Suchmannschaften versucht, ihn ausfindig zu machen. Aber bis auf das Auto, das nach einer kriminaltechnischen Untersuchung wieder auf der Finca stand, hatte es keinen Anhaltspunkt gegeben, wo Bernhard sein könnte. Christiane hatte sich konsequent von allen Bekannten zurückgezogen. Die so genannten Freundinnen hatten es schnell aufgegeben, sie zu bemitleiden; sie waren einfach nicht mehr aufgetaucht. Und ihre beste Freundin Ulli hatte ihr nur kurz mitgeteilt, dass sie überraschend nach Deutschland musste und sich wieder melden würde. Die Polizei stellte auch keine quälenden Fragen mehr. Sie hatte immer eine vernünftige, nachvollziehbare Antwort gewusst.

So in Gedanken versunken, saß sie auf der Hollywoodschaukel und genoss das erste Glas Rotwein nach langer Zeit. Dann schlief sie erneut ein.

Lautes Hupen vor dem Tor ließ sie zusammenzucken. Sie erwartete niemanden. Trotzdem rannte sie ins Haus und betrachtete sich im Spiegel. Sie sah grässlich aus. Durch Schlafmangel und Vernachlässigung ihres Körpers schien sie um Jahre gealtert.

‚Sollen doch alle sehen, wie ich leide!'

Schon zwei Tage nach Bernhards Verschwinden glich sie einem Wrack. Keine drei Minuten später stand sie am Tor und sah in die Dunkelheit. Alles war ruhig. Vorsichtig öffnete sie die Zufahrt, stellte sich auf den Weg, sah erst nach oben, dann nach unten.

Nichts!

Kein Fahrzeug, kein Mensch. Der unbeleuchtete Weg mit seiner Leere machte ihr Angst. Noch einmal blickte sie zu allen Seiten, dann eilte sie auf ihr Grundstück zurück und wartete ab, bis sich das Tor fest geschlossen hatte. Da, ein

Geräusch! Oder war es nur das Rascheln der Palmen im stärker werdenden Wind?

Ihr fröstelte.

Vor Erreichen der Terrasse streifte sie den Höhleneingang mit einem Blick. Täuschte sie sich? Bewegte sich da etwas? Sie traute sich nicht näher. Wo blieben nur die Hunde?

„Urmel, Charly!"

Ohne auf eine Reaktion zu warten, stolperte sie ins Haus und schlug die Tür zu. Sie versuchte, ihren Atem zu beruhigen, dann linste sie vorsichtig durch ein Fenster. Endlich kamen Charly und Urmel friedlich angetrottet. Schnell ließ sie die beiden ins Haus.

Erwartungsvoll blickte Urmel zu ihr auf. Charly leckte sich die Lefzen. Sabber tropfte aus seiner Schnauze.

„Was hast du denn gefressen?" Christiane sah ihn an. „Urmel, und du hast nichts abbekommen?"

In dem Moment jaulte Charly auf, wimmernd kroch er in seine Ecke. Ein Zittern überlief seinen Körper. Dann lag er wie teilnahmslos da und sah starr mit seinen braunen Augen in den Raum.

„Was hast du?" Christiane beugte sich zu ihm hinunter. Ein seltsamer Geruch stieg ihr in die Nase. „Warum musst du auch jeden Mist fressen."

Sie holte aus der Küche die Wasserschüssel und stellte sie neben ihn.

„Komm, sauf ein bisschen!"

Teilnahmslos blickte Charly daran vorbei. Urmel sah sie dagegen auffordernd an. Wenige Minuten später verschlang er sein Trockenfutter wie immer.

Christiane schrak auf: Alles klapperte – und krachend fielen die Gartenmöbel um! Die Hollywoodschaukel hatte sich quietschend in heftige Bewegung versetzt. Entsetzt blickte Christiane durch das Fenster. Im Wetterbericht war nichts von Sturm gesagt worden. Und von schlimmen Regen, den sie herbeisehnte, war auch nicht die Rede gewesen.

Da, wieder Stille im Dunkel.

„Was zum Teufel ..."

Sie lief zu den Lichtschaltern und riss alle auf einmal hoch. Gespenstisch flatterten die Bäume im grellen Licht, als ob man einen Vogel an den Beinen hielte, der versuchte, sich zu befreien. Zwei Gartenstühle lagen umgekippt weit von der Terrasse entfernt. Skeptisch betrachtete Christiane, was sich da draußen abspielte.

‚Sollte ich mir alles nur eingebildet haben? Das ist doch nur ein Sturm ... Zwar nicht angekündigt, aber dann wird es auch nicht schlimm werden.'

Eine *tormenta*, wie sie ihn schon zwei Mal erlebt hatte. Sie öffnete die Tür und trat in das Tosen. Mit Macht stemmte sie sich gegen die Böen. Schnell schleppte sie die Stühle ins Innere. Dann schloss sie aufatmend die Tür. Heute würde sie das Haus mit Sicherheit nicht mehr verlassen. Draußen war es gruselig. Wenn die Fallwinde aus den Bergen kamen, lag die Finca in einer Schneise, in der schon mehrmals verheerende Schäden angerichtet worden waren.

Sie musste jetzt schlafen. Morgen würde alles vorbei sein.

Als sie das Nachtlicht ausknipste, erschien Bernhards Gesicht vor ihr. Sein Mund war weit zu einem Todesschrei geöffnet. Dieses Bild erschien wieder und wieder, egal wie häufig sie das Licht wieder an und – nach einer Weile – abstellte, so als hätte es jemand in ihren Kopf eingraviert.

‚Ich muss mich ablenken, auf meine Aufgaben konzentrieren!'

Verärgert zählte sie halblaut auf, was sie am nächsten Tag tun musste.

Spät fiel sie in einen unruhigen Schlaf.

Mitten in der Nacht erwachte sie schweißgebadet. Aus dem Flur drang ein Keuchen. Sie stürzte aus dem Bett. Ihr Blick fiel auf Charly. Er würgte eine grau-braune Masse aus seinem Maul. Verklumptes Blut mischte sich dazwischen. Er rang nach Luft, japste noch mehrmals und lag wenig später mit Muskelkrämpfen auf den Fliesen. Hilflos hockte sich Christiane neben ihn, nahm seinen Kopf in die Hände und streichelte ihn. Er tat ihr leid. Dann seufzte er laut und wurde ruhig. Es dauerte eine Weile, bis Christiane merkte, dass er tot war.

‚Ich glaub das nicht! Das war keine Magenverstimmung: Er muss Gift gefressen haben!'

Entsetzen packte sie. Beunruhigt blickte sie zu Urmel, der friedlich zusammengerollt auf seinem Platz lag. Wütend trat sie gegen den Hundekorb.

„Was geht hier vor?"

Erschrocken sprang der kleine Hund auf.

„Wozu seid ihr blöden Köter denn da?" Christiane brüllte ihn an.

Mit eingezogenem Schwanz drückte Urmel sich zur Tür.

„Los, raus mit dir!"

Fast hätte sie ihm noch einen Fußtritt gegeben.

‚Jetzt muss ich auch noch Charly verbuddeln!'

Urmel war nach dieser Nacht das einzige Tier, das noch auf der Finca leben durfte. Gleich nach Bernhards Verschwinden hatte Christiane sich darum gekümmert: Ein deutscher Reitstallbesitzer hatte Bernhards Pferde in Pension genommen. Sie war zufrieden gewesen, dass sie nichts mehr mit ihnen zu tun hatte. Tiere waren ein Störfaktor. Eigentlich war sie sogar froh, dass sich Charly auf diese Weise verabschiedet hatte. Ein Problem weniger. Aber ein bisschen Gesellschaft durch Urmel war ihr dennoch recht.

An Schlaf war auch heute Nacht nicht mehr zu denken. Das hatte sie unterschätzt. Sie setzte sich an Bernhards Schreibtisch. Schon gestern hatte sie begonnen, eine Vermisstenanzeige zu gestalten. Jetzt musste sie sie nur noch ausdrucken. Dann sah sie erneut Bernhards Papiere durch. Nirgends konnte sie das Testament finden. Irgendwo musste es doch sein, sie hatte doch den Entwurf gesehen! Sie durchsuchte das Haus.

Als es dämmerte und die Morgensonne durch die vom Sturm und kurzen Regen sauber gewaschene Luft strahlte, war sie immer noch nicht weitergekommen. Die Erde dampfte und kleine Wölkchen stiegen von den feuchten Wegen auf. Christiane konnte nicht mehr abwarten. Sie wollte Bernhards Notar in Berlin anrufen. Die Zeit schleppte sich dahin.

Endlich war es neun Uhr auf Teneriffa und zehn Uhr in Deutschland. Mit Beklemmung wählte sie die Telefonnummer der Kanzlei und ließ sich verbinden. Sie war aufgeregt.

Wenig später knallte sie voller Wut den Hörer auf. Hatte ihr der Alte in der Kanzlei in Berlin doch gesagt, dass er mit ihr über gar nichts reden könnte, solange Bernhard noch nicht gefunden sei! Selbst dann müsste sie nach Deutschland kommen, um Genaueres zu erfahren. Und dann hatte er noch wie nebenbei erwähnt, dass beim Nichtauffinden Bernhards ganz andere Regelungen gelten würden. Er hatte irgendetwas über „für tot erklären" gesagt, und dass das lange dauern könnte. Auch bezweifelte er ihre Befugnisse in dieser Sache an. Sie raufte sich die Haare, ihre Gedanken überschlugen sich.

‚Es muss einen Ausweg geben!'

Sie sprang ins Auto und drehte das Radio auf volle Lautstärke. Kaum hatte sie die Finca verlassen, trat sie das Gaspedal bis zum Anschlag durch. Der Wagen schoss vorwärts. In der ersten Kurve bremste sie. Sie musste sich zusammennehmen. Bei Candelaria verließ sie die Autobahn und nahm mit Schwung den ersten Verkehrskreisel, dann an der Tankstelle vorbei und noch mal eine *rotonda*, jetzt zum Parkplatz am Meer. Ungeduldig wartete sie, bis die Autos vor ihr durch die Schranke gefahren waren. Endlich konnte sie aussteigen. Die Woche war anstrengend gewesen und hatte das Letzte von ihr gefordert. Sie mochte gar nicht an den toten Hund denken, den sie ja auch noch verscharren musste. Nein, sie wollte sich nur noch ablenken. Dann musste sie auch noch die in der Nacht fertiggestellten Vermisstenplakate aufhängen und verteilen.

Zuerst schlug sie den Weg zu ihrer *churreria* ein. Wenn sie emotional aufgeheizt war, konnte sie diese in Fett ausgebackenen Teigstangen in Mengen in sich hineinstopfen. Heute wollte sie vernünftig sein und bestellte nur drei Stück zu ihrem *cortado leche y leche*. Dieser Kaffee war eine Leckerei und beruhigte ihre Nerven. Zumindest bildete sie sich das ein. Sie sah sich noch einmal ihre Suchmeldung an, die sie in der Nacht gestaltet hatte. In großen Lettern prangte über allem: *DESAPARECIDO*, dann folgte ein Farbfoto von Bernhard mit seinem Namen. Ein kurzer Text in Deutsch und Spanisch ergänzte die Suchanzeige. Ganz klein hatte sie ihre Handynummer darunter gesetzt. Es würde sowieso niemand anrufen. Sie blätterte noch einmal durch die zwanzig Ausdrucke. Nach der Stärkung mit den Churros wollte sie mit dem Verteilen beginnen.

Gerade als sie mit dem kleinen Löffel die letzten süßen Tröpfchen des Cortados aus dem Glas kratzte, hörte sie entfernt hinter sich eine bekannte Stimme. Sie drehte sich um. Sie traute ihren Augen nicht.

‚Das ist doch …? Ulli!'

Die hatte bereits bezahlt und ging mit einer Tüte voller Churros in der Hand Richtung Kathedrale. Eilig stopfte sich Christiane mit dem letzten Teilchen den Mund voll, bezahlte und lief hinter Ulrike her.

Nichts – sie war wie vom Erdboden verschluckt. Sie konnte sie nicht entdecken.

Enttäuscht machte sie sich daran, ihre Suchmeldung zu verteilen. Sie hätte so gern mit Ulli gesprochen. Sie war die Einzige, die sie wegen Bernhards Verschwinden nicht bedrängt hatte. Und jetzt war sie wohl aus Deutschland wieder auf Teneriffa und hatte sich noch nicht einmal gemeldet! Je mehr sie in den letzten Tagen zurückgezogen lebte, desto wichtiger erschien es ihr, sich einmal unbelastet mit einer Freundin auszutauschen. Dafür wäre Ulli genau die Richtige gewesen. Aber sie war ja selbst daran schuld, sie hatte sie furchtbar vernachlässigt und sich seit Bernhards Verschwinden nicht mehr bei ihr gemeldet.

Trotz ausgiebiger Suche konnte sie Ulli nicht finden. Betrübt machte sie sich auf den Weg zurück zur Finca.

KAPITEL XLII

Seit drei Wochen war Bernhard nun schon verschwunden. Christiane hatte sich daran gewöhnt, die Zeit totzuschlagen. Bis auf kleine Ausflüge nach Candelaria zum Einkaufen blieb sie auf der Finca.

Sie war einsam. Ständig musste sie überlegen, wie sie den Tag herumkriegen konnte. Sie hatte es sich angewöhnt, täglich einen Rundgang über die Finca zu machen. Sie beobachtete, ob Veränderungen aufgetreten waren. Nach Charlys Tod war sie sich sicher, dass irgendjemand die Hunde vergiften wollte. Da das nur bei Charly gelungen war, befürchtete sie, dass auch Urmel in Gefahr sein könnte. Aber sie wusste auch, dass sie ihn nicht schützen konnte. Das Grundstück war einfach zu groß, und einen kleinen vergifteten Happen würde sie sowieso nie entdecken. Der kleine Kerl war jetzt der einzige, mit dem sie sich noch unterhalten konnte.

Die Höhle hatte sie seit Langem nicht mehr betreten, es fiel ihr sogar schwer, an ihr vorbei zu gehen, geschweige denn, die Tür zu öffnen. Sie hatte gleich nach einer Woche ein Alarmsystem in den Raum mit der Tiefkühltruhe eingebaut, das beim Anschalten des Lichts oder zehn Sekunden nach Öffnen der Spiegeltür einen Klingelton auf ihrem Handy erzeugte.

Jetzt hieß es, auf schlechtes Wetter zu warten.

KAPITEL XLIII

Es waren Wochen vergangen, ohne dass sich das Regenwetter einstellte, auf das Christiane wartete. Sie horchte auf. Da war doch ein Geräusch gewesen! Seit Charlys Vergiftung beschlich sie das Gefühl, ständig beobachtet zu werden.

„Ich bin doch nicht verrückt", schimpfte sie leise vor sich hin. „Ich möchte jetzt jeden Tag genießen und nicht wie in einem Gefängnis dahinvegetieren. Urmel, los komm, wir drehen noch eine Runde!"

Phlegmatisch sah der mollig gewordene Hund zu ihr hoch. Ein leichter, frisch aufkommender Wind kündigte an, dass die Sonne in wenigen Minuten hinter den Bergen versinken würde. Es wurde sofort etwas kühler.

„Nun los, komm schon! Hast wohl Angst vor Räubern?"

Sie kicherte hysterisch und trat gegen den Hundekorb, wie sie es in letzter Zeit öfter machte. Wie in Zeitlupe stand Urmel auf, machte erst einen Buckel und streckte sich dann ausgiebig. An der Türschwelle zur Terrasse blieb er stehen, blickte kurz Christiane an, die sich bereits entfernte, und machte Anstalten, sich wieder zurückzuziehen. Diesmal wollte sich Christiane durchsetzen. Sie griff zu einem Strick und knotete ihn um das Halsband des Hundes. Die Hundeleine hatte sie schon längst aus den Augen verloren. Sie wurde ja auch nicht mehr gebraucht. Seit Bernhards Tod gab es außerhalb der Finca keine Wanderungen und kein Ausgehen mehr.

Verdrießlich zog sie den Hund hinter sich her. Plötzlich knurrte Urmel. Christiane drehte sich um und sah einen menschlichen Schatten hinter den Apfelsinenbäumen verschwinden. Wie angewurzelt blieb sie stehen. Diesmal war sie sich sicher, dass sie sich nichts eingebildet hatte.

‚Da war jemand!‘

Kalte Angst packte sie. Sie stand wie gelähmt. Da begann Urmel, am Strick zu zerren. Fast hätte er sich losgerissen.

‚Ich muss zum Haus zurück! Ich hab’ nichts verschlossen.‘

Sie riss den aufgeregten Hund hinter sich her, rannte einige Meter, bis sie außer Atem war. An der Tür zögerte sie.

‚Wenn da jetzt jemand drin ist? Was soll ich nur machen?‘

Vorsichtig schob sie Urmel vor sich her. Alles blieb ruhig.

‚So geht das nicht weiter. Ich brauche Hilfe. Doch wem kann ich vertrauen? Ulli? Thomas?‘

Ulrike hatte ihr nur über eine Nachricht mitgeteilt, dass sie dringend etwas zu erledigen hätte und einige Zeit nicht erreichbar sei. Und Thomas, den hatte sie so schnöde in Hamburg zurückgelassen, dass sie erst mal wieder ein gutes vertrautes Verhältnis zu ihm aufbauen musste. Nein, sie war und blieb auf sich allein gestellt.

Ängstlich überprüfte Christiane das Innere des Hauses. Alles war unverändert. Aber sie wusste, da draußen lauerte eine Gefahr.

„Puh, das war knapp!“

Ulrike war es gerade noch einmal gelungen, sich vor Christiane zu verstecken. Aber sie hatte heute endlich erreicht, was sie wollte. Nun wusste sie, dass die Höhlenwohnung kein Sicherheitsschloss besaß. Vor Tagen hatte sie mit einer Drahtzange eine Klappe in den Zaun geschnitten. Dieser Durchschlupf befand sich an einer dicht bewachsenen Stelle der Finca. Sie brauchte das Drahtstück nur hochzubiegen. Dann kroch sie durch die Öffnung. Sorgfältig drückte sie danach den Teil des Zauns wieder herunter. Niemand konnte sehen, dass sich hier eine versteckte Öffnung befand. Das von Bernhard installierte Sicherheitssystem funktionierte schon lange nicht mehr. Bevor Ulrike an das Aufschneiden des Zaunes gegangen war, hatte sie sich eine schwarze, bequeme Jogginghose gekauft. Schuhe mit weichen Sohlen und dunkle T-Shirts besaß sie. So ausstaffiert wagte sie es endlich, sich die Finca genauer anzusehen.

Die Pferde gab es nicht mehr. Der Stall stand verlassen da. Aber dem galt nicht ihr Interesse. Sie war sich sicher, dass nur die Höhle ein Geheimnis barg.

Der kleine Hund lief inzwischen selten außerhalb des Hauses herum. Er war dick und bequem geworden. Sollte er ihr doch einmal begegnen, war sie sicher, dass er sich mit Leckerlis beruhigen ließe. Inzwischen kannte sie sich auf dem Gelände sehr gut aus. Mit Geduld hatte sie eine Ecke nach der anderen erkundet. Das hatte sie viel Zeit gekostet, aber heute hatte es sich ausgezahlt. Als Christiane mit dem fetten kleinen Hund auf sie zukam, konnte sie ungesehen verschwinden. Sie war sicher, dass Christiane sie zwar bemerkt, aber nicht erkannt hatte. Zufrieden rieb sie sich die Hände. Jetzt wusste sie, wie sie die Tür zur Höhle öffnen konnte. Ein Sicherheitsschloss hätte es nicht unmöglich gemacht, aber erschwert. In den nächsten Tagen konnte sie sich endlich dort umzusehen. Dieses läppische Schloss würde ihr keine Probleme bereiten.

Christiane sah täglich im Internet nach dem Wetter. Sie brauchte dringend Regenwetter. So starken Regen, dass sich niemand aus dem Haus wagte. Wie oft hatte sie in den letzten Wochen die Wettervorhersagen angesehen, es schien keinen Regen mehr auf Teneriffa zu geben. Sie kannte inzwischen auch die verschiedensten Wetterkanäle, aber in der Hinsicht glichen sie sich alle. Es war kein Unwetter zu erwarten.

Auch jetzt saß sie verzweifelt vor dem Computer. Aber sie musste handeln. Viel länger konnte sie diese Situation nicht mehr ertragen. Und das diffuse Gefühl, dass sie beobachtet wurde. Bei diesem Gedanken löschte sie schnell alle Lichter und stellte sich hinter ein Fenster. Der Eingang der Höhlenwohnung lag genau in ihrem Blickfeld. Als auch nach knapp einer Stunde alles ruhig blieb, ging sie ins Bett. Aber an Schlaf war nicht zu denken. Sie wälzte sich von einer Seite zur anderen. Sie war aufgedreht, sie musste sich bewegen.

Im Dunkeln schlich sie durch die Wohnung, griff dann wieder zum Strick und zog Urmel aus seinem Körbchen. Sein Sträuben nützte nichts. Sie zweifelte, ob der Hund überhaupt ein Schutz wäre. Aber sie brauchte ihn. Allein wäre sie nie in die Höhle gegangen. Seit Wochen mied sie die Nähe zur Höhlenwohnung. Sie vertraute auf ihr Warnsystem, das anzeigen würde, wenn jemand den Raum mit der Tiefkühltruhe betrat. Genau wusste sie zwar nicht, was sie dann bei einem Alarm machen wollte, aber schon das Wissen, dass sie vorgewarnt würde, beruhigte sie.

„Los, Urmel, jetzt stell dich nicht so an!“

Christiane öffnete die Haustür und stand im Dunkeln auf der Terrasse. Vorsichtig bewegte sie sich Schritt für Schritt in Richtung Höhle. Unter ihren Füßen knirschte der grobe Lavasand. Immer wieder blieb sie stehen und lauschte in die Finsternis. Endlich konnte sie den Schlüssel in das Schloss stecken. Schnell öffnete sie die Tür, nahm ihre Taschenlampe und strich damit an den Wänden des Flurs entlang. Sie atmete die abgestandene Luft ein. Der Gasgeruch war verschwunden. Plötzlich hielt sie die Luft an. Die Türen zur Küche und zum Schlafraum waren nur angelehnt. Sie biss sich auf die Lippen.

‚Hatte ich nicht alle Türen verschlossen?‘

Sie zögerte. Mit einem Ruck drehte sie sich um, zerrte Urmel hinter sich her und knallte die Außentür zu, drehte den Schlüssel um und riss ihn aus dem Schloss. Dann stürmte sie in ihr sicheres Haus.

Zitternd ließ sie sich in den Sessel fallen. Diesmal kam sie nicht mehr ohne einen Schnaps aus. Sie griff sich eine volle Flasche mit Grappa und schenkte ein Wasserglas halb voll.

Langsam wurde sie ruhiger. Sie zweifelte. Hatte sie nicht doch die Türen angelehnt gelassen? Urmel hatte in der Höhle keine Gefahr signalisiert.

‚Bin ich schon so paranoid, dass ich nicht mehr weiß, was ich getan habe?'

Nach dem dritten Glas stand sie schwankend auf und verkroch sich im Bett.

Kraftvolles Morgenlicht drang durch ihr Schlafzimmerfenster. In Christianes Kopf hämmerte und pochte es. Mühsam stützte sie sich auf und ließ ihre Beine aus dem Bett hängen. Schwindelig griff sie zu ihrem gelben Bademantel. Auf der Terrasse atmete sie die frische Morgenluft ein. Vom Alkohol noch benebelt, ließ sich auf die Hollywoodschaukel fallen.

„Was war das bloß gestern?", fragte sie sich halblaut.

Langsam nahm der vergangene Abend wieder Konturen an. Stückweise kam ihre Erinnerung zurück. Sie sprang auf und sah sich ängstlich um. Vorsichtig ging sie einige Schritte in den Garten. Da war doch etwas Bedrohliches gewesen! Sie bewegte sich schneller. Warum fiel es ihr nur so schwer, sich zu erinnern. Plötzlich wollte sie nur noch rennen, rennen bis zur totalen Erschöpfung. Weglaufen, alles hinter sich lassen.

Immer noch beduselt, mühte sie sich in ihr weites, geblümtes Sommerkleid. Dann stieg sie ins Auto und verließ die Finca. Sie brauchte Abwechslung. Jeden Tag nur die Zeit in ihrem offenen Gefängnis totzuschlagen, überschritt heute ihre Kraft. Da konnte man ja nur verrückt werden. So hatte sie sich das nicht vorgestellt. Ihr erstes euphorisches Aufatmen nach Bernhards Verschwinden konnte sie nicht mehr verstehen. Fast alles, was sie erhofft hatte, war nicht eingetreten. Nur, dass die Polizei sich nicht weiter mit ihr beschäftigte, konnte sie in der Bilanz positiv verbuchen. Und jetzt diese Angst, dass doch irgendwoher eine Gefahr drohte.

Im Einkaufszentrum *Carrefour* war es trotz der frühen Zeit stickig. Zuerst kaufte Christiane sich ein dick mit *jamón serrano* und *queso fresco* belegtes *bocadillo.* Schon nach dem ersten Bissen mochte sie nicht weiteressen. Sie wickelte den Rest in eine Serviette und ließ ihn in der Handtasche verschwinden. Sie kaufte ein paar Zeitungen. Schnell blätterte sie sie durch. Seit Wochen gab es keinen Hinweis mehr auf Bernhard. In einem Bekleidungsgeschäft erstand sie eine schwarze Hose und eine schwarze Strickjacke. Langärmlige schwarze T-Shirts gab es nicht. Sie würde das Zeug ja sowieso nur einmal anziehen. Nachdem sie wahllos Lebensmittel eingekauft hatte, stand sie hilflos in der riesigen Parkgarage und sah sich irritiert um. Hier standen Hunderte von Autos. Sie wusste noch nicht einmal, ob sie sich auf der richtigen Parkebene befand. Sie fasste sich an den immer noch dröhnenden Kopf. Ihr Auto war nicht zu sehen.

„Man sollte nicht besoffen fahren", murmelte sie.

Endlich fand sie es und stellte die schwere Tüte mit den Lebensmitteln erleichtert in den Kofferraum. Sie musste wieder zur Finca. Langsam ahnte sie, was am Abend vorher abgelaufen war.

‚Wie kann ich nur so dumm sein, aus einem diffusen Unwohlsein heraus dort alles allein zu lassen? Ich werde noch verrückt!'

Sie setzte sich hinter das Steuer und fuhr vorsichtig, noch immer nicht ganz nüchtern, aus der Parklücke.

Kurz vor Arico hatte sie es immer eiliger. Ihre Unruhe nahm mit jedem Kilometer zu. Sie brauste die schmale Landstraße entlang. Die Kurven schnitt sie bedrohlich.

„Nein!"

Abrupt trat sie auf die Bremse. Es krachte. Sie wurde nach vorn gerissen, ihr Oberkörper flog zurück. Das Auto stand. Benommen sah sie sich um. Rechts und links flüchteten Ziegen in wildem Durcheinander. Mit zittrigen Fingern löste sie den Sicherheitsgurt und glitt auf die Straße. Ein immenser Schmerz in ihrem Kopf ließ sie aufstöhnen. ‚Jetzt vielleicht auch noch ein kaputtes Auto!', war dennoch ihr erster Gedanke. Sie umrundete ihr Fahrzeug.

„Oh Gott!“, stöhnte sie.

Vor der vorderen Stoßstange lag eine blutende Ziege. Sie gab kein Lebenszeichen mehr von sich. Verstohlen sah Christiane sich nach allen Seiten um. Bis jetzt war niemand aufgetaucht und hatte den Zusammenprall mit der Ziege bemerkt. Ihre Gedanken überschlugen sich. Sie öffnete die Heckklappe, entnahm eine Decke, hastete nach vorn, wickelte die kleine, mehrfarbige Ziege mit den schon kräftigen Hörnern ein, zerrte sie zum Kofferraum und hievte sie hinein. Aufmerksam sah sie sich noch einmal um.

Dann setzte sie ihre Fahrt zur Finca fort, als sei nichts passiert. Später würde sie entscheiden, was sie mit dem Tier machen würde. Sie hatte da so eine Idee.

Bei der Ankunft auf der Finca fand sie alles unverändert vor. Plötzlich konnte sie ihre übersteigerte Unruhe nicht mehr verstehen. Sie schleppte den Ziegenkadaver vor die Höhle und wickelte ihn notdürftig in eine Folie ein. Mit der Ziege im Arm konnte sie jetzt ohne Hemmungen und ohne zu zögern die Höhle betreten. Kaum hatte sie den Abstellraum geöffnet, schlug ihr stickige Luft entgegen. Mit angehaltenem Atem schaltete sie das Alarmsystem aus und überwand die zwei Schritte bis zu dem weißen Kühlmonster. Inzwischen mehr interessiert als ängstlich, öffnete sie die Truhe. Jetzt schleppte sie die noch warme Ziege in den kleinen Raum. Mit Mühe gelang es ihr, das tote Tier in dem Kühlgerät unterzubringen. Jetzt war die Truhe randvoll. Die überstehenden Teile presste sie mit dem Deckel herunter. Sie verriegelte alles wie zuvor. Schnell verließ sie den Raum.

Zufrieden über ihren Einfall, die Ziege aufzubewahren, war sie sich plötzlich sicher, dass bald schlechtes Wetter mit Sturm und Starkregen eintreffen würde.

KAPITEL XLIV

Ihre Vorbereitung war abgeschlossen. Die Tasche mit Werkzeug und Dietrichen stand auf dem Beifahrersitz. Besorgt sah Ulrike zum Himmel. Schwarze Wolken zogen auf. Sie hatte von einer aufziehenden Gewitterfront gehört. Sie war unsicher. Das Gewitter behagte ihr gar nicht.

Als sie im Alter von sieben Jahren mit ihrem älteren Bruder bei einem heftigen Gewitter auf der Fensterbank ihres Wohnzimmers saß und gemeinsam den darunterliegenden Kirchplatz mit dem aufspritzenden Regen und die riesigen Wasserlachen und die wunderschönen Blitze beobachteten, schlug ein Blitz direkt vor ihren Augen in das Nachbarhaus ein. Ein infernalischer Schlag ließ die Fensterscheiben erzittern und klirren. Dann lief der Blitz über einen Draht, sie blendend, direkt zum Kirchturm und von dort über den Blitzableiter seitlich am Kirchturm in die Erde. Sie glaubte heute noch zu spüren, wie die Schallwellen des Donnerschlags ihr Herz erschütterten. Vor Schreck war sie damals erstarrt. Ihr Bruder schmiss sich dagegen auf den Dielenboden, bedeckte seinen Kopf mit den Händen und brüllte wie am Spieß. Wenig später hatte sie ihn so weit beruhigt, dass er nur noch in ihren Armen wimmernd auf die Rückkehr der Mutter wartete. Seine tiefe Angst hatte sie mehr gezeichnet als ihr eigener Schrecken. Seitdem sah sie jedem Gewitter mit Skepsis entgegen.

Noch einmal blickte sie zum Himmel. Schnell traf sie eine Entscheidung: Sollte das Unwetter zu schlimm werden, würde sie umkehren.

Am Zaun der Finca klappte sie ihren Durchschlupf auf. Alles war unverändert. Sie schob ihre dunkle Tasche mit dem Werkzeug auf die andere Seite und kroch hinterher. Der Himmel verfinsterte sich bedrohlich. Die ersten Tropfen fielen. Sie hockte sich unter einen Baum, stülpte eine Plane über sich und wartete.

Sie musste lange ausharren, bis sich auch auf der Finca nichts mehr rührte. Der Sturm wuchs zu einem Orkan an und peitschte den herabstürzenden Regen fast waagerecht durch die Gegend. Trotz ihres Regenschutzes drang die Nässe bis auf die Haut durch. Klamm vor Kälte erwog sie einen Rückzug.

‚Nein! Das Wetter kann auch mein Verbündeter sein!'

Bis auf das auf- und abschwellende Brausen war nichts anderes wahrzunehmen. Mit ihrer dunklen, durchnässten Kleidung und den vor Nässe quatschenden, weichen Mokassins schlich sie über den schmalen Pfad zum Höhleneingang. Sie war fast unsichtbar. Sie hatte sogar eine schwarze Mütze gefunden, die jetzt vor Nässe schwer ihre Haare verbarg. Nach wenigen Schritten, schon in Sichtweite des Eingangs zur Höhle, setzte sie sich auf einen umgefallenen Baumstamm und holte mehrfach tief Luft. Jetzt konnte es losgehen.

In dem Augenblick sah sie einen Lichtstrahl unter der Tür des Hauses. Dann nichts mehr. Vorsichtig setzte sie einige Schritte zurück. Sie ließ das Haus nicht aus den Augen. Der Regen schlug ihr ins Gesicht. Wie durch einen Schleier sah sie, wie sich die Tür des Hauses öffnete. Eine ebenso schwarze Gestalt wie sie erschien, zog die Tür hinter sich zu, lauerte kurz wie ein Raubtier vor dem Sprung und kam dann direkt auf sie zu! Ab und zu leuchtete der Strahl einer Taschenlampe auf dem durchweichten Boden. Entsetzt sah Ulrike in dem Aufleuchten ihre eigenen Fußabdrücke, die, voll Wasser gelaufen, sich deutlich vom Pfad abhoben. Ihr Puls ging schneller. Ohne eine Chance, noch zu verschwinden, machte sie sich auf die Konfrontation gefasst. Zum Greifen nah huschte die schwarz vermummte Gestalt an ihr vorbei. Es war Christiane.

Ein ohrenbetäubender Knall riss Ulrike aus der Deckung. Sie hielt sich die Ohren zu und schloss die Augen. Ein Poltern, Scheppern. Vermeintlich kurze Stille.

Das Terrassendach des Hauses war eingestürzt. Dann noch stärkeres Rauschen und Peitschen des Regens. Es steigerte sich zu einem Höllenlärm.

Auch Christiane verharrte, blickte aber nur kurz zurück und hastete dann zur Höhle.

Ulrike konnte es nicht fassen: Christiane hatte sie wirklich nicht bemerkt! Zitternd vor Kälte und Nässe beobachtete sie, wie Christiane in der Höhlenwohnung verschwand. Sie prustete die Regentropfen, die durch ihr Gesicht rannen, weg. Ihr Puls raste, sie glaubte sich einer Ohnmacht nahe. Aber an Flucht war nicht mehr zu denken.

Plötzlich schimmerte Licht durch die geblümten Gardinen der Ferienwohnung. Dann erlosch es.

Ulrike machte zwei Sätze und hockte sich unter das Fenster. Vorsichtig hob sie ihren Kopf, um durch die Scheiben zu sehen. Sie blickte in ein undurchdringliches Dunkel. Da schwang die Tür nach außen auf und knallte ihr gegen den Kopf. Vor Schreck gab sie einen leisen Schmerzenslaut von sich.

Aber Christiane bemerke sie abermals nicht, rannte durch den peitschenden Regen zu ihrem Auto!

Ulrike blieb nur ein kurzer Moment, schnell in die Höhle zu huschen. Eilig ertastete sie im Dunkeln die Klinke der Tür des Wohnraums. Nichts wie hinein. Kaum hatte sie die Tür hinter sich zugedrückt, hörte sie, wie ein Auto mit dem hohen Ton des eingelegten Rückwärtsganges an den Höhleneingang gefahren wurde. Dann die schnellen Schritte Christianes. Ein heftiger Schlag gegen die Tür von Ulrikes Versteck, dann direkt ein Aufschrei!

Polternd war Christiane auf dem nassen Boden des Flurs ausgeglitten. Halt suchend, griff sie zur Türklinke. Mit Schwung schlug die Wohnzimmertür gegen die Wand.

Christiane kippte erneut um und fiel laut schimpfend in den dunklen Raum.

Derweil lag Ulrike wie betäubt eingequetscht zwischen Sofa und Wand. Fast konnte sie Christianes Gesicht berühren.

„Mist, dieser glatte Fliesenboden!“ Christiane rappelte sich auf, stützte sich auf dem Sofa ab und mühte sich hoch.

Ulrike wagte nicht zu atmen. Sie konnte Christiane nicht sehen, fühlte aber die Ausdünstung des erhitzten, feuchten Körpers. Ängstlich wartete sie ab. Unter wüsten Verfluchungen verließ Christiane den Raum, um tiefer in die Höhle zu gehen. Ein Knall, und eine Tür fiel ins Schloss.

Ulrike blieb noch einen Moment in ihrer unbequemen Position. Dann wand sie sich mühsam hinter dem Sofa hervor. Sie haderte, was sie tun sollte: Weitermachen oder Rückzug? Sie öffnete die Tür, hinter der Christiane verschwunden war, einen winzigen Spalt. Schwaches Licht drang aus dem letzten Raum. Ulrike schlüpfte in den Flur. Angespannt schlich sie weiter – bis sie Christiane gebückt vor einer Tiefkühltruhe stehen sah. Als die sich aufrichtete, hielt sie einen unförmigen Gegenstand in den Armen.

Ulrike eilte rückwärts zurück, rannte dann im Flur direkt hinaus aus der Höhle in die tosende, triefend nasse Finsternis. Vor Hast stürzte sie und zerriss die schwarze Jogginghose am Bein. Hell schimmerte ihre Haut hervor. Schnell kroch sie unter einen Busch. Sie zog und zerrte den Stoff notdürftig zusammen.

‚Ich muss hier weg!‘

Inzwischen spürte sie jeden Knochen, das Knie brannte und ihr Kopf schien zu zerspringen. Sie hatte den Gedanken noch nicht richtig zugelassen, da erschien Christiane mit dem Paket in der Türöffnung, warf es in den offenen Kofferraum und verschwand wieder in der Höhle.

Das war Ulrikes Gelegenheit: Geduckt schlich sie sich zum Auto vor. Die Augen starr auf den Höhleneingang gerichtet, jeden Moment bereit, zurückzuweichen, erreichte sie das Auto. Sie tastete auf der Ladefläche des Kombis herum. Plastik raschelte zwischen ihren Fingern. Verschreckt zog sie die Hand zurück. Sie löste den Blick von der Höhlentür. Kurz machte sie ihre Taschenlampe an. Aus einer von Eiskristallen weiß beschlagenen Plane ragte das Horn einer Ziege.

Ein Rumpeln aus der Höhle durchdrang das Tosen des Sturms. Schnell zog Ulrike sich zurück.

„Aber, was …?“

Ulrike kam nicht mehr dazu, sich über den Kadaver der toten Ziege weiter Gedanken zu machen, denn plötzlich erstrahlte der Flur der Höhle im hellen Licht. Christiane stand in dem engen Flur und zerrte und zog an einem unförmigen, riesigen Gegenstand. Er wirkte wie ein überdimensionierter Rollbraten.

„Bernhard!“, explodierte es blitzartig in Ulrike. Ihre Brust zog sich atemlos zusammen und ein Stich bohrte sich in ihr Herz, während sie ihren Mund unwillkürlich zu einem Schrei öffnete. Er erstickte in ihrer Kehle. Sie hielt sich die Hände vor den Mund.

Direkt vor ihren Augen mühte sich Christiane ab, die zu Eis erstarrte Leiche wegzuschaffen. Ungläubig zwinkerte Ulrike mit den Augenlidern die Nässe des Regens weg. Auch als ihr Blick klarer wurde, veränderte sich das gespeicherte Bild nicht mehr.

‚Bernhard.‘

Tränen schossen ihr in die Augen. Wieder undurchdringliches Dunkel. Ulrike ahnte, dass Christiane mit Bernhards Leichnam die Höhle verlassen wollte. Ohnmächtig krallte sie ihre Finger in den nassen Schlamm.

‚Dieses Miststück!‘

Ulrike lief die Zeit davon, denn Christiane hatte sich inzwischen mühsam zum Heck des Autos vorgearbeitet. Wie ein Tiger vor dem Sprung spannte sie alle Muskeln an, schlich Zentimeter um Zentimeter auf Christiane zu. Eine heftige Bewegung Christianes ließ sie kurz zurückweichen. Ulrike lauerte angespannt. Bernhards Leiche lag bereits zum Teil auf der Ladefläche. Schemenhaft erkannte sie, dass sich Christiane bücken musste, um ihn vollständig ins Auto zu befördern. Das war ihre Chance. Mit erhobener Faust setzte sie einen schnellen Schritt vorwärts. Doch ihr linker Fuß bewegte sich nicht fort. Noch im Sturz registrierte sie, dass der sich in einer Wurzel verfangen hatte. Ulrike fiel mit dem Gesicht in den aufspritzenden Schlamm. Voller Angst schützte sie mit beiden Armen ihren Kopf vor dem erwarteten Zuschlagen Christianes.

Nichts geschah.

Vorsichtig hob Ulrike wie in Zeitlupe den Kopf. Ein Knall ließ sie zusammenzucken. Sofort presste sie sich wieder auf den schlammigen Boden, hielt den Atem an. Jeden Moment erwartete sie den Angriff.

Nichts passierte.

Sie blickte auf und konnte gerade noch registrieren, dass die Heckklappe inzwischen geschlossen war. Der zweite Knall, diesmal von der Fahrertür des Kombis, ließ sie ihre Ohnmacht spüren. Der Wagen sprang an und entschwand mit Christiane am Steuer aus ihren Augen, auf der Ladefläche die Leiche Bernhards und der Kadaver einer Ziege.

Wie paralysiert begann Ulrike, tief in den Brustkorb ein- und auszuatmen. Panik stieg in ihr auf. Sie blickte dem schnell in der Finsternis verschwindenden Auto nach. Kurz vor dem Tor der Finca leuchteten noch einmal wie zum Abschied die beiden roten Bremslichter auf, dann blieb nichts als ein Rauschen von dem weiter niederprasselnden Regen übrig.

„Scheiße, Scheiße, Scheiße!“, brüllte Ulrike laut und schrill.

Sie schlug sich die Hände vors Gesicht. ‚Das hatte diese Frau mit Sicherheit schon von langer Hand geplant.‘ Sie wusste nicht mehr weiter. Schließlich tastete sie in der Finsternis nach ihrer Werkzeugtasche. Sie wollte nur noch abhauen, die Flucht ergreifen, es war alles zu schrecklich.

Kurz bevor sie das Tor der Finca erreichte, besann sie sich. Mit der Werkzeugtasche in der Hand schlich sie durch den Regen zurück auf die Höhlenwohnung zu. Behutsam drückte sie die Türklinke nach unten. Die Tür sprang auf. Christiane hatte nicht einmal abgeschlossen. Ulrike betrat den Flur, ihre Taschenlampe in der Hand. Was sie hier bei Licht sah, raubte ihr den Atem. In wunderschönen, warmen Farben, im mediterranen Stil gestaltet, wirkte die Höhle auf sie wie ein Kleinod. Fasziniert ging sie von einem Raum zum anderen.

‚Unfassbar: Stil hat sie. Verdammt – ich bin hier nicht zu einer Wohnungsbesichtigung, sondern muss Beweise finden, dass sie Bernhard ermordet hat!'

Wenig später schloss sie die Tür der Höhle. Ihre Untersuchung hatte sich gelohnt. Hier hatte Christiane in einem versteckten Raum am Ende des Flurs in einer Tiefkühltruhe Bernhards Leiche aufbewahrt. Bei genauer Untersuchung würde die Spurensicherung das sicher schnell herausfinden.

‚Nun entkommst du mir nicht mehr! Auch wenn ich selbst dadurch Bernhard nicht mehr zurückbekomme.'

Den Weg nach Candelaria konnte Ulrike mit ihrem Seat nur im Schritttempo zurücklegen. Die abwärts führenden Straßen hatten sich in reißende Bäche verwandelt. Zweimal glitt ihr Auto mit dem Wasser gemeinsam neben die Fahrspur auf die gegenüberliegende Straßenseite und wäre fast in einen *barranco* gestürzt. Zitternd lenkte sie das Auto wieder auf die Mitte der Straße. Endlich erreichte sie die Polizeistation in Candelaria. Alles war dunkel. An der Tür hing eine Telefonnummer für Notfälle. Ulrike griff zum Handy. Nichts.

‚Wo ist mein Handy geblieben?'

Nervös durchsuchte sie alle Taschen. Es blieb verschwunden. Ihr wurde entsetzt klar, dass sie es auf der Finca verloren haben musste.

‚Jetzt wieder zurück? Nein, das ist viel zu gefährlich. Hoffentlich findet Christiane es nicht!'

Noch einmal blickte sie auf die Tür der Polizeiwache. Ihr blieb nichts anderes übrig, als nach Güímar zu fahren, wo der Polizeiposten die ganze Nacht besetzt war. Schleunigst sprang sie wieder in ihr Auto, vergaß das Anschnallen und preschte durch das Industriegebiet. Sie wusste eine Abkürzung. Nur noch durch die Unterführung der Autobahn. Zu spät sah sie die vom Regen vollgelaufene Vertiefung, ein Knall, sie schlug mit dem Kopf auf das Lenkrad.

Mühsam rappelte sie sich auf. An ein Weiterkommen war nicht mehr zu denken. Ihr Vorderrad stand bis zur Achse in einem Abwasserschacht. Durch den Druck des sich sammelnden Regens war der Deckel zur Seite gespült worden. Jammernd und bis auf die Knochen durchnässt, machte sie sich zu Fuß auf. Sie musste jemanden finden, der sie zur Polizei von Güímar brachte.

Doch das Industriegebiet lag wie ausgestorben da. Keiner würde ihr hier helfen, es war niemand da. Sie stand blutend, in zerfetzter und schlammbespritzer Kleidung inmitten einer Industriewüste, wusste nicht wohin.

Frustriert kehrte sie um und kroch auf die Rückbank des Autos. Sie hoffte nur noch, dass die Nacht vorbei wäre und sie hier gefunden würde. Jetzt war es auch egal, auf welcher Polizeiwache sie ihre Meldung machen würde.

KAPITEL XLV

Christiane fuhr ihre Fracht mit Bedacht. Sie wusste, wie gefährlich überflutete Straßen sein konnten. Sie verließ die Autobahn an der Abfahrt Nr. 20 und fuhr durch das nächtlich stille Industriegebiet von Güímar. Beim dritten Verkehrskreisel bog sie in die erste Straße rechts ab. Dann noch hundert Meter. Sie stellte ihr Auto auf dem Parkstreifen zwischen zwei riesigen Lastwagen ab. Jetzt waren es nur wenige Schritte bis zum Naturschutzgebiet *Malpaís de Güímar.*

Zu ihrem Ärger hatten die Behörden seit Kurzem an allen Eingängen zu dem Schutzgebiet Schranken errichtet. So konnte kein Auto mehr auf den Wegen fahren. Früher hatten hier Motorräder, Quads und Geländewagen oft waghalsige Rennen veranstaltet oder es einfach nur zu Übungszwecken genutzt. Das gehörte jetzt alles der Vergangenheit an. Leider hatte das auch ihr Vorhaben erschwert. Jetzt musste sie Bernhard die fast dreihundert Meter bis zu seinem vorbereiteten Grab schleppen: Ein altes, fast zusammengefallenes Wasserdepot sollte ihn aufnehmen.

‚Was soll's? Es ist ideal: Bernhard, du wirst auf ewig verschwinden.'

Einige Sekunden blieb Christiane noch im Auto. Der Regen trommelte unvermindert auf die Karosserie. Regenbäche verschleierten die Fenster. Schnell beschlugen die Scheiben von innen. Sie atmete noch einmal tief durch. Wieder musste sie in die Nässe hinaus.

„Je schneller, desto besser!", murmelte sie halblaut. „Dann habe ich das endlich hinter mich gebracht!"

Sie nahm sich zusammen und verließ das Auto. Niemand war zu sehen. Der niederprasselnde Regen hatte die Sicht auf Armeslänge beschränkt. Das konnte ihr nur recht sein. Zuerst entlud sie eine Sackkarre, dann zerrte sie Bernhards immer noch steinhart gefrorenen Leichnam aus dem Auto und fixierte ihn an der Karre. Mehrfach rutschte alles zusammen. Ohne die Taue um das unförmige Paket hätte sie noch ewig herumgebastelt. Nach mehreren Versuchen gelang es ihr, die Leiche auf der Karre zu befestigen, ohne dass sie wieder abrutschte. Mit Mühe band sie auch noch den Kadaver der Ziege fest. Dann zuckelte sie Meter für Meter durch das finstere Naturschutzgebiet. An ihrem Kopf hatte sie eine LED-Lampe befestigt, wie Jogger oder Angler sie benutzten, damit sie wenigstens etwas erkennen konnte.

Es war schwieriger als gedacht, der Weg uneben und glitschig. Sie musste rückwärtsgehen, damit sie Gewalt über die Karre behielt. Nur wenn sie die Karre in einem bestimmten Winkel hielt, ließ sich die Last überhaupt ziehen. Ihre Arme schmerzten schnell.

Am Ziel ließ sie entkräftet einfach alles mit einem lauten Aufseufzen hinfallen. Sie konnte nicht mehr. Der Weg durch den Regen und den durchnässten Sand hatte unendlich viel Kraft gekostet. Mit ihren letzten Energiereserven hievte sie den toten Körper an den Rand des alten Wasserreservoirs. Dann ein Schubs und ein dumpfer Aufprall. Verbissen bückte sie sich zu den seit langer Zeit immer wieder aufgeschichteten Steinen rund um das Reservoir und schmiss einen nach dem anderen hinter Bernhard her, bis sie sich sicher war, dass die Leiche völlig bedeckt war. Ein kurzes Aufleuchten ihrer Taschenlampe zeigte, dass nichts, aber auch gar nichts mehr von Bernhard zu sehen war. Dann griff sie sich das Zicklein, schmiss es hinterher und bedeckte es mit den restlichen Steinen.

Minutenlang blieb sie mit schmerzendem Rücken stehen. Sie hatte gedacht, dass sie jetzt befreit aufatmen könnte, aber es stellte sich keine Erleichterung ein.

Langsam ließ der Regen nach.

Erschlagen und müde zog Christiane ihre Sackkarre hinter sich her. Sie wollte nur noch zur Finca zurück. Da tauchten vor ihr zwei Lichter auf. Scheinwerfer! Sie kamen auf sie zu. Verzweifelt sah sie sich um. Hier gab es keine Büsche, sondern nur die mit Stacheln übersäten Kakteen. Wo sollte sie nur so schnell hin? Und dann die Sackkarre!

Ohne nachzudenken, schleuderte sie diese von sich. In dem Moment erfassten sie die Strahler eines Autos. Geblendet wandte sie ihren Kopf zur Seite. Zum Verschwinden blieb ihr keine Zeit.

„Was machen Sie denn hier mitten in der Nacht bei diesem schrecklichen Wetter? Wir hatten von Weitem ein Licht aufleuchten sehen."

Ein Wagen vom *Medioambiente* hielt neben ihr.

Christiane wusste nicht, ob sie weinen oder lachen sollte. Es war alles so gut gelaufen und jetzt? Sollte alle Mühe umsonst gewesen sein?

„Oh Gott, ich hatte so eine Angst, als ich plötzlich die Autoscheinwerfer auf mich zukommen sah. Was bin ich erleichtert, dass Sie es sind. Was ich hier mache?" Christiane suchte nach einer plausiblen Erklärung. Sie wischte mit der Hand über ihr nasses Gesicht. „Ich suche meinen Hund, der ist mir heute früh einfach ausgebüxt."

„Und das mitten in der Nacht?" Zweifelnd blickten sie vier Augen an.

„Ich hatte vorher zu tun, und dann wollte ich ihn nicht bei diesem furchtbaren Unwetter hier draußen allein lassen."

„Dass Sie sich gefährden, daran haben Sie wohl nicht gedacht? Nun, kommen Sie, steigen Sie ein, wir nehmen Sie mit! Wo haben Sie Ihr Auto oder wohnen Sie in der Nähe?"

„Nein, nein, ich kann auch laufen. Mein Auto steht gleich hinter der Absperrung."

„Alberto, hast du da ein Auto gesehen?" Der Fahrer wandte sich an seinen Kollegen.

„Nein, da bin ich sicher.“ Leise fügte er hinzu: „Da stimmt was nicht. Wir bringen die Frau zu ihrem Wagen. Dann wissen wir vielleicht ein bisschen mehr.“

„Nun, steigen Sie schon ein! Wir lassen Sie hier nicht so allein weiterlaufen. Das ist zu gefährlich.“

Christiane wand sich wie ein Aal, aber es blieb ihr nichts anderes übrig, als zu den beiden in das Fahrzeug zu steigen. Langsam konnte sie wieder etwas klarer denken.

„Und was machen Sie hier? Ist es normal, dass Sie bei solch einem Unwetter hier herumfahren?“

„Na, aus Spaß wirklich nicht. Wir fahren Kontrollen. Hier wird immer wieder illegal Müll abgelagert. Gerade bei solch einem Wetter denken manche, dass wir sie nicht erwischen.“

„Warum sollten denn die Leute hier Müll ablagern? Da hinten ist doch ein *punto limpio*, wo man seine überflüssigen Sachen hinbringen kann. Das kostet nicht einmal was.“ Christiane plusterte sich auf und wies mit dem Finger in Richtung der Abfallverwertungsstelle am Rande des Naturschutzgebietes.

„Na, wenn Sie wüssten.“ Bei diesen Worten erreichten sie die Absperrung. Fragend blickten sie auf Christiane. „Und, wo ist Ihr Auto?“

„Gleich da hinten auf dem Parkstreifen.“ Christiane griff zur Tür und wollte aussteigen.

„Wir bringen Sie hin. Keine Widerrede.“ Der dicke Beifahrer stieg aus, öffnete die Schranke, ließ das Auto durchfahren, verschloss sie und stieg wieder ein.

Christiane blieb missmutig sitzen. Sie hatte nicht die Absicht gehabt, die beiden zu ihrem Fahrzeug zu führen. Mit aller Gewalt wollte sie vermeiden, dass sie sich an den Fahrzeugtyp und vielleicht sogar an das Nummernschild erinnerten. Außerdem musste sie auch noch ihre Sackkarre bergen.

„Hier ist es. Danke, dass Sie mich mitgenommen haben.“

Sie stand im anhaltenden Regen und öffnete die Fahrertür. Da rief der Dicke hinter ihr her: „Und was ist mit Ihrem

Hund? Wo können wir uns melden, falls wir ihn finden?" Das hatte ihr gerade noch gefehlt. Sie überlegte, eine falsche Handynummer anzugeben, entschied sich aber dagegen.

Auf der Fahrt zur Finca *Vista Teide* ging ihr noch einmal die ganze Situation durch den Kopf.

‚Ich hatte Riesenglück gehabt! Wären die beiden nur etwas eher gekommen, hätten sie meinen „Spezialmüll" entdeckt.'

Aufgekratzt erreichte sie die Finca. An Schlaf war nicht mehr zu denken. Eilig duschte sie heiß und schlüpfte in trockene, warme Kleidung. Sie wollte jetzt die Leere der Höhlenwohnung genießen. Langsam stellte sich bei ihr eine immense Erleichterung ein.

Kaum hatte sie einen Schritt in den Flur der Höhle gesetzt, stutzte sie. Sie atmete die Luft tief ein, schnüffelte.

‚Der Geruch, was ist das für ein Geruch? Süßlich. Nein, das trifft es nicht. Fruchtig herb? Auch nicht. Ein Parfüm! Das ist es. Ein Parfüm!'

Irritiert sah sie sich um. Sie selbst benutzte kein Parfüm. Ungläubig sog sie die Luft mit der Nase noch einmal tief ein.

‚Werde ich jetzt verrückt? Sind meine Nerven denn so überreizt?'

Sie witterte wie ein Hund. Hier roch es fremd. Jetzt war sie sich sicher. Aufgewühlt blickte sie um sich. War der Flur vorher auch so nass gewesen? Und die Spuren, kamen die nur von ihr selbst? Ja, das konnte nicht anders sein. War sie doch mehrfach raus in die Nässe und wieder rein gelaufen, ohne sich die Füße abzuputzen. Der Flur war so nass und rutschig gewesen, dass sie sogar ausgeglitten war. Sie versuchte sich selbst zu beruhigen.

Aber der Geruch ließ sie nicht los.

Aufmerksam ging sie von Raum zu Raum. Alles war so wie zuvor. Dann machte sie sich unruhig an die Arbeit.

KAPITEL XLVI

Lautes Hupen riss Christiane aus dem Schlaf. Kurz musste sie sich orientieren. Fast zur gleichen Zeit begann ihr Festnetztelefon zu läuten. Bis zum Morgengrauen hatte sie in der Höhle geschuftet. Als sie endlich fertig war, musste sie noch einmal mit dem Auto die Finca verlassen. Es sollte nichts, was an Bernhard erinnerte, zurückbleiben. Dann endlich rettete sie sich ins Bett. Und nun das nervige Telefonklingeln.

Da verstummte es.

Zufrieden rollte sie sich auf die andere Seite. Keine vier Sekunden später schrillte ihr Handy neben ihrem Kopf.

‚Warum habe ich dieses Ding nicht einfach abgestellt oder in der Küche gelassen!'

Verärgert blickte sie auf das Display. Aufstöhnend nahm sie das Gespräch an.

„Wer ist da? Ach, Sie sind es. Was gibt es denn?" Christiane hoffte, dass ihre Verärgerung nicht durch das Telefon zu spüren war. „Ich verstehe nicht. Nein, nicht akustisch. Ich verstehe nicht, was denn jetzt so dringend sein soll. Wo sind Sie? Vor meinem Tor?" Vor Verblüffung fügte sie schnell hinzu: „Ja, ja, ich mache gleich auf. Einen Moment, ich muss die Fernbedienung suchen."

Schnell schlüpfte sie in die kurze Hose, zog ein Shirt über den Kopf, stürzte ins Bad, fuhr über ihr Haar und drückte auf den Toröffner. Es war kurz nach zwölf Uhr mittags. Voller Angst erwartete sie die beiden Kripobeamten, die kurz nach Bernhards Verschwinden zum ersten Mal da gewesen waren. Was wollten die jetzt nach so langer Zeit? Und dann auch noch in der Höhle!

„Guten Tag, wie geht es Ihnen?“

‚Ohne diese Floskel geht hier wohl gar nichts‘, dachte Christiane. ‚Die können doch sehen, dass hier die *tormenta* gewütet hatte.‘

Die schönen Dachpfannen lagen zerbrochen und zerschmettert in der Umgebung herum, und von der Überdachung der Terrasse war nur das Skelett übrig geblieben.

„Wie soll es mir denn gehen? Sehen Sie sich doch diese Zerstörung an. Ich weiß noch nicht einmal, ob das auch alles versichert ist.“ Stöhnend deutete sie mit ausladender Geste auf ihre unmittelbare Umgebung.

„Das wird sich schon regeln.“ Sergio reagierte ungewohnt scharf. „Wir haben einen Hinweis erhalten. Sie sollen in das Verschwinden ihres Lebensgefährten Bernhard Brogis verwickelt sein. Dürfen wir uns in der Höhlenwohnung umsehen? Sollten Sie nicht damit einverstanden sein, erhalten wir noch heute einen Durchsuchungsbeschluss.“

Christiane schüttelte befremdet den Kopf.

„Was soll das denn? Natürlich können Sie die Ferienwohnung ansehen. Ich muss nur noch den Schlüssel holen.“

Ihr war nicht klar, warum gerade heute die Höhle unter die Lupe genommen werden sollte. Nach so langer Zeit, Bernhard war jetzt schon wochenlang wie von der Bildfläche verschwunden.

‚Na ja, was soll es!‘, dachte sie. Sie war sich sicher, dass nichts mehr zu finden sein würde. Trotzdem fühlte sie sich unsicher und konnte sich keinen Reim auf das plötzliche Auftauchen der Kripo machen.

Sie schluckte ein paar Mal und trat dann aber selbstsicher aus dem Haus. Den Schlüssel hatte sie an einem langen roten Band in der Hand und reichte ihn weiter.

„Wollen Sie allein da rein oder wünschen Sie meine Begleitung?“, fragte sie dreist.

„Sie können gern mitkommen“, erwiderte José, ohne auf ihre spitze Anmerkung einzugehen.

Gemeinsam betraten sie die Höhle. Schon am Eingang blieben beide Polizisten erstaunt stehen.

„Das ist aber schön hier, haben Sie das alles allein gestaltet?“ Sergio blickte sich bewundernd um.

„Was haben Sie erwartet? Das ist eine Ferienwohnung. Die muss eben einen bestimmten Standard haben.“

„Komm, lass uns schnell durchgehen. Das sieht ja ganz anders aus, als wir erwartet hatten“, raunte José seinem Kollegen zu. Ihm war es unangenehm, bei diesem idyllischen Eindruck seiner Kontrollpflicht nachzukommen.

Sie sahen in den Wohnraum. Auf dem Couchtisch stand eine Flasche Rotwein. Auf einem Tablett warteten zwei Gläser darauf, gefüllt zu werden. Kopfschüttelnd gingen die Beamten zur nächsten Tür. Das Schlafzimmer wartete demonstrativ auf Gäste. Auf dem runden Bett waren zwei große weiße Badetücher zu Schwänen drapiert. Sie berührten sich mit den spitz gefalteten Schnäbeln. Auf den himmelblauen Bettbezügen sah es so aus, als ob sie auf einem runden Teich schwammen. Zwei kleine Schokoladentäfelchen waren als Betthupferl gedacht.

„Hier würde ich auch gern mal übernachten“, flüsterte Sergio José zu.

In die Küche und das exklusive Bad warfen sie nur noch einen kurzen Blick. Die Spiegeltür zu dem geheimen Höhlenraum stand halb offen. Interessiert betraten José und Sergio diese kleine Kammer. Sie war fast leer. Nur ein kleines, niedriges Tischchen stand verloren herum. Verwundert sahen sich beide an.

„Und was ist das hier?“, richteten sie sich an Christiane.

„Na, das soll mal ein weiterer Schlafraum für Kinder werden. Oft fahren ja auch Paare mit Kindern in den Urlaub“, kam ihre patzige Antwort.

„Und der Geruch? Es riecht hier so, so …?“

„Nach Putzmittel“, ergänzte Christiane den unvollständigen Satz Sergios.

„Und, wann haben Sie das letzte Mal hier geputzt?“, schoss es provozierend aus José heraus.

„Vielleicht vor drei Tagen? Nein, warten Sie. Was haben wir heute? Donnerstag? Ja, dann ist es schon vier Tage her.“

„Das riecht aber noch sehr frisch.“ Schnüffelnd drang Sergio bis in die Mitte des Raumes vor.

„Ja, klar: Hier gibt es noch keine Ventilation. Deshalb hält sich der Geruch eben länger. Und sehen Sie hier. Diese Schalter sollen später die elektrische Belüftung steuern.“

Christiane deutete auf das Schaltersystem gleich links neben der Tür. Sie war froh, dass sie in der Nacht noch die Webcam und alles andere abgebaut und in ihr Haus zurückgeschafft hatte. Es war gar nicht die Angst vor Entdeckung gewesen, die sie bis zum Umfallen hatte schuften lassen. Nein, sie wollte einfach alles, was mit Bernhard zusammenhing, bereinigt haben. Besonders die Entsorgung der Tiefkühltruhe hatte ihr Schwierigkeiten bereitet. Sie hätte darin nie wieder Nahrungsmittel einfrieren können. Deshalb schlug sie fast schon im Morgengrauen zuerst den Deckel ab, dann machte sie sich mit einem Kuhfuß und einer Axt an die Zerkleinerung. Das hatte sich schwieriger als erwartet herausgestellt. Es war auch nicht komplett gelungen, reichte aber, die jetzt nicht mehr so schweren Einzelteile in das Auto zu hieven und zum *punto limpio*, der Deponie, zu fahren. Dort warf sie alles neben das geschlossene Tor. Die wenigen Autofahrer, die im Morgengrauen im Industriegebiet von Güímar fuhren, hatten sie überhaupt nicht beachtet. Jetzt war sie froh, dass sie dorthin gefahren war. Gleich nach Öffnung der Deponie würden die Angestellten sicherlich diesen Schrott in die entsprechenden Container entsorgen. Bei der Rückkehr auf die Finca hatte sie noch die glutrote Sonne an dem durch den Regen gereinigten Himmel aufgehen sehen und war dann todmüde ins Bett gefallen.

Ungeduldig blickte Christiane sich um. Sie wollte die beiden Polizisten loswerden.

„Haben Sie denn nun alles gesehen? Der Raum wird einfach noch nicht genutzt. Ich mache ihn immer nur mit sauber, damit die Gäste hier ihr Gepäck abstellen können." Ungeduldig strebte sie nach draußen. Sergio und José folgten ihr. „Können Sie mir jetzt vielleicht auch sagen, was Sie hier gesucht haben? Mieten wollten Sie diese Wohnung ja wohl nicht." Christiane hatte wieder Oberwasser gewonnen.

„Wir haben einen Hinweis erhalten", antwortete Sergio knapp. Er schien immer noch nicht zufrieden zu sein. „Sagen Sie mal, wann erwarten Sie denn Gäste?"

„In zwei Tagen", fantasierte Christiane ihre knappe Antwort.

„Und dann machen Sie fast eine Woche vorher sauber?", setzte Sergio zweifelnd nach.

Entrüstet blickte Christiane ihn an. „Die Wohnung muss immer in einem guten Zustand sein. Es könnten ja jederzeit Gäste kommen."

Kaum saßen die beiden Kripobeamten im Auto, sahen sie sich an.

„Verstehst du, warum wir uns hier noch mal umsehen sollten?"

„Keine Ahnung. Wir haben ja nur den Auftrag bekommen. Auf der Dienststelle hieß es, dass eine Deutsche im Polizeirevier von Candelaria hysterisch aufgetreten ist und behauptete, dass ihr geschiedener Mann Bernhard Brogis von Christiane Brückner, seiner Lebensgefährtin, ermordet wurde. Die Beweise würden wir in der Ferienwohnung auf der Finca finden. Hast du da etwas in der Richtung gesehen?"

„So ein Quatsch! Vielleicht war alles ein bisschen zu sauber, aber so sind einige Deutsche eben. Die können kein Staubkörnchen liegen lassen."

„Ich glaube, das ist nur ein Racheakt der geschiedenen Frau, weil sie abserviert wurde. Was macht die eigentlich hier so lange Zeit in Candelaria? Muss die nicht arbeiten? Schon bei ihrer ersten Vernehmung nach dem Verschwinden des Mannes war es seltsam: Die wusste fast in allen Einzelheiten, wie das Leben auf der Finca *Vista Teide* so ablief! Die ist ein Stalker, das kannst du mir glauben! Nein, hier auf dem Gehöft ist alles in Ordnung. Lass uns jetzt mal keine Gespenster sehen."

Mit diesen Worten ließen sie die Finca und La Sabinita hinter sich.

Kaum sah Christiane das Zivilfahrzeug der Kripo verschwinden, brach sie zusammen. Das war noch einmal gut gegangen! Sie zitterte und Weinkrämpfe schüttelten sie. Dann kam die Erleichterung. Sie konnte ihr Glück noch gar nicht fassen. Wie hatte sie sich heute Nacht verflucht, mit aller Gewalt jede Erinnerung an Bernhards Ableben zu beseitigen. Jetzt hatte das ihren Kopf gerettet. Zu gern hätte sie gewusst, wie die Polizei auf ihre Spur gekommen war. Aber das spielte im Moment keine Rolle. Sie fühlte sich erschlagen und hundemüde. Trotzdem setzte sie sich sofort an den Computer und buchte einen Flug nach Berlin. Jetzt musste sie mit dem Notar sprechen. Der sollte ihr endlich sagen, was sie von Bernhards Vermögen zu erwarten hatte. Wenn vielleicht auch nicht gleich, dann aber doch bald. Sicherlich könnte er ihr auch den Ablauf erklären und was sie in Zukunft machen müsste, damit es nicht zu lange dauerte. Fast beschwingt buchte sie einen furchtbar teuren Flug für den nächsten Tag und vereinbarte telefonisch einen Termin mit dem Notar. Dann packte sie hektisch. Am Schluss steckte sie noch Bernhards Sparbücher und ihre selbst geschriebene Vollmacht ins Handgepäck. Zufrieden blickte sie sich um. All das würde ihr in Kürze gehören und noch viel mehr. Für Urmel stellte sie einen Futterspender im Garten auf. Sollte er sich doch davon bedienen, bis sie wieder zurückkäme.

Bei Einbruch der Dunkelheit fiel sie zum ersten Mal seit langer Zeit zufrieden ins Bett.

KAPITEL XLVII

Ulrike hatte seit Tagen nichts von der Polizei gehört. Sie wollte endlich wissen, was inzwischen unternommen worden war, um Christiane festzunageln und sie für das, was sie mit Bernhard gemacht hatte, zur Rechenschaft zu ziehen. Sie hatte ihr neues Handy immer in Griffnähe, um den befreienden Anruf nicht zu verpassen.

Inzwischen ging sie auch nicht mehr zu ihrem Beobachtungsposten oberhalb der Finca. Sie hatte es sich aber nicht verkneifen können, noch einmal bei morgendlicher Dämmerung durch ihr Schlupfloch im Zaun zu kriechen und dem Anwesen einen Besuch abzustatten. Dabei fand sie die Höhlenwohnung und das Haus abgeschlossen vor, alle Vorhänge waren zugezogen. Es hatte sie gereizt, dort einzudringen. Aber das traute sie sich dann doch nicht. Bei der zerstörten Terrasse hatte sie gestutzt, erinnerte sich dann aber, dass das die *tormenta* in der Nacht war, als sie Christiane überführt hatte. Ein Futterspender für den kleinen Hund verdeutlichte, dass Christiane nicht mehr auf der Finca war. Der Hund ließ sich nicht blicken.

Ihren Flug nach Berlin hatte Ulrike für die kommende Woche gebucht. Die Kündigung für das Haus in Candelaria lag den Besitzern vor, und ihr Auto hatte sie verkauft. Hier gab es für sie nichts mehr zu tun.

‚Sicherlich sitzt Christiane jetzt in Untersuchungshaft und wundert sich, wie man ihr auf die Schliche gekommen ist!'

Einen Tag, bevor Ulrike die Insel Teneriffa endgültig verließ, ging sie noch einmal auf das Polizeirevier von Candelaria. Aber so viel sie auch bohrte, sie erhielt keine Auskunft über das Vorgehen gegen Christiane. Enttäuscht und unzufrieden, aber in der sicheren Annahme, dass sich Christiane im Gewahrsam der Polizei befände, verließ sie fast betrübt ihre vorübergehende Heimat. Wäre die ganze Zeit nicht der Druck in ihr gewesen zu wissen, was mit Bernhard geschehen war, könnte sie sogar jetzt dem Süden etwas abgewinnen.

‚Ja, es muss nicht immer Skandinavien sein.'

Sentimental gestimmt brach sie vom inzwischen lieb gewonnenen Ort Candelaria im Taxi auf.

In Berlin wartete Ulrike geduldig auf ihr Gepäck. Sie hatte 14 Kilo Übergewicht anmelden müssen und dafür ein Vermögen ausgegeben. Beladen verließ sie in Tegel das Gepäckband.

„Dieser Mist ist einfach zu schwer."

Suchend sah sie sich nach einer Gepäckkarre um.

KAPITEL XLVIII

Christiane befand sich inzwischen seit einer Woche in Berlin und fieberte dem Termin mit dem Notar entgegen. Am nächsten Tag stürmte sie wutentbrannt aus der Kanzlei des Berliner Notars. Sie hatte gar nichts, rein gar nichts erfahren. Mit seiner höflich distanzierten Art hatte er sie bis zur Weißglut gereizt. Immer wieder betonte er, dass er ihr keine Auskunft erteilen dürfe und auch nicht wolle. Als sie trotzdem weiter bohrte, erhob er sich hinter seinem glatt lackierten Monsterschreibtisch und komplimentierte sie hinaus, indem er die Tür mit übertriebener Freundlichkeit weit aufhielt und bat, seine Zeit nicht länger in Anspruch zu nehmen.

So hatte sie sich das nicht vorgestellt. Schlagartig wurde ihr klar, dass Bernhards Verschwinden für immer und ewig ein Riesenfehler gewesen sein könnte. Jetzt musste sie herausbekommen, was es bedeutete, ihn für tot erklären zu lassen. So schnell würde sie sich nicht geschlagen geben. Vorläufig musste das Geld der Sparbücher reichen. Mit diesen Gedanken betrat sie die Sparkasse.

Wenig später stand sie mit einem dicken Bündel Geldnoten auf der Straße. Es hatte keine Schwierigkeiten gegeben. Im Gegenteil. Sie wurde äußerst zuvorkommend in einen separaten Raum gebeten. Ihre Vollmacht und ihr Ausweis wurden kopiert, wie schon bei ihrem Testabhebungen noch zu Bernhards Lebzeiten. Dann zählte der Bankangestellte die immense Summe vor ihren Augen auf den Tisch. Noch nie hatte sie so viel Bargeld auf einem Haufen gesehen. Mit diesen 60.000 Euro würde sie schon eine Weile auskommen.

Trotzdem bohrte die Niederlage beim Notar in ihr. Vielleicht gab es doch eine Möglichkeit, schneller an Bernhards Erbe heranzukommen? Ihn wieder auszubuddeln und es so zu arrangieren, dass er gefunden werden konnte, verwarf sie. Sie musste im Internet herausfinden, was es mit einer Toderklärung auf sich hatte.

Im nächsten Internetshop googelte sie den Begriff. Dabei fand sie heraus, dass es ein Verschollenheitsgesetz von 1939 gab, das zuletzt 2008 geändert worden war. Erst interessiert, dann zunehmend frustriert, überflog sie die Unmenge der Paragrafen. Sie würde in absehbarer Zeit gar nichts, rein gar nichts bekommen: Erst nach zehn Jahren bestand die Möglichkeit, diesen Prozess in Gang zu setzen. Dabei hatte sie gedacht, dass schon ein Jahr reichen würde. Am Boden zerstört, verließ sie das Internet-Café.

‚Soll jetzt alles umsonst gewesen sein? Ich bin so ein hohes Risiko eingegangen, und das alles für nichts?' Vor Wut und Enttäuschung rannen ihr die Tränen über die Wangen. Sie fühlte sich so leer. ‚Nur noch weg aus Berlin! Hier kann ich nicht länger bleiben!'

Sie stürmte das nächste Reisebüro und konnte einen Flug für den übernächsten Tag buchen.

Ungeduldig lief Christiane auf dem Flughafen Berlin-Tegel auf und ab. Ihr Flug nach Teneriffa verspätete sich um eine Stunde. Nichts hielt sie mehr in dieser Stadt. Die letzten zwei Tage nach dem Notariatsbesuch war sie sich in Berlin verloren vorgekommen. Obwohl sie versuchte, den touristischen Zielen etwas abzugewinnen, ödete sie alles nur an. Ihre Gedanken kreisten ohne Unterlass um das entgangene Erbe. Sie war froh, Deutschland wieder verlassen zu können. Auf Teneriffa hatte sie wenigstens erst einmal ein nicht zu verachtendes Dach über dem Kopf. Frustriert, nicht alles erreicht zu haben, holte sie sich einen Kaffee und setzte sich an einen Tisch in ihrer Abflugzone.

„Ulli!“

Christiane sprang auf. Ihr Tisch kippte polternd um. Der Kaffeebecher zersplitterte auf dem Boden. Brauner Kaffee spritzte umher. Sie eilte hinter einer Karre mit hoch aufgestapeltem Gepäck her.

„Mensch Ulli, was machst du denn hier?“, rief Christiane freudig aus.

Ulrike drehte sich um, stutzte und blickte fassungslos Christiane entgegen, die auf sie zustürmte. Doch mit jedem Schritt, den sich Christiane ihr näherte, erwachten ihre Lebensgeister. Einer Umarmung wich sie angeekelt aus.

„Du bist schuld an Bernhards Tod! Du bist eine Mörderin! Ich weiß es!“, fauchte Ulrike Christiane an. „Warte nur, die kommen dir schon auf die Schliche! Das kannst du glauben. Und wenn die Polizei dich nicht kriegt, werde ich dafür sorgen, dass du für Bernhards Mord sühnst“, stieß Ulrike hasserfüllt aus.

Geschockt taumelte Christiane zurück. Fluchtartig verließ sie das Gebäude. Vor dem Flughafen ging sie hastig auf und ab. Sie hatte sich so in Sicherheit gewiegt! Fieberhaft überlegte sie, was sie tun könnte. Doch ihr fiel nichts ein, sodass sie zurück in die Abflughalle ging. Beim Check-in trat sie nervös von einem Fuß auf den anderen.

‚Warum geht denn alles nur so langsam?‘

„Hören Sie doch mal auf zu drängeln! Das Flugzeug fliegt ohne Sie schon nicht ab.“ Eine Mutter mit Kind sah Christiane strafend an.

„Hoffentlich!“, war Christianes patzige, halblaute Antwort.

Im überfüllten Gate quetschte sich Christiane wie ein aufgescheuchtes Huhn zwischen den anderen Passagieren hin und her. Sie konnte keine Sekunde ruhig an einer Stelle bleiben.

Endlich, es wurde zum Einsteigen aufgefordert. Mit dicken Schweißperlen auf der Stirn, Herzklopfen zum Zerspringen, schob sie sich durch den Gang zur Kabine des Flugzeugs.

„Bloß weg aus Deutschland!“

Sie saß wie eine Gefangene angeschnallt auf einem Mittelsitz. Und immer noch war die Kabinentür nicht verriegelt, geschweige denn, dass die Maschine abhob. Sie riss den Gurt von sich und sprang auf.

„Was machen Sie denn? Setzen Sie sich bitte wieder hin und schnallen sich bitte wieder an! Es geht gleich los.“ Der Steward beugte sich freundlich, aber mit deutlichen Worten zu ihr hinüber. Kritisch betrachtete er sie. „Geht es Ihnen nicht gut, kann ich Ihnen etwas bringen?“

Sie sah ihn verwirrt an.

„Fühlen Sie sich flugfähig? Wenn es Ihnen zu schlecht geht, dürfen wir sie nicht transportieren.“

Heftig wehrte Christiane sein Ansinnen ab. Sie lächelte zwanghaft, wischte den Schweiß aus dem Gesicht und drückte sich in den Sitz. Ergeben schloss sie den Gurt.

In dem Moment erscholl die Stimme des Piloten aus den Lautsprechern: „Hier spricht Ihr Flugkapitän Olaf Neumann aus dem Cockpit. Leider gibt es ein Problem: Aus Sicherheitsgründen müssen alle Passagiere ihr Gepäck identifizieren. Bitte folgen Sie bitte den Anweisungen der Crew. Danke für Ihr Verständnis.“

Christiane wurde leichenblass. ‚Das ist ein Trick, um mich hier aus dem Flugzeug zu holen.‘ Sie presste sich in den Sitz, wollte sich unsichtbar machen.

Tumult brach aus. „Das gibt es doch nicht!“ – „Wir haben doch sowieso schon so viel Verspätung.“ – „Uns wird heute auch nichts erspart.“ Einige Passagiere sprangen auf, um ihr Handgepäck aus den Ablagen zu reißen. Beruhigend erklärte die Crew den Fluggästen die Situation.

„Leider fehlen uns noch zwei Passagiere, die ihre Koffer eingecheckt haben, aber bisher nicht hier erschienen sind. Wir dürfen nicht fliegen, wenn Gepäck ohne Passagiere an

Bord ist. Bitte haben Sie etwas Geduld. Es ist nur zu Ihrer Sicherheit. Sie werden jetzt alle die Maschine verlassen, damit jedem Passagier sein Gepäck zugeordnet werden kann. Wir bitten nochmals um Ihr Verständnis."

„Um Gottes willen!" Christiane war mit den Nerven am Ende. Aber Fliehen war aussichtslos. Die ersten Passagiere drängten zum Verlassen des Fliegers.

„Stopp, stopp, da sind sie!", rief dann mit einem Mal der Steward.

Ein Pärchen stürmte durch die vordere Tür in die Kabine.

„Entschuldigung, Entschuldigung!"

Erst prasselten einige böse Anmerkungen auf die beiden herab. Dann entlud sich die Spannung der Passagiere in einem befreienden Klatschen.

Christiane sackte in sich zusammen.

Während des Fluges durchlebte sie die Hölle. Kaum waren die Anschnallzeichen erloschen, sprang sie auf und eilte zur Toilette. Keine Minute saß sie still. Die Gedanken rasten durch ihren Kopf.

‚Woher hat Ulli von Bernhard und den Ereignissen gewusst? Wieso werde ich dann nicht verhaftet? Oder wartet schon die Polizei auf Teneriffa auf mich? Und ich fiele ihnen auch noch direkt in die Arme! Hatte ich das alles nur missverstanden, drehe ich einfach durch?'

Den Flug erlebte sie wie benebelt. Sie konnte keinen klaren Gedanken fassen. Sie hatte einfach nur Angst. Bei ihrer Ankunft auf Teneriffa sah sie sich ängstlich um.

Doch niemand hielt sie auf.

Im Gedanken wiederholte sich alles. Alles, was sie vorher verdrängt hatte, kam jetzt hoch. Sie hetzte zu den Taxen.

‚Nach Hause', dachte sie. ‚Aber ist das überhaupt …? Wenn sie dort warten, was mache ich bloß?'

In La Sabinita war alles ruhig. Vor dem Tor sah sie keine fremden Autos stehen.

„Kaum zu glauben."

Sie sprang ungläubig, aber doch erleichtert aus dem Taxi.

Im Haus rannte sie sofort zu den Rotweinflaschen. Sie setzte sich auf die Hollywoodschaukel füllte ihr Glas bis zum Rand und trank es in einem Zug aus. Dann füllte sie sich nach.

Christiane durchlebte Tage der Angst. Sie nahm stark ab, schon nach einer Woche hing ihre Kleidung an ihr wie ein Sack. Sie konnte nicht mehr schlafen. Immer wieder erschien ihr Bernhard im Traum, wie er zusammengefallen, mit totenbleichem, wächsernem Gesicht und aufgesperrtem Mund in der Höhle lag. Je öfter sie träumte, desto stärker grub sich jede Phase von Bernhards Tod in ihr Bewusstsein. Obwohl sie sein Sterben nicht hautnah erlebt hatte, sah sie in ihren Fantasien seinen langen Erstickungstod. Es verging kein Tag, an dem sie es verhindern konnte, sein Leiden vor sich zu sehen. Sie kam nicht mehr zur Ruhe. Das Wort „Mörderin" wiederholte sich endlos in ihrem Kopf. Es hatte Spuren in ihr hinterlassen, die nicht mehr zu löschen waren.

Das Schlimmste aber war: Es passierte sonst nichts.

Die Polizei war nicht mehr bei ihr aufgetaucht. Die Presse hatte über Bernhard von einer nicht mehr aufzufindenden Person berichtet und dass alle Ermittlungen im Sande verlaufen seien. Dennoch spürte sie, dass der Druck in ihr ständig stieg, statt wie erwartet abzuflauen. Auf der Finca *Vista Teide* fühlte sie sich schon lange nicht mehr wohl. Der Schatten des Mondes, wie sie ihn in der Nacht von Bernhards Tod wahrgenommen hatte, verfolgte sie überall hin. Selbst am Tag konnte sie sich nicht davon befreien. Alle Energie war aus ihr gewichen. Wie unter einem Zwang wanderte sie regelmäßig mit Urmel als treuem Begleiter in das Naturschutzgebiet von Malpaís. Nie ging sie direkt an Bernhards *Ruhestätte* vorbei – so hatte sie hilflos den Ort getauft, wo sie ihn versenkt und mit Steinen bedeckt hatte. Der wiederkehrende, dumpfe Aufprall der Lavasteine auf Bernhards toten Körper hallte in ihrem Kopf immer wieder nach. Von dem Rundweg um den Vulkan, dem knapp dreihundert Meter hohen Montaña Grande, blickte sie ohne Ausnahme jedes Mal suchend auf die alte Wasserzisterne. Wenn sich dann ihr Blick daran festhielt und sie keine Veränderung feststellte, konnte sie dennoch nicht befreit aufatmen. Es wollte sich keine Erleichterung einstellen.

Manchmal fragte sie sich, ob es das schlechte Gewissen sei, das sie beunruhigte. Wenn sie aber ehrlich zu sich selbst war, stellte sie fest, dass es nur Angst war: Angst vor einer Aufdeckung ihres Verbrechens.

Sie hatte gelesen, dass man bei traumatischen Erlebnissen alles immer wieder durchsprechen sollte, bis Verarbeitung möglich wäre. Um diesen Effekt zu erzeugen, sich zu beruhigen und damit endlich Distanz zu dem Mord herzustellen, ging sie zu einer Geistheilerin. Mit ihr sprach sie immer wieder ihren vorgeblichen Traum über die Ermordung eines nahen Angehörigen Schritt für Schritt durch.

Allmählich verspürte sie tatsächlich Erleichterung.

Sie begriff, dass alles viel zu kompliziert gewesen war. Jeder ihrer vielen Zwischenschritte hatte die Gefahr in sich geborgen, entdeckt zu werden. Sie hatte eine große Portion Glück gehabt, dass alles so glatt verlaufen war. Es war kein perfekter Mord gewesen, sie hätte die Abläufe vereinfachen, weniger zögern, nicht drei Mal um die Ecke denken und vor allem die Leiche schneller entsorgen sollen – aber so, dass sie gefunden werden konnte! Sie hoffte, dass das Leben, alles, was jetzt käme, sich wie ein heißer, rotglühender, langsam rinnender Lavastrom auf die alten Geschehnisse legen und beim Erstarren zu Asche alles für immer und ewig zudecken und unter sich begraben würde.

„Beim nächsten Mal wird alles anders!“, sinnierte sie vor sich hin. Ein Lächeln zuckte über ihren Mund.